Michail Gorbatschow
Wie es war

MICHAIL GORBATSCHOW

# Wie es war

## Die deutsche Wiedervereinigung

Aus dem Russischen von Kurt Baudisch

Ullstein

Die Deutsche Bibliothek – CIP-Einheitsaufnahme

*Gorbacev, Michail S.*
Wie es war: die deutsche Wiedervereinigung/
Michail Gorbatschow. [Aus dem Russ. von
Kurt Baudisch]. – Berlin: Ullstein, 1999
ISBN 3-550-07005-5

1. Auflage August 1999
2. Auflage September 1999
3. Auflage November 1999
4. Auflage Dezember 1999

Titel der russischen Originalausgabe: Kak eto bylo
Copyright © 1999 by Michail Gorbatschow
Aus dem Russischen von Kurt Baudisch
Copyright © der deutschsprachigen Ausgabe 1999 by
Ullstein Buchverlage GmbH & Co. KG, Berlin
Alle Rechte vorbehalten
Satz: MPM, Wasserburg
Druck und Bindung:
Graphischer Großbetrieb Pößneck GmbH
Printed in Germany
ISBN 3 550 07005 5

Gedruckt auf alterungsbeständigem Papier
mit chlorfrei gebleichtem Zellstoff

# Inhalt

Vorwort — 7

**Teil 1: Die deutsche Frage als Folge des Krieges** — 11
Kindheitserinnerungen — 13
Vorgeschichte der Spaltung — 15
Der Kalte Krieg – Die Spaltung wird zur Realität — 28
Die beiden deutschen Staaten und die Sowjetunion — 43

**Teil 2: Die Wiedervereinigung Deutschlands** — 55
Schwerer Anfang — 57
Der Durchbruch — 78
Die Geschichte beschleunigt ihr Tempo — 83
»Der Prozeß hat begonnen« — 94
Der Juli-Besuch — 140
Die Einheit wurde vollzogen — 151

**Teil 3: Gedanken zum Jubiläum** — 167
Chancen für Deutschland und Europa — 169
Wer hat gewonnen, wer verloren? — 177

**Anhang** — 189
Literaturangaben — 221

# Vorwort

Der zehnte Jahrestag der Wiedervereinigung Deutschlands – eines der bedeutendsten Ereignisse in der zweiten Hälfte des 20. Jahrhunderts – rückt näher. In all diesen Jahren haben sich Historiker, Politologen, Psychologen, Diplomaten und Publizisten gründlich mit dem Zustandekommen der deutschen Einheit auseinandergesetzt. Nach wie vor äußern sich Politiker über dieses Ereignis, darunter auch jene, die damit zu tun hatten. In Deutschland und Rußland, aber auch in anderen Ländern, läßt das Interesse der Öffentlichkeit für dieses historisch wie politisch so bedeutsame Thema nicht nach; im Zusammenhang mit dem Jahrestag hat es sogar erheblich zugenommen. Wichtige wissenschaftliche Untersuchungen nähern sich ihrem Abschluß, Konferenzen werden ausgewertet, und es erscheinen neue Bücher. Immer häufiger taucht das Thema der Wiedervereinigung in den Massenmedien auf.

Der Meinungsstreit hat sich verschärft. Im Laufe der Jahre und auf Grund von Untersuchungen haben sich neue Fragen ergeben. Da ich an der Wiedervereinigung Deutschlands unmittelbar beteiligt war, wenden sich heute Wissenschaftler, Politiker, Journalisten mit der Bitte um verschiedene Auskünfte an mich.

All das hat mich veranlaßt, meine Gedanken über die deutsche Frage in einem Buch darzulegen, das unter anderem deswegen nötig ist, weil meine Auffassungen, ihre Entwicklung im Verlauf der Ereignisse, meine Absichten, Motive und wirklichen Gründe dafür, daß ich so und nicht anders handelte, des öfteren entstellt werden. Dies geschieht, weil man über die Sache ungenügend Bescheid weiß und einige diffizile Details nicht kennt, häufiger aber im Bestreben, politisch Vorteile daraus zu ziehen, oder wegen einer negativen Einstellung zur Perestroika und überhaupt zu meiner Politik sowie zu mir persönlich. Da kommt es dann nicht auf Fakten an, sondern darauf, daß man sich möglichst scharf artikuliert. Das tun einige engagierte russische Autoren. Leider bin ich in Erklärungen und Memoiren derer, die bei der Wiedervereinigung Deutschlands meine Partner waren, darauf gestoßen, daß einige wichtige Umstände nicht objektiv interpretiert oder vielleicht auch bewußt verzerrt wiedergegeben wurden.

Mit meinem Buch möchte ich sowohl der Leserschaft als auch denjenigen, die über die Wiedervereinigung Deutschlands schreiben, die Fakten und Verhältnisse jener Jahre näherbringen. Das ist für diejenigen wichtig, die tatsächlich wissen wollen, wie es in Wirklichkeit war. Mit denen, die voreingenommen sind und auch künftig dieses Thema ausschlachten wollen, ist natürlich keine ernsthafte Diskussion möglich. Es wird indes leichter sein, sie der Lüge zu überführen.

Bei der Vorbereitung dieses Buches habe ich die ausführlichen Niederschriften der Gespräche, die ich mit Helmut Kohl, Hans-Dietrich Genscher, George Bush, James Baker, Margaret Thatcher, François Mitterrand, Giulio Andreotti, den führenden Vertretern der DDR Erich Honecker, Egon Krenz, Hans Modrow, Lothar de Maizière und anderen Politikern führte, erneut durchgelesen, die Stenogramme zu Rate gezogen, mir den Inhalt von Dokumenten ins Gedächtnis gerufen, mich an Hand meiner Bemerkungen an vieles erinnert und informierte Personen nach diesem und jenem gefragt. Ich glaube, daß es mir in einigen Fällen gelungen ist, etwas wirklich Neues mitzuteilen.

Ich hielt es für angebracht, den Darlegungen über meine

Politik und die mit ihr verbundenen Ereignisse ein Einführungskapitel voranzustellen. Es soll daran erinnern, wie und warum die deutsche Frage als Ergebnis des Zweiten Weltkrieges entstand, welche Standpunkte die Siegermächte vertraten und wovon sie sich leiten ließen, welches Erbe sie und die Deutschen jenen hinterließen, denen die Geschichte die Aufgabe übertrug, diese Frage zu lösen.

Aus den Materialien, auf die ich mich stütze, geht hervor, daß die Sowjetunion gegen eine Zerstückelung Deutschlands war. Aber der Kalte Krieg machte schon in seinen Ansätzen und danach bei seiner Entfaltung eine Lösung der deutschen Frage unmöglich. Das änderte sich erst, als die UdSSR mit der Perestroika begann.

Teil 1

Die deutsche Frage als
Folge des Krieges

# Kindheitserinnerungen

Meine Generation sind die Menschen über sechzig. Unser Hauptmerkmal ist, daß wir alle Kriegskinder sind. Obwohl klar ist, daß unsere Väter, unsere älteren Brüder und natürlich unsere Mütter die Hauptbürde des Krieges getragen haben, lastete er – mit all seinen Entbehrungen, mit Leid und Tod – auch auf unseren noch schwachen Schultern, prägte und verkrüppelte manchmal unser kindliches Bewußtsein.

Von nicht geringer Bedeutung war, daß der Krieg, den wir als Kinder erlebten, kein gewöhnlicher Krieg war, sondern ein erbitterter Kampf des Volkes um seine Existenz. Der Nationalsozialismus, der den Krieg gegen uns entfesselt hatte, verfolgte ein genau umrissenes Ziel: die Liquidierung des Opfers seiner Aggression – des Staates wie des Volkes. (Das ist heute durch Dokumente belegt.) Diese Orientierung bestimmte sowohl die Methoden der Kriegführung als auch das Verhalten der Okkupanten. Und selbst diejenigen, die sich in der großen Politik nicht besonders gut auskannten und sich für sie nicht interessierten, verstanden: Es ging um Sein oder Nichtsein.

Als der Krieg ausbrach, war ich zehn Jahre alt. Ich erinnere mich genau, wie alles anfing. Ich erinnere mich, wie sich die Mienen meiner Eltern versteinerten, als sie im Radio hörten, daß die deutsche Luftwaffe unsere Städte bombardierte und die deutschen Truppen wortbrüchig, ohne Kriegserklärung, unsere Staatsgrenze überschritten hatten. Ich erinnere mich an das vielstimmige Weinen der Frauen, die ihre Nächsten in den Krieg verabschiedeten. Und bald trafen die ersten *pochoronki* – Trauernachrichten über Gefallene – ein.

Obwohl die Front anfangs weit von unserem Dorf entfernt war, wurde das Leben immer schwerer. Im Dorfladen gab es nichts mehr zu kaufen. Es wurde für uns immer schwieriger, das Vieh zu füttern und uns selbst zu ernähren. Ich erinnere mich an die besorgten Gespräche der Älteren darüber, daß sich die Dinge an der Front ganz anders entwickelten, als man angenommen hatte.

Nach der Zerschlagung der deutschen Truppen vor Moskau schöpften die Menschen Hoffnung, aber 1942 wurde die Lage erneut bedrohlich. Im Sommer waren die deutschen Truppen zum Donbogen vorgestoßen. Die Front näherte sich auch unserem Dorf, überrollte es im August und kam kurz vor der Stadt Ordschonikidse (heute Wladikawkas) zum Stehen. Das ganze Gebiet von Stawropol stand unter feindlicher Besetzung.

Es war eine schwere und gefährliche Zeit: Wir befürchteten, daß jeden Moment etwas Schreckliches geschehen würde. Im Dorf hatten Kollaborateure aus der westlichen Ukraine und Deserteure unserer eigenen Armee, die von der Besatzungsmacht sogleich zu Polizisten ernannt worden waren, die Befehlsgewalt. Unsere Familie rechnete mit dem Schlimmsten – es war die Familie eines Kommunisten.

Alles deutete darauf hin, daß im Januar 1943 mit politisch Unzuverlässigen kurzer Prozeß gemacht werden sollte. Uns rettete die Zerschlagung der deutschen Divisionen, die bei Stalingrad eingekesselt waren. Die deutsche Heeresführung, die einen zweiten Kessel befürchtete, begann die Truppen eilig vom Nordkaukasus abzuziehen. Am 21. Januar 1943 befreite die Rote Armee Stawropol. Die Front verschob sich nach dem Westen. Aber vor uns lagen noch fast zweieinhalb Kriegsjahre.

Im Mai 1945 kam der Sieg, der einen schrecklichen Preis kostete: Dutzende von Millionen Menschenleben und beispiellose Zerstörungen. Millionen von Familien können das schwere Leid, das sie damals erfuhren, bis heute nicht verwinden. Danach folgten zu allem Überfluß der Kalte Krieg und das Wettrüsten. Seine Kosten beliefen sich, in US-Dollar gerechnet, auf mindestens 10 Billionen.

Man sollte meinen, daß die an der Macht befindlichen Politiker in Ost und West, die das Grauen des Krieges erlebt hatten, den Kalten Krieg nicht hätten zulassen dürfen. Aber die Logik der ideologischen Unversöhnlichkeit gewann die Oberhand. Und erst meine Generation – die »Kriegskinder« – konnte im Inland wie in den internationalen Beziehungen eine neue Politik entwickeln. Auf die von der Generation der Kriegskinder getroffene Wahl hatte der Krieg, den sie erlebt und mit eigenen Augen gesehen hatte, einen großen Einfluß.

Wenn ich heute an jene schwere Zeit zurückdenke, versuche ich mich zu erinnern, wie unsere damalige innere Einstellung zu den Deutschen und zu Deutschland war. Es wäre unaufrichtig, wollte man behaupten, daß alles, was geschehen war – Not und Erniedrigung –, nicht tiefe Spuren in meinem – und ich möchte hinzufügen – *unserem* damaligen Bewußtsein hinterlassen hatte. Es war eine feindselige Haltung. Und das war so, auch wenn Stalin schon im Februar 1942 den bekannten Satz geäußert hatte: »Die Hitler kommen und gehen, aber das deutsche Volk, der deutsche Staat bleibt.« Die neue Einstellung zu den Deutschen kam später. Das brauchte seine Zeit.

## Vorgeschichte der Spaltung

Als der Nationalsozialismus den Zweiten Weltkrieg entfesselte, erweckte er im westlichen Teil Europas wieder antideutsche Stimmungen. Sie wurden auf jede nur erdenkliche Weise von einflußreichen Kreisen angeheizt, die so lange, wie der Führer seine Armeen nicht gegen den Westen, sondern gegen den

Osten marschieren ließ, lebhaft mit dem Naziregime geflirtet hatten. Jetzt vollzogen sie eine Wendung um 180 Grad. Diese Kreise waren keineswegs anonym. Vor allem in Großbritannien war der stellvertretende Leiter des Foreign Office, Robert Vansittart, den man spöttisch den »Deutschenfresser« nannte, der eifrigste Vertreter der antideutschen Stimmungen. In seinen Auftritten in der BBC, in Vorträgen und später in seinem Buch »Wurzeln des Übels« machte er keinen Unterschied zwischen Deutschland und dem Naziregime. »Hitlerdeutschland«, so schrieb er, »ist ein verschwommener und unsinniger Ausdruck. Einfacher gesagt, es ist Deutschland, gegen das wir kämpfen ... Deutschland ist ein schurkischer Staat, und die Legende vom anderen Deutschland ist ein schwerer und gefährlicher Fehler.«[1] Vansittart forderte die vollständige Vernichtung Deutschlands als Nationalstaat. Nach dessen Niederlage sollte es seiner Meinung nach keine eigene Regierung haben. Deutschland sollte »dezentralisiert«, d.h. zerstückelt werden.

Übrigens leitete Vansittart 1940 einen Unterausschuß der Regierung, der sich mit den Kriegszielen befaßte und zu dessen Aufgabe die Ausarbeitung der britischen Nachkriegspolitik gehörte.

Ein entschiedener Vertreter der Idee, Deutschland als einflußreiches Subjekt der europäischen Politik auszuschalten, war der Admiral der britischen Flotte und First Sea Lord, Sir Dudley Pound. In einem Gespräch, das er im ersten Kriegsjahr mit Sumner Welles, Stellvertreter des amerikanischen Außenministers, führte, empfahl er folgendes Rezept für die Lösung der deutschen Frage: Aufteilung des Landes in mehrere kleine Staaten, Zerstörung Berlins und eine fünfzigjährige Besetzung der übrigen deutschen Großstädte.[2]

Eine führende Rolle bei der Ausarbeitung der Prinzipien der amerikanischen Nachkriegspolitik gegenüber Deutschland spielte die Kommission zur Ausarbeitung der Grundlagen eines gerechten und dauerhaften Friedens, die von einem nicht unbekannten Mann, John Foster Dulles, geleitet wurde.

In den fünfziger Jahren trat er als eifriger Verfechter der Einheit Deutschlands auf und blieb vielen Deutschen so in Erinnerung. Wie jedoch später bekannt gewordene Materialien aus seinem Privatarchiv eindeutig beweisen, unterbreitete er in der Zeit, in der er die obengenannte Kommission leitete, Varianten für die »Bestrafung und Zerstückelung« Deutschlands, die in puncto Radikalität und Härte den Plänen Vansittarts in nichts nachstanden.[3, 4] Gewissermaßen als Ergänzung der Pläne von Dulles diente der 1944 vorgelegte Plan des amerikanischen Finanzministers Morgenthau. Dieser schlug die vollständige Vernichtung des deutschen Industriepotentials und die Umwandlung Deutschlands in ein »Land von Feldern und Viehweiden« vor.[5]

Solche Auffassungen über die Zukunft Deutschlands wurden natürlich längst nicht von allen Menschen in Großbritannien und den USA geteilt. Um so interessanter ist es, der Frage nachzugehen, welche offiziellen Positionen diese Mächte während des Zweiten Weltkrieges und danach einnahmen.

Auf der Gipfelkonferenz, die vom 28. November bis 1. Dezember 1943 in Teheran stattfand, unterbreitete Präsident Roosevelt den Vorschlag, Deutschland nach dem Kriege zu zerstückeln. Entsprechend dem Plan, den er, wie er sagte, persönlich entwickelt hatte, sollte Deutschland in fünf unabhängige Staaten sowie in zwei von den Siegermächten oder den Vereinten Nationen verwaltete Gebiete (Hamburg und eine Zone um den Kieler Kanal) aufgeteilt werden. Außerdem sollten das Ruhr- und das Saargebiet aus dem deutschen Staatsgebiet ausgegliedert und unter die Kontrolle der Vereinten Nationen oder »europäischer Treuhänder« gestellt werden.[6]

Diese Idee wurde von Churchill prinzipiell unterstützt. Er schlug den Konferenzteilnehmern seine Variante der Aufteilung Deutschlands nach dem Kriege vor.

Die amerikanische Delegation unterbreitete der britisch-amerikanischen Konferenz, die auf höchster Ebene vom 11. bis 19. September 1944 in Quebec abgehalten wurde, den Morgenthauplan als mögliche Grundlage für eine gemeinsame Politik gegenüber Deutschland. Er fand die Unterstützung Churchills. Als dieser sich später ins Privatleben zurückgezogen hatte, versuchte er sich auf jede nur erdenkliche Weise zu rechtfertigen, indem er behauptete, Roosevelt und Morgenthau hätten ihn förmlich gezwungen, diesem Plan, den er als ein »schreckliches Dokument« bezeichnete, zuzustimmen. Churchill befaßte sich jedoch, wie aus Quellen ersichtlich, eingehend mit dem Morgenthauplan und fügte in das Dokument sogar persönlich den Begriff »Pastoralisierung« ein; dieser sollte die Absicht, Deutschland in ein »Land von Viehhirten« zu verwandeln, adäquat wiedergeben.[7]

Die amerikanische Delegation kehrte auch bei weiteren Gelegenheiten zum Gedanken der Aufspaltung Deutschlands zurück. Auf der Konferenz der Regierungschefs der UdSSR, der USA und Großbritanniens in Jalta (4. bis 11. Februar 1945) betonte Roosevelt erneut, daß die Aufteilung Deutschlands in fünf oder gar sieben Staaten eine gute Idee sei und daß er keinen anderen Ausweg sehe.

Churchill vertrat diesen Standpunkt diesmal nicht so entschieden. Trotzdem äußerte er sich, wie aus den Protokollen hervorgeht, im wesentlichen zustimmend zu Roosevelts diesbezüglicher Meinung, obwohl er es vermied, irgendwelche konkreten Pläne zu unterstützen. Seine grundsätzliche Auffassung war, daß Deutschlands bedingungslose Kapitulation den Alliierten das Recht geben würde, über »das Schicksal Deutschlands« allein zu entscheiden. Außerdem wurde auf einen von Roosevelt unterstützten Vorschlag Churchills hin beschlossen, einen Sonderausschuß für die nach dem Kriege zu lösenden Probleme Deutschlands zu bilden, der sich auch mit der Frage der Aufteilung Deutschlands befassen sollte.[8]

Auf der Potsdamer Konferenz der Großmächte, die nach der Kapitulation Nazideutschlands (17. Juli bis 2. August 1945) stattfand, wurde die Frage der Aufteilung Deutschlands zurückhaltend erörtert. Dies war auf verschiedene Umstände zurückzuführen, unter anderem darauf, daß die USA und Großbritannien befürchteten, die Positionen der Sowjetunion könnten übermäßig gestärkt werden. Auch die Ablösung führender handelnder Personen spielte eine nicht geringe Rolle. Die USA wurden nach dem vorzeitigen Tod Roosevelts von Harry Truman vertreten und Großbritannien nach der Niederlage der Partei Churchills von Clement Attlee. Die um die Stärkung ihrer Positionen bemühten neuen Regierungschefs beeilten sich, die bisherigen Standpunkte ihrer Vorgänger durch neue Vorschläge zu ergänzen. Trotzdem kamen die USA mit einem vorher ausgearbeiteten Memorandum zur Konferenz. Zu den darin genannten Zielen gehörte die geographische Aufteilung Deutschlands.[9]

Einen unnachgiebigen Standpunkt zur deutschen Einheit vertrat Frankreich. Wie aus der Niederschrift eines Gesprächs hervorgeht, das der Chef der provisorischen Regierung Frankreichs, General de Gaulle, (am 2. Dezember 1944) mit Stalin führte, betonte die französische Seite mit Nachdruck, die Franzosen würden künftig eine Trennungslinie zum Schutz gegen die deutsche Gefahr benötigen. »Für die Franzosen«, so de Gaulle, »ist der Fluß, der Rhein heißt, eine Linie, welche geographisch und historisch die Möglichkeit böte, Frankreich zu schützen. Die Franzosen sind der Auffassung, daß der Rhein von den verschiedensten Gesichtspunkten aus betrachtet die endgültige Barriere im Osten gegen Deutschland und die deutsche Gefahr sein soll.«

Auf die Bemerkung Stalins, daß in einem solchen Fall die Pfalz und das Rheinland zu Frankreich gehören müßten, antwortete de Gaulle: »Es wäre eine gute Lösung, wenn das Rheinland von Deutschland abgetrennt und Frankreich angegliedert würde. Vielleicht sollte der nördliche Teil, d.h. das Ruhrgebiet, nicht unter französische Verwaltung gestellt werden, sondern unter eine internationale. Was das Rheinland überhaupt betrifft, so sollte es von Deutschland abgetrennt und dem französischen Territorium angegliedert werden.« Einige Tage später betonte de Gaulle in einem weiteren Gespräch (8. Dezember), in dem er auf das gleiche Problem zu sprechen kam, erneut: »Die deutsche Souveränität soll nicht über den Rhein hinweg reichen.«[10]

Auch andere offizielle Vertreter Frankreichs sprachen wiederholt über die Notwendigkeit territorialer Veränderungen im europäischen Westen als Garantie gegen eine deutsche Gefahr. »Keinerlei System von Bündnissen, keinerlei Sicherheitsorganisation kann eine ausreichende Garantie bieten, wenn wir im Zentrum Europas ein Deutschland bestehen lassen, das seine früheren Grenzen behält und weiterhin über seine Naturreichtümer und sein Industriepotential verfügt«, sagte z.B. der Außenminister der provisorischen französischen Regierung, Georges Bidault, auf einer Sitzung der Provisorischen Konsultativen Versammlung.[11]

Ohne Zweifel spielte der Standpunkt, den die Sowjetunion zur territorialen Einheit des künftigen Deutschland vertrat, eine sehr wichtige Rolle. Die offizielle Haltung der Sowjetunion zu dieser Frage wurde von Stalin in mehreren Reden dargelegt.

Am 3. Juli 1941 sagte er in der Rundfunkrede, die er im Zusammenhang mit dem Überfall Deutschlands auf die UdSSR an das sowjetische Volk richtete: »In diesem großen Krieg werden wir treue Verbündete an den Völkern Europas und Amerikas haben, darunter auch am deutschen Volk, das von den faschistischen Machthabern versklavt ist.«[12]

In dem am 23. Februar 1942 veröffentlichten Befehl Stalins zum Tag der Roten Armee hieß es: »Es wäre aber lächerlich, die Hitlerclique mit dem deutschen Volk, mit dem deutschen

Staat gleichzusetzen.«[13] Zugleich wurde darin betont: »Die Stärke der Roten Armee besteht endlich darin, daß sie keinen Rassenhaß gegen andere Völker, auch nicht gegen das deutsche Volk, hegt ...«[14] Die gleichen Gedanken waren in dem Aufruf enthalten, den Stalin am 9. Mai 1945 im Zusammenhang mit der Kapitulation Nazideutschlands an das Volk richtete: »Die Sowjetunion feiert den Sieg, wenn sie sich auch nicht anschickt, Deutschland zu zerstückeln oder zu vernichten.«[15]

Durch spätere dokumentarische Veröffentlichungen erlitt der Nimbus Stalins als eines konsequenten Verfechters der Einheit Deutschlands einige Einbußen. Winston Churchill, der versuchte, den negativen Eindruck zu verwischen, den seine ursprüngliche Haltung zur Einheit Deutschlands auf die europäische Öffentlichkeit hervorgerufen hatte, zitierte z.B. in seinen 1950 erschienenen Memoiren folgende Stelle aus dem Bericht des britischen Außenministers, Anthony Eden, über die Verhandlungen, die im Dezember 1941 mit der sowjetischen Führung in Moskau stattgefunden hatten: »In meiner ersten Unterredung mit Stalin und Molotow am 16. Dezember ließ sich Stalin mit einiger Ausführlichkeit über die von ihm als richtig betrachteten Nachkriegsgrenzen in Europa aus sowie über die Behandlung, die Deutschland widerfahren sollte. Er schlägt die Wiederherstellung Österreichs als unabhängigen Staat vor, die Loslösung des Rheinlandes von Preußen als unabhängigen Staat oder als Protektorat und eventuell die Bildung eines selbständigen Bayerns. Ostpreußen soll an Polen abgetreten und das Sudetenland an die Tschechoslowakei zurückgegeben werden.«[16]

In einem 1961 in den USA veröffentlichten Sammelband über die Teheraner Konferenz, der die amerikanische Variante der Gesprächsniederschriften enthält, gibt es einige Hinweise darauf, daß Stalin auf die englisch-amerikanischen Vorschläge für die Aufteilung Deutschlands reagierte und dabei dem empfohlenen Vorgehen zustimmte.[17] Im Sammelband über die Potsdamer Konferenz, der ebenfalls die amerikanische Version der Gesprächsniederschriften enthält, befindet sich eine Notiz von G. Elsey, Adjutant des Stabschefs des Oberbefehlshabers der amerikanischen Streitkräfte, Admiral William D. Leahy. Die Notiz enthält eine Information von Winston Churchill über die Ergebnisse des britisch-sowjetischen Treffens, das im Oktober 1944 in Moskau stattgefunden hatte. Entsprechend dieser Information habe Stalin im Gespräch mit dem britischen Außenminister Anthony Eden die Schaffung eines süddeutschen Bundes mit Wien als Hauptstadt, die Abtrennung des Ruhr- und des Saargebiets von Preußen und die Bildung eines Separatstaates im Rheinland befürwortet.[18]

In der sowjetischen Version der protokollierten offiziellen Verhandlungen der »Großen Drei« ist die Haltung der sowjetischen Delegation etwas anders wiedergegeben als in der amerikanischen Fassung. Entsprechend der Niederschrift der Teheraner Gespräche warf Stalin die Frage der Aufteilung Deutschlands nicht auf und gab auch nicht zu erkennen, ob er eine Lösung in der Variante Churchills oder in der Variante Roosevelts präferierte. Auf die Frage Churchills »Bevorzugt Marschall Stalin ein zerstückeltes Europa?« folgte eine ganz andere Antwort als in der amerikanischen Fassung: »Was heißt hier Europa? Ich weiß nicht, ob es nötig ist, vier, fünf oder sechs selbständige deutsche Staaten zu schaffen. Diese Frage muß diskutiert werden. Aber mir ist klar, daß es unnötig ist, neue Bünde zu schaffen.«[19] Das war eine eindeutig kritische Reaktion auf die Idee Churchills, einen Donaubund zusammen mit einem geeinten Süddeutschland zu bilden.

Da diese und jene Dokumente in der Zeit des Kalten Krieges veröffentlicht wurden, in der die Bundesrepublik Deutschland Mitglied der NATO wurde, kann nicht ausgeschlossen werden, daß Manipulationen an ihnen vorgenommen wurden, um die Haltung der Sowjetunion in einem ungünstigen Licht erscheinen zu lassen. Trotzdem lassen sich beide Positionen logisch rekonstruieren.

Stalin, der die komplizierten Beziehungen in der Antihitlerkoalition berücksichtigte, wollte offensichtlich nicht auch noch wegen der territorialen Einheit Deutschlands mit seinen Verbündeten in Konflikt geraten und wollte seinen Gesprächspartnern gelegentlich einen kleinen Dienst erweisen. Er hielt es indes für notwendig, von Zeit zu Zeit seinen Standpunkt zur Frage der Einheit Deutschlands öffentlich zu fixieren.

Selbstverständlich ließ er sich nicht von ideologischen Erwägungen leiten und schon gar nicht von Gefühlen. Sie waren dem brutalen, pragmatischen Politiker fremd. Für Stalin waren zweifellos die konstanten geopolitischen Interessen des historischen Rußland und folglich auch der Sowjetunion maßgebend. Wenn Deutschland für Großbritannien stets der Hauptkonkurrent im Kampf um die Führung im kontinentalen Europa, für die USA ein Hindernis auf dem Wege zu einer möglichen Dominanz im europäischen Raum und für Frankreich eine ständige Gefahr für dessen östliche Provinzen war, so stellte es für die UdSSR einen möglichen Faktor des außenpolitischen Gleichgewichts in Mitteleuropa, ein Gegengewicht gegen einen übermäßigen englisch-amerikanischen Einfluß auf dem Kontinent dar. Damit es diese Rolle spielen konnte, benötigte die Sowjetunion ein friedliches Deutschland, das ihr freundschaftlich gesonnen und gleichzeitig genügend stark war, um eine selbständige Politik betreiben zu können.

Derartige Überlegungen beeinflußten meines Erachtens auch die Positionen der sowjetischen Führung zur deutschen Frage in den ersten Nachkriegsjahren.

Wenn ich die verschiedenen Manöver in bezug auf die Frage, wie Deutschland nach dem Kriege aussehen sollte, etwas näher beleuchtet habe, wollte ich die Teilnehmer der damaligen Verhandlungen weder anklagen noch reinwaschen. Überhaupt habe ich nicht die Absicht, die Rolle eines Staatsanwalts zu übernehmen, der den Anspruch erhebt, die ganze Wahrheit zu kennen. Schweigt man jedoch zu nicht immer angenehmen Themen, so beraubt man sich der Möglichkeit, die eigentlichen Motive für politische Entscheidungen aufzudecken und folglich den Sinn von Ereignissen zu verstehen.

Selbstverständlich wurden auf den Konferenzen der »Großen Drei«, die den Kern der Antihitlerkoalition bildeten, alle wichtigen Fragen erörtert. Davon kann man sich leicht überzeugen, wenn man die Texte der Abkommen betrachtet, die auf den Konferenzen der drei Großmächte geschlossen wurden.[20]

Diese Dokumente waren das Ergebnis eines komplizierten Kompromisses. Das gilt auch für das Potsdamer Abkommen und erklärt die Abstraktheit und Verschwommenheit einzelner Formulierungen, die den Keim für Differenzen in sich bargen. Trotzdem war die generelle Zielsetzung des Abkommens völlig klar. Im Dokument wurde eindeutig festgestellt: »Es ist nicht die Absicht der Alliierten, das deutsche Volk zu vernichten oder zu versklaven ... Wenn die eigenen Anstrengungen des deutschen Volkes unablässig auf die Erreichung dieses Zieles gerichtet sind«, hieß es dort, »wird es ihm möglich sein, zu gegebener Zeit seinen Platz unter den freien und friedlichen Völkern der Welt zu finden.«[21]

In dem Abschnitt, der die ökonomischen Grundsätze der Alliierten umriß, wurde besonders darauf hingewiesen, daß Deutschland während der Besatzungszeit als ein »einheitliches wirtschaftliches Ganzes« angesehen werden sollte.

Das Abkommen sah auch die Verwirklichung eines umfassenden Programms zur Entmilitarisierung und Demokratisierung Deutschlands vor. Die Hauptpunkte dieses Programms lauteten:

1. Das ganze politische Leben Deutschlands soll demokratisch umgestaltet werden, wobei dem deutschen Volk alle Möglichkeiten geboten werden müssen, die Umgestaltung seines Lebens auf demokratischer, friedlicher Grundlage selbst vorzunehmen.
2. Der deutsche Militarismus und Faschismus müssen für immer ausgerottet werden, damit Deutschland nie mehr seine Nachbarn oder die Erhaltung des Friedens in der ganzen Welt bedroht.
3. Die deutschen Monopolverbände müssen beseitigt werden, da sie die Hauptverantwortung für die Entfesselung zweier Weltkriege tragen.
4. Unverzüglich muß mit den Vorbereitungen zur Ausarbeitung eines Friedensvertrages begonnen werden, wonach ein Friedensvertrag mit Deutschland geschlossen werden soll, der den Prinzipien des Potsdamer Abkommens entspricht.

Berücksichtigt man die konkrete Situation, in der das Abkommen zustande kam, so lassen sich gegen die oben angeführten Aufgaben, selbst wenn man sie aus der historischen Distanz beurteilt, kaum Einwände erheben. Da wir jedoch den späteren Verlauf der Ereignisse kennen, ist es klar, daß das Abkommen ernste Mängel aufwies, welche die Wirksamkeit dieses Dokuments verminderten und ungünstige Entwicklungen zuließen. Und einige dieser Defizite waren unmittelbar mit der negativen Haltung zur deutschen Einheit verbunden.

So bestand z.B. ein unmittelbarer Mangel des Abkommens darin, daß es keinen klaren Hinweis auf die Notwendigkeit enthielt, *unverzüglich eine deutsche Zentralregierung zu schaffen.* 1945 waren die Divergenzen zwischen den Verbündeten der Antihitlerkoalition noch nicht so groß wie nach dem Beginn des Kalten Krieges. Wäre damals in Deutschland eine Zentralregierung entstanden, so hätte sie gewissermaßen als Klammer im Sinne der deutschen Einheit wirken und verhindern können, daß die Deutschen in die Konfrontation der Großmächte hineingezogen wurden. Die Wiederherstellung eines souveränen, einheitlichen Deutschland wäre viel früher zur Realität geworden. Und das hätte weitreichende Folgen gehabt.

Den vorliegenden Dokumenten nach zu urteilen, warf die sowjetische Delegation auf der Potsdamer Konferenz die Frage der Bildung einer deutschen Zentralregierung auf, beharrte jedoch nicht weiter auf ihrem Standpunkt, als sie auf den Widerstand ihrer Partner stieß. Auf Vorschlag der amerikanischen Delegation wurde die Prüfung dieser Frage schließlich vertagt. Beschlossen wurde, statt einer deutschen Zentralregierung »einige wichtige zentrale deutsche Verwaltungsabteilungen« zu schaffen, insbesondere auf dem Gebiet des Finanz-, Verkehrs- und Nachrichtenwesens, des Außenhandels und der Industrie. Letzten Endes wurde daraus praktisch nichts.

Durch das Fehlen einer deutschen Zentralmacht erhielt die in Jalta beschlossene und in Potsdam vertraglich fixierte Aufteilung Deutschlands in Besatzungszonen einen grundsätzlich anderen, negativen Inhalt. Hätte eine deutsche Zentralregierung existiert, so wäre eine solche Aufteilung eine vorwiegend organisatorische, zeitweilige Lösung gewesen. Aber wegen des Nichtvorhandenseins einer Zentralregierung bekam die Aufspaltung in Zonen einen politischen Inhalt, und die Trennlinien zwischen den Besatzungszonen wurden gewissermaßen zu Grenzen. Je größer die Unterschiede in der Politik der Besatzungsmächte wurden, um so größer wurden die Barrieren, die anfangs nur einen formalen Charakter zu haben schienen.

Das in Potsdam konzipierte System einer von den vier Besatzungsmächten ausgeübten gemeinsamen Verwaltung Deutschlands und der Alliierte Kontrollrat zur gemeinsamen Klärung von Fragen, welche Deutschland insgesamt betrafen, hätten arbeitsfähig sein können, wenn die Politik der Besatzungsmächte in den Grundfragen übereingestimmt hätte. Aber da jede Zonenverwaltung dadurch, daß sie sich nach den Anweisungen der entsprechenden Regierungen richtete, nach eigenem Gutdünken handelte, wurde der Graben zwischen den Besatzungszonen immer tiefer. Der Alliierte Kontrollrat war zum Scheitern verurteilt.

Wie stark die Interessen der Verbündeten in der Antihitlerkoalition differierten, wird an ihrem Verhältnis zu den Reparationen besonders deutlich. Die Westmächte wünschten nicht sonderlich, daß die Sowjetunion ihr Industriepotential mittels Reparationen rasch wiederherstellte. Daneben trachteten sie danach, daß die Reparationen vor allem in Form von Produktionsanlagen demontierter Betriebe geleistet wurden. Die Sowjetunion war objektiv an der Lieferung von Fertigerzeugnissen der deutschen Industrie interessiert. Im Gegensatz dazu hatten weder die USA noch Großbritannien ein Interesse daran, daß die industrielle Kapazität Deutschlands wieder wuchs; denn sie fürchteten dessen Rückkehr als starker Konkurrent auf die Weltmärkte. Das wäre jedoch bei einer Vergrößerung des Umfangs der Warenproduktion zum Zwecke der Zahlung der Reparationen praktisch unvermeidlich gewesen. In der Demontage der deutschen Industriebetriebe sahen sie eine Form der Verwirklichung der Ideen, die seinerzeit den Kern des Morgenthauplans gebildet hatten.

Die Sowjetunion, für die das Problem einer deutschen Konkurrenz auf den Warenmärkten nicht existierte, hätte aus einer künftigen Kooperation mit der deutschen Industrie einen nicht geringen Nutzen ziehen können. Diese Zusammenarbeit hätte auch nach der Beendigung der Reparationslieferungen fortgesetzt werden können. Ein schwerer Fehler der sowjetischen Führung, und zwar Stalins, bestand darin, daß er der Idee, Deutschland solle Reparationen auf Kosten von

Demontagen leisten, ursprünglich zugestimmt hatte. Dies hatte negative Folgen; denn schon die Verwendung intakter Produktionsanlagen führte zum technischen und technologischen Rückstand. Außerdem verstärkte die Tatsache, daß die Demontage von Betrieben vor allem in der sowjetischen Zone in großem Maßstab vorgenommen wurde, die feindselige Einstellung der Bevölkerung zur Besatzungsmacht, d.h. zur Sowjetunion. Nach einer gewissen Zeit begriff die sowjetische Führung ihren Fehler und änderte ihre ursprüngliche Praxis. Da war es aber schon zu spät, und das Geschehene ließ sich nicht mehr aus der Erinnerung der Menschen tilgen.

Mit anderen Worten, die nachfolgende Spaltung Deutschlands war durch die unterschiedliche Haltung der Siegermächte gewissermaßen vorprogrammiert.

## Der Kalte Krieg
## Die Spaltung wird zur Realität

Alles deutet – so merkwürdig es uns auch scheinen mag – darauf hin, daß nicht eine der Mächte, die Deutschland besetzten und eine entscheidende Rolle bei der Gestaltung seines Schicksals spielten, ein einheitliches, wohldurchdachtes Konzept zur deutschen Frage hatte.

Das gilt auch für die Politik der Sowjetunion. Ohne besondere Mühe lassen sich zwei einander ausschließende Ziele feststellen. Das erste wurde von langfristigen geopolitischen Interessen bestimmt. Für die Sowjetunion war es wichtig, in Europa ein freundschaftlich gesonnenes, neutrales Deutschland zu haben, das allein durch seine Existenz ein Gleichgewicht im Kräftespiel auf dem Kontinent schaffte und der UdSSR einen gewissen Schutz für den Fall bot, daß sich ihre Bundesgenossen im Kriege in Konkurrenten oder gar in Gegner verwandelten. Diese Linie setzte eine Orientierung auf die endgültige Überwindung der Folgen der Naziherrschaft, die konsequente Demokratisierung Deutschlands und die Wiederherstellung der deutschen Einheit voraus. Das zweite Ziel war von ideologischen Stereotypen bestimmt, die in der Vorstellung wurzelten, man müsse jede sich bietende Gelegenheit nutzen, um die »Einflußsphäre des Sozialismus« zu erweitern, wobei unter Sozialismus die politische und ökonomische Ordnung der Sowjetunion verstanden wurde.

Alle prinzipiellen Entscheidungen in der deutschen Frage wurden in Moskau von einem einzigen Menschen – Stalin – getroffen. Und die unübersehbaren Schwankungen in dieser Hinsicht spiegelten die schwankende Haltung des Führers. Allem Anschein nach wurde gleich nach Kriegsende das Hauptgewicht auf das erste Ziel gelegt. Die sowjetische Militäradministration in Deutschland sowie die leitenden Organe der KPD (und später der SED) erhielten aus Moskau die Anweisung, Umgestaltungen, die über die Bestrafung der Kriegsverbrecher und die Demokratisierung der gesellschaftlichen Verhältnisse hinausgingen, nicht zu forcieren. In der sowjetischen Besatzungszone wurden viel früher als in den anderen Zonen politische Parteien wieder zugelassen, darunter auch solche mit nichtsozialistischem, bürgerlichem Charakter. Deutsche Gewerkschaften entstanden neu. Zeitungen und Zeitschriften erschienen, und der Rundfunk sendete. Aufschlußreich ist, daß alle gesellschaftlichen Organisationen, die von der sowjetischen Militäradministration zugelassen wurden, zum Sitz ihrer zentralen Organe Berlin wählten. Sie betonten damit ihren gesamtdeutschen Charakter und besaßen in einigen Fällen, zumindest in der ersten Zeit, ein solches Image tatsächlich.

Auf den Kontrollratssitzungen betonten die Vertreter der UdSSR wiederholt die Notwendigkeit, die Potsdamer Beschlüsse in jenem Teilbereich zu verwirklichen, der die Schaffung zentraler deutscher Wirtschaftsverwaltungen vorsah. Die Schaffung solcher Organe in der sowjetischen Besatzungszone wurde als vorbereitender Schritt auf dem Wege zu gesamtdeutschen Verwaltungen proklamiert.

Auf Anweisung Moskaus traf die sowjetische Militäradministration entschiedene Maßnahmen, um Straftaten von Militärangehörigen gegen die Zivilbevölkerung – schweres Erbe der letzten, äußerst erbitterten Etappe des Krieges – auszumerzen und zu verhindern. Ein bedeutender Teil der in Deutschland stationierten Militärangehörigen wurde ausgewechselt. Außerdem wurden die Truppen streng kaserniert.

Die Schaffung deutscher Verwaltungsorgane erfolgte nicht nach Parteikriterien, sondern in erster Linie unter Berücksichtigung fachlicher Gesichtspunkte. Den Mitarbeitern der Militäradministration war offiziell untersagt, die Deutschen verächtlich zu behandeln. Dies stand in einem auffallenden Gegensatz zu dem, was in den westlichen Besatzungszonen nach dem Befehl der amerikanischen und britischen Militärverwaltung üblich war, der Militärangehörigen und Beamten der Alliierten die sogenannte Fraternisierung mit der deutschen Bevölkerung verbot. Die sowjetischen Verwaltungsorgane waren gehalten, die Normalisierung des Lebens in den ihnen unterstellten Gebieten, die Wiederaufnahme der landwirtschaftlichen und industriellen Produktion und die schnelle Eingliederung der zahlreichen Umsiedler aus den an Polen und die Tschechoslowakei gefallenen Gebieten aktiv zu unterstützen. Es wurden Maßnahmen getroffen, um das Bildungswesen und die kulturellen Einrichtungen zu erneuern und die Lebensbedingungen der Intelligenz zu verbessern.

Heute klingt es unwahrscheinlich, aber zahlreiche Quellen bestätigen, daß die Bevölkerung in der sowjetischen Besatzungszone trotz der schweren Kriegsfolgen in den Jahren 1946/47 wesentlich besser lebte als im westlichen Teil Deutschlands. Als unvoreingenommener Beobachter der Ereignisse schilderte der britische Wissenschaftler J. Nettl die damalige Situation folgendermaßen: »Der Vergleich zwischen West- und Ostdeutschland zeugt vom relativen Erfolg der Russen. Bedeutende Mengen von Konsumgütern, die in Westdeutschland erst nach der Geldreform von 1948 in die Geschäfte kamen, wurden in der sowjetischen Zone schon viel früher auf den Markt gebracht. Die allgemeine Lage in Ostdeutschland in der ersten Hälfte des Jahres 1946 war durch ökonomische Aktivität und Hoffnung gekennzeichnet.«[22] Ähnliche Feststellungen finden sich auch in anderen, später erschienenen Büchern englischer und amerikanischer Autoren.

Eine Folge der sich verbessernden wirtschaftlichen Lage im östlichen Teil Deutschlands war der Strom freiwilliger Übersiedler aus den Westzonen. Es waren vor allem Angehörige der Intelligenz – Ärzte, Wissenschaftler, Künstler. Außerdem fuhren viele Einwohner der Westzonen zum Einkaufen »in den Osten« oder schickten Kinder zur Erholung zu Verwandten. Natürlich war der wirtschaftliche Aufschwung in der sowjetischen Zone sogar nach den Maßstäben der Nachkriegszeit gemessen nur sehr bescheiden. Die Konsumgüter und Lebensmittel reichten kaum, um den eigenen Bedarf der Bevölkerung in der Ostzone zu decken. Aber die Geld- und Warenzirkulation begann nach dem Staubsaugerprinzip zu funktionieren: Aus den Westzonen strömte Papiergeld in großen Mengen nach Ostdeutschland, und Lebensmittel und Industriewaren, die im Osten bei weitem nicht im Überfluß vorhanden waren, gelangten in den Westen.

Um das zu verhindern, wurde auf Anordnung der sowjetischen Militäradministration am 30. Juni 1946 an der Grenze zwischen den Westzonen und der Ostzone eine strenge Kontrolle des Personen- und Warenverkehrs eingeführt. Das machte diese Grenze jedoch nicht unüberwindlich. Es gab damals keine besonderen Grenzsicherungsanlagen. Außerdem existierte eine gewaltige Bresche: der freie Durchgang zwischen den Sektoren in Berlin, das noch nicht in Ost- und Westberlin geteilt war. Alle sahen die Maßnahmen, die ergriffen worden waren, als zeitweilig an. Im Juli 1946 äußerte der sowjetische Vertreter auf einer Kontrollratssitzung, auf der die Schaffung eines gemeinsamen »Wirtschaftspools« aller Zonen beraten wurde, die Bereitschaft, die eingeführten Beschränkungen wieder aufzuheben, wenn die Chefs der Militärregierungen Maßnahmen träfen, welche die Einbeziehung der industriellen Kapazitäten ihrer Zonen in dieses Vorhaben gewährleisteten. Da keine positive Antwort erfolgte, blieb die Sache in der Schwebe.

Die Einführung der administrativen Kontrolle an der Zonengrenze bewirkte jedoch, daß die Fortsetzung der nicht abgestimmten Politik der Mächte in den verschiedenen Zonen Deutschlands zu deren Abkapselung und Umwandlung in autarke Systeme und im Endeffekt zum Zerfall des Staates führte.

In der sowjetischen Besatzungszone wurden die praktischen Folgen der zweiten Orientierung – der Sowjetisierung – mit der Zeit immer deutlicher. Bis 1948 war dieser Kurs noch nicht der bestimmende, begann aber schon einen merklichen Einfluß auf die dortige Situation auszuüben. Und das wirkte sich sofort auf die wirtschaftliche Lage und die Stimmung unter der Bevölkerung aus. In den westlichen Besatzungszonen, vor allem in der amerikanischen und britischen, schwankte der Kurs zwischen der früheren Einstellung zum besiegten Deutschland als einem potentiellen Konkurrenten, der maximal geschwächt werden mußte, und der Absicht, das deutsche Potential im sich entwickelnden Kalten Krieg gegen die Sowjetunion auszunutzen. In den ersten Jahren der Besetzung gewann die erste Zielsetzung die Oberhand. Besonders deutlich zeigte sich das in der amerikanischen Besatzungszone, vor allem in Bayern. In den ersten Jahren widersetzte sich die amerikanische Militärverwaltung mit aller Entschiedenheit der Entstehung von Parteien, die einen gesamtdeutschen Einfluß hätten ausüben können. Es wurde ihnen nicht einmal gestattet, sich innerhalb der amerikanischen Zone zusammenzuschließen. Die Landesebene bildete die oberste Grenze.

Die Wirtschafts- und Sozialpolitik benachteiligte eindeutig die Deutschen. Die Lebensmittelversorgung funktionierte schlecht. Die Industrie war weitgehend gelähmt, was den Besatzungsmächten nur recht war. Die faktische Deindustrialisierung führte zur Arbeitslosigkeit und zur weiteren Verelendung der Bevölkerung.

Auch der politische Kurs der amerikanischen, der britischen und der französischen Besatzungsmacht wirkte sich auf die Lage in den Westzonen aus. Die betreffenden Unterschiede waren zwar viel geringer als zwischen den Westmächten und der Sowjetunion, aber dennoch spürbar. Die Entnazifizierung wurde unterschiedlich durchgeführt. Deutliche Unterschiede existierten in der Wirtschaftspolitik. Verschiedene politische Kräfte wurden als politische Stützen ausgewählt. Die britische Militärverwaltung, die sich von den Anweisungen der Labourregierung leiten ließ, bevorzugte offen die Sozialdemokraten. Die amerikanische Verwaltung hingegen protegierte die Christdemokraten.

Das Verhalten gegenüber der deutschen Bevölkerung schwankte zwischen Gleichgültigkeit und feindseliger Überheblichkeit. Besonders unnachgiebig war das Besatzungsregime der Franzosen.

Ende 1947 begann sich die Situation zu ändern. Die Widersprüche zwischen den ehemaligen Verbündeten in der Antihitlerkoalition spitzten sich immer schärfer zu. Die Deutschlandpolitik der USA und danach Großbritanniens war immer mehr von der Absicht bestimmt, das von ihnen kontrollierte deutsche Territorium und die deutsche Bevölkerung als Stützpunkt bzw. als Hilfstruppe bei ihrem Konfrontationskurs zu benutzen.

Die widersprüchlichen Auffassungen, welche die Westmächte in den ersten Nachkriegsjahren über die künftige Deutschlandpolitik hatten, bildeten eine eigentümliche zweigleisige Variante der »Organisation des deutschen Raumes«. Ihr Wesen bestand darin, das Ziel der Aufspaltung Deutschlands mit einer maximalen Ausnutzung des technischen wie personellen deutschen Potentials im Kalten Krieg zu verbinden.

Entsprechend der neuen Zielsetzung sollte die Trennlinie durch Deutschland dort verlaufen, wo die Einflußsphäre der Westmächte endete, d.h. sie sollte Westdeutschland von der sowjetischen Besatzungszone trennen. Das setzte natürlich eine wesentliche Modifizierung der Politik der Besatzungsmächte in den Westzonen Deutschlands voraus: den Verzicht auf den anmaßenden Paternalismus gegenüber den deutschen Politikern und der ganzen Bevölkerung, eine Änderung der Befehle und Anordnungen, die eine Gesundung der deutschen Wirtschaft verhinderten, sowie die Förderung ihrer Entwicklung, die Beseitigung der wichtigsten Unterschiede zwischen den Westzonen und deren allmähliche gegenseitige Angleichung bis zur endgültigen Verschmelzung.

Als erstes Signal, das den Beginn eines Umschwungs ankündigte, kann die Rede angesehen werden, die der amerikanische Außenminister James Byrnes am 12. Juli 1946, dem letzten Tag der Pariser Konferenz der Außenminister Großbritanniens, Frankreichs, der USA und der UdSSR, hielt. Hier wurde der Plan des Zusammenschlusses der amerikanischen und britischen Besatzungszone zum ersten Mal offiziell dargelegt.[23]

Detailliertere Ausführungen hierzu machte Byrnes im September 1946 in Stuttgart. Er bekräftigte die Absicht der amerikanischen Regierung, im Interesse der Wiederherstellung einer eigenständigen Wirtschaft eine Politik der Vereinigung der britischen und amerikanischen Zone zu verfolgen, deren

Verwaltung auf eine föderale Grundlage gestellt werden sollte. Er hieß den Anschluß des Saarlandes an Frankreich gut, lehnte aber die im Potsdamer Abkommen vorgesehene Viermächtekontrolle des Ruhrgebiets strikt ab.

Gleichzeitig verkündete Byrnes, daß er Änderungen der in Potsdam formulierten Reparationspolitik vorzuschlagen beabsichtige und daß sich seine Regierung weigere, die Verpflichtungen zu Reparationslieferungen aus der laufenden Produktion der Westzonen an die UdSSR zu erfüllen. Obwohl Byrnes in seiner Rede wiederholt versicherte, die USA seien bereit, die im Potsdamer Abkommen übernommenen Verpflichtungen zu erfüllen, bestand an seiner Hauptaussage kein Zweifel: Die USA hatten begonnen, ihre Nachkriegspolitik gegenüber Deutschland grundlegend zu ändern.[24]

Aber derartige Wendungen lassen sich nicht einfach vollziehen. »Man konnte nicht erwarten,« schrieb der amerikanische Zeitzeuge und Historiker J. W. Spanier, »daß die amerikanische Öffentlichkeit sofort von den freundschaftlichen Gefühlen zur Sowjetunion, die vom Heldentum der Russen während des Krieges hervorgerufen worden waren, sowie von den Hoffnungen auf friedliche Koexistenz in der Nachkriegsperiode zu einem feindlichen Verhältnis ihnen gegenüber übergehen konnte.«[25] Daher mußten die herrschenden Kreise der USA sehr vorsichtig agieren und sowohl die breite Masse ihrer eigenen Bevölkerung als auch die Öffentlichkeit Westeuropas allmählich an die neue Situation und ihre neue Politik gewöhnen.

Sogar in der herrschenden Elite war keine einheitliche Haltung zu dieser Politik vorhanden. Die Abstimmung mit Großbritannien war nicht leicht. In der Labourregierung gab es einflußreiche Gegner des von Byrnes vorgeschlagenen Kurses. Der britische Außenminister Ernest Bevin, der geneigt war, Byrnes' Politik zu unterstützen, stieß in seiner eigenen Partei auf heftige Kritik.[26]

Aber schließlich stimmte die britische Regierung unter amerikanischem Druck dem Plan von Byrnes zu. Konkret fand dies im Abkommen über die Schaffung einer einheitlichen britisch-amerikanischen Besatzungszone, der sogenannten Bizone, Ausdruck, die zu einer Trizone wurde, nachdem Frankreich der Übereinkunft gleichfalls zugestimmt hatte. Der Weg zum völligen Zerfall Deutschlands in einen westlichen und einen östlichen Teil war endgültig frei.

Eine sehr wichtige Etappe auf diesem Weg war die Währungsreform in den Westzonen. Über die Notwendigkeit der Reform bestand an sich kein Zweifel. Da eine Übereinkunft darüber existierte, daß die deutsche Wirtschaft als ein einheitliches Ganzes betrachtet werden solle, war man davon ausgegangen, daß Deutschland trotz seiner Aufteilung in Zonen eine einheitliche Währung haben würde. Dieses Thema wurde wiederholt auf den Sitzungen des Alliierten Kontrollrates und in dessen untergeordneten administrativen Strukturen erörtert.

Doch nachdem die USA, Großbritannien und Frankreich die neue Politik in bezug auf die deutsche Frage betrieben, war die Einführung einer einheitlichen Währung in Deutschland für sie kein aktuelles Problem mehr. Unter strengster Geheimhaltung – darunter auch gegenüber der Leitung der sowjetischen Militäradministration – wurde die nur für die Westzonen geltende Währungsreform vorbereitet.

Am 20. Juni 1948 wurde sie durchgeführt. Trotz sozialer Härten waren ihre Folgen für die Wirtschaft insgesamt positiv. Die entsprechenden Maßnahmen wurden unter Teilnahme so bedeutender Ökonomen wie des künftigen Wirtschaftsministers und späteren Bundeskanzlers Ludwig Erhard ausgearbeitet und gaben der Volkswirtschaft starke Impulse. Eine positive Rolle spielten hierbei die Kredite, welche die westlichen Besatzungszonen auf Grund des Marshallplans erhielten. Allerdings würde ich die Bedeutung dieser Hilfe entgegen der heute verbreiteten Meinung nicht übertreiben.

Für Ostdeutschland bedeutete die westdeutsche Währungsreform jedoch eine echte Katastrophe. In kürzester Zeit wurden alle jene bescheidenen Erfolge zunichte gemacht, die bisher errungen worden waren. Eine ungeheure Menge von Papiergeld, das im Westen wertlos geworden war, strömte nach Ostdeutschland. Damit wurde alles, was nur zu haben war, aufgekauft.

Die von den ostdeutschen Behörden ergriffenen außerordentlichen Maßnahmen – »ihr« Geld wurde mit eilig gedruckten Kupons beklebt, die Briefmarken ähnelten – zeitigten keine wesentlichen Ergebnisse. Ostdeutschland war gezwungen, schleunigst eine eigene Währungsreform vorzubereiten und durchzuführen. Unter den gegebenen Umständen konnte sie nicht genau durchdacht werden. Man begann die Westmark im Verhältnis 1:4 zur Ostmark zu handeln. Und obwohl dieser Kurs nicht die reale Kaufkraftparität spiegelte, übte er einen großen psychologischen und politischen Einfluß auf die Lage im Lande aus.

Die in Westdeutschland durchgeführte Währungsreform beschleunigte den Prozeß der Entstehung eines separaten Staatsgebildes. Die Frage war nur, wann dieser Prozeß seine endgültige juristische Ausgestaltung fand. Dies erforderte einige Zeit. Auf der Londoner (Juni 1948) und der Washingtoner (April 1949) Konferenz der Westmächte wurden die Ministerpräsidenten der westdeutschen Länder ermächtigt, eine verfassunggebende Versammlung einzuberufen und das Grundgesetz für den künftigen westdeutschen Staat auszuarbeiten. Die Westmächte legten die Grundsätze der Beziehungen zwischen diesem Staat und den drei Besatzungsmächten – USA, Großbritannien und Frankreich – fest und bestätigten sie. Am 8. Juni 1948 wurde auf der Konferenz der Ministerpräsidenten der westdeutschen Länder in Koblenz der Beschluß gefaßt, einen parlamentarischen Rat zu gründen, der den Auftrag erhielt, eine westdeutsche Verfassung auszuarbeiten. Am 23. Mai 1949 wurde ihr Text von den Landtagen der Länder der amerikanischen, britischen und französischen Zone ratifiziert. Der einzige Landtag, der ihn ablehnte, war der bayerische. Aber da die übrigen Länder einen positiven Beschluß gefaßt hatten, trat die Verfassung in Kraft. Am 14. August 1949 fanden Parlamentswahlen statt, und am 7. September trat der erste Bundestag zusammen, der den Bundespräsidenten und den Bundeskanzler wählte.

So entstand ein neuer Staat – die Bundesrepublik Deutschland. Am 29. November fand auf dem Petersberg bei Bonn eine Konferenz des neugewählten westdeutschen Kanzlers mit den drei Hochkommissaren, wie die ehemaligen Chefs der Militärregierungen der westlichen Besatzungszonen jetzt genannt wurden, statt. Sie endete mit der Unterzeichnung eines Abkommens, das die Formen und Methoden der weiteren Eingliederung der Bundesrepublik in die Atlantische Gemeinschaft festlegte. Dieses Abkommen sah die Eingliederung der Bundesrepublik in alle internationalen Organisationen der westlichen Welt vor.

Wie reagierte die Sowjetunion auf all das? Die sowjetische Führung überschätzte die Möglichkeiten ihrer Einflußnahme auf den Verlauf der Ereignisse in Europa. Sie war auf die Änderung des Kurses der Westmächte in der deutschen Frage nicht vorbereitet. Die sowjetischen Initiativen hatten vorwiegend deklarativen Charakter, und die praktischen Lösungen stellten nur eine verspätete Reaktion auf die Handlungen der Westmächte dar.

Die wichtigste Reaktion der UdSSR auf die Aktionen der USA, Großbritanniens und Frankreichs bestand nicht in einer Verstärkung der auf Annäherung beider Teile Deutschlands gerichteten Bemühungen, sondern im Bestreben, die eigene Einflußsphäre »abzukapseln«. Von 1948 an verstärkten sich die Maßnahmen zur Sowjetisierung der östlichen Besatzungszone spürbar. Die Orientierung Moskaus auf begrenzte, rein demokratische Reformen änderte sich. Immer öfter war von sozialistischen Umgestaltungen die Rede. Die Autorität der durch Zwangsvereinigung der Kommunisten und Sozialdemokraten entstandenen SED war schwach. Dies wurde durch die Verstärkung der administrativen Kontrolle kompensiert. Immer deutlicher verschärfte sich die Kontrolle an der Grenzlinie zwischen der sowjetischen und den westlichen Zonen. Einzelne Maßnahmen, die damals von den sowjetischen Behörden ergriffen wurden, waren, gelinde gesagt, undurchdacht und ließen sich nur als gereizte Reaktionen erklären. Dazu gehörte die Abberufung Marschall Sokolowskis aus dem Alliierten Kontrollrat, dem vierseitigen obersten Regierungsorgan der Alliierten im besetzten Deutschland. Danach trat dieser Rat nicht mehr zusammen. Mit diesem Schritt band die sowjetische Seite ihren ehemaligen Partnern gleichsam die Hände und übernahm formell die Verantwortung für die Beseitigung der einzigen noch existierenden gesamtdeutschen Administration.[27]

Ein noch weniger durchdachter Schritt, der große Gefahren in sich barg und unter der Bezeichnung »Berlinkrise« im Jahre 1948 in die europäische Geschichte eingegangen ist, war die »Berliner Blockade«, die Unterbrechung des Verkehrs auf der Autobahn und den beiden Eisenbahnstrecken, die Berlin mit Westdeutschland verbanden. Die Westmächte erklärten, daß sie eine Luftbrücke zur Versorgung der Westberliner Bevölkerung mit Lebensmitteln, Brenn- und Rohstoffen einrichten würden. Dazu wurde eine für die damalige Zeit riesige Armada – 380 Flugzeuge und 57 000 Mann Flug- und Bedienungspersonal – aufgeboten. In den Augen der deutschen Bevölkerung waren die Westmächte, in erster Linie die USA, die edlen Retter, die den Einwohnern Westberlins bei der aufgezwungenen Blockade halfen. Die Sowjetunion dagegen erschien vielen Menschen – sowohl in Deutschland als auch jenseits seiner Grenzen – als eine aggressive Macht. Den

Westmächten wurden zusätzliche Argumente zur Rechtfertigung des auf Isolierung Westdeutschlands von Ostdeutschland gerichteten Kurses und zur forcierten Schaffung eines Separatstaates in ihren Besatzungszonen geliefert.

Letzten Endes mußte die sowjetische Führung nachgeben. Die »Berliner Blockade« verschärfte die internationalen Spannungen und hatte schließlich die volle Entfaltung des Kalten Krieges zur Folge. Die deutsche Frage wurde zum Hauptfeld dieses Krieges.

Die unmittelbare Antwort auf die Gründung der Bundesrepublik war die Zustimmung der Sowjetunion zur Gründung der Deutschen Demokratischen Republik in der ihr unterstellten Ostzone. Das geschah am 7. Oktober 1949.

Die Orientierung auf die Einheit Deutschlands, die ursprünglich Bestandteil der sowjetischen Politik zur deutschen Frage gewesen war, obwohl sie aus ideologischen und konjunkturellen Erwägungen nicht mehr an erster Stelle rangierte, war trotz allem noch immer vorhanden. Die sowjetische Führung hatte die Hoffnung nicht aufgegeben, die Idee der deutschen Einheit wiederbeleben zu können. Ein Ausdruck dessen war die Initiative, die von der sowjetischen Regierung im Frühjahr 1952 ergriffen wurde. Am 10. März veröffentlichte sie eine Note, die den Entwurf eines Friedensvertrages mit Deutschland enthielt, welcher in seinem Kern die Wiederherstellung der Einheit vorsah. Alle Streitkräfte der Besatzungsmächte sollten spätestens ein Jahr nach dem Inkrafttreten des Friedensvertrages aus ganz Deutschland abgezogen werden. Alle ausländischen Militärstützpunkte in Deutschland sollten beseitigt werden. Vorgeschlagen wurde, Deutschland von der Zahlung der Nachkriegsschulden an die Siegermächte, mit Ausnahme der sich aus Handelsverpflichtungen ergebenden Schulden, völlig zu befreien. Dem deutschen Volk sollten alle demokratischen Rechte und Freiheiten garantiert werden. Vorgesehen war, in ganz Deutschland freie Wahlen abzuhalten. Deutschland sollten Streitkräfte für die Landesverteidigung zugebilligt werden. Außerdem sollte es von politischen wie militärischen Verpflichtungen befreit werden, die sich aus Verträgen und Abkommen ergaben, welche von den Regierungen der BRD und der DDR vor Unterzeichnung des Friedensvertrages und vor der Wiedervereinigung Deutschlands zu einem einheitlichen Staat unterzeichnet worden waren. Die im Dokument vom 10. März formulierten Ideen wurden in der darauffolgenden Note vom 9. April 1952 präzisiert und weiterentwickelt.

Die sowjetischen Vorschläge wurden abgelehnt. Bis zum heutigen Tag dauert der Streit darüber an, was die damalige sowjetische Initiative zu bedeuten hatte: Handelte es sich um ein rein propagandistisches Manöver oder spiegelte sie wirkliche Absichten? Heute ist nur eines klar: Ob die Absichten der UdSSR hinsichtlich der in den Noten vom 10. März und 9. April 1952 enthaltenen Vorschläge aufrichtig gemeint waren oder nicht, hätte man nur nachprüfen können, wenn man sie angenommen und versucht hätte, sie zu verwirklichen. Das wurde nicht getan.[28]

Keinem Zweifel unterliegt die Haltung der USA und ihrer engsten Verbündeten. Ohne Konsolidierung ihrer Positionen in Westdeutschland und ohne dessen Einbeziehung in ihr Bündnissystem wollten sie keine deutsche Einheit – sie wollten sie selbst dann nicht, wenn der Preis darin bestanden hätte, daß das wiedervereinigte Deutschland von den beiden sich argwöhnisch gegenüberstehenden Gruppierungen gleich weit entfernt gewesen wäre.

1955 – bereits nach dem Tode Stalins – wurde von der UdSSR noch ein Versuch unternommen, den Plan einer Wiedervereinigung Deutschlands auf der Grundlage freier Wahlen in der BRD und der DDR wiederzubeleben und mit dem Problem der Sicherheit in Europa zu verknüpfen. Kurz vor der Ratifizierung der Pariser Verträge, die den Beitritt der

Bundesrepublik zur NATO vorsahen, durch den westdeutschen Bundestag wurde am 15. Januar 1955 eine sowjetische Regierungserklärung veröffentlicht, in der erneut das Einverständnis der UdSSR mit der Abhaltung freier Wahlen in ganz Deutschland betont wurde. Der Vorschlag fand weder bei den Westmächten noch bei der Regierung der Bundesrepublik Gehör.

Einen analogen Standpunkt vertrat die sowjetische Delegation auf der Genfer Konferenz der Regierungschefs der USA, Großbritanniens, Frankreichs und der UdSSR (17.–23. Juli 1955). Diese Konferenz verlief nicht erfolglos. Sie wurde in einer sachlichen Atmosphäre abgehalten und führte zu einer gewissen Entspannung in den Beziehungen zwischen der UdSSR auf der einen Seite und den USA, Großbritannien und Frankreich auf der anderen Seite. In der Presse war vom »Geist von Genf« die Rede, auf den man eine Zeitlang nicht geringe Hoffnungen setzte.

In der deutschen Frage wurden in Genf jedoch keinerlei Fortschritte erzielt. Die Westmächte gebrauchten Ausreden und lehnten den Vorschlag zur Neutralisierung Deutschlands kategorisch ab. Dies machte den sowjetischen Vorschlag, der die Abhaltung freier Wahlen vorsah, gegenstandslos, da er mit dem Verzicht des Westens auf die Zugehörigkeit des wiedervereinigten Deutschland zur NATO verbunden war.

Unter diesen Umständen setzte Nikita Chruschtschow, der damals faktisch an der Spitze der sowjetischen Führung stand, die deutsche Einheit als eine Frage, die für die europäische Sicherheit und damit auch für die Sowjetunion erstrangige Bedeutung hatte, von der Tagesordnung ab. Die sowjetische Delegation machte auf ihrer Rückreise von Genf Zwischenstation in Berlin. Dort verkündete Chruschtschow auf einer Kundgebung eine neue Doktrin: Die Wiedervereinigung ist Sache der Deutschen und nur der Deutschen; sie kann nicht schematisch vollzogen werden; bei einer Wiedervereinigung müssen die sozialen Errungenschaften der Werktätigen der DDR erhalten bleiben. Dieser Standpunkt wurde auf der vom 27. Oktober bis 16. November 1955 durchgeführten Genfer Konferenz der Außenminister Großbritanniens, der USA, der UdSSR und Frankreichs in Genf offiziell bestätigt.[29]

Die Verwirklichung der deutschen Einheit wurde somit auf die lange Bank geschoben. Das schadete nicht nur dem deutschen Volk, sondern stand auch im Gegensatz zu den langfristigen Interessen der Sowjetunion. Die auf deutschem Boden entstandenen Staaten wurden endgültig Gegenstand und Austragungsort erbitterter Schlachten des Kalten Krieges.

Die Idee der deutschen Einheit ging aus dem Arsenal der Politik der UdSSR in das der ihr konträr gegenüberstehenden Kräfte über. Das bedeutete eine große Wende im Propagandafeldzug, der ein sehr wichtiges Element des Kalten Krieges war.

## Die beiden deutschen Staaten und die Sowjetunion

Der Verzicht der sowjetischen Führung auf eine aktive Politik in bezug auf die Fragen der deutschen Einheit schuf die Voraussetzungen dafür, daß diese Losung nicht nur von den Westmächten aufgegriffen wurde, sondern auch von den führenden politischen Kräften in der Bundesrepublik. Vor der »neuen Politik« Chruschtschows hatten westdeutsche Politiker, die das Prinzip der Einheit vertraten, riskiert, in den Verdacht zu geraten, sie seien dem damaligen Kurs untreu oder empfänden gar Sympathien für den »Osten«. Nun aber galt die Verteidigung solcher Ideen als Ausdruck eines patriotischen Standpunkts. Hierbei wurde die Lösung des Problems der deutschen Einheit ausschließlich von der Warte des Kalten Krieges aus gesehen – man dachte in den Begriffen »erzwingen, zurückdrängen«.

Ernsthafte Staatsmänner des Westens, darunter auch der Bundesrepublik, waren sich indes schon damals darüber im klaren, daß die Lösung des deutschen Problems, einschließlich der Wiederherstellung der Einheit Deutschlands, nur dann möglich war, wenn sich die internationale Lage entspannte, mit anderen Worten, wenn der Kalte Krieg nachließ. Zu diesen realistisch denkenden Staatsmännern gehörte der deutsche Bundeskanzler Konrad Adenauer.

Natürlich war Adenauer ein unversöhnlicher Antikommunist. Aber als Mann von Format und als großer Politiker trug er der realen Lage Rechnung. Die Dinge hatten sich so entwickelt, daß die Einheit Deutschlands nur dann herbeigeführt werden konnte, wenn die Konfrontation der feindlichen Blöcke, die entstanden waren, abgebaut würde und wenn man sich vor allem mit der Sowjetunion einigte. Er begriff auch, daß normale Beziehungen zur UdSSR die Positionen der Bundesrepublik als einflußreicher Kraft in Europa und der Welt stärken konnten.

Bemühungen in dieser Richtung mußten selbstverständlich besonders vorsichtig unternommen werden. In den ersten Jahren ihres Bestehens war die Bundesrepublik trotz ihrer formalen Souveränität besonders auf dem Gebiet der Außenpolitik abhängig. Bis zur wirklichen Souveränität mußte sie noch einen langen und nicht leichten Weg zurücklegen und durfte dabei die ehemaligen Besatzungsmächte, die sie unter ihre Fittiche genommen hatten, nicht reizen.

Das Gesagte ermöglicht es, in vollem Umfang die Kühnheit des Schrittes einzuschätzen, den Adenauer im Herbst 1955 unternahm und der zur Normalisierung der Beziehungen zwischen der Bundesrepublik und der UdSSR führte.

Am 8. September kam eine vom Bundeskanzler geleitete Regierungsdelegation nach Moskau. Bei den nicht einfachen

Verhandlungen gelang es, die große Kluft, die bis dahin zwischen beiden Seiten existiert hatte, zu überwinden. Zwischen beiden Staaten wurden diplomatische Beziehungen aufgenommen. Es wurden auch Wege für zwischenstaatliche wirtschaftliche Verbindungen geebnet. Die sowjetische Führung erklärte sich bereit, als Zeichen guten Willens deutsche Staatsbürger, die sich noch immer als Kriegsgefangene in der Sowjetunion befanden, darunter auch Personen, die wegen Kriegsverbrechen verurteilt worden waren, nach Deutschland heimkehren zu lassen.

Über Sinn und Bedeutung dieses Staatsbesuchs wird wie über viele andere Fragen der russisch-deutschen Beziehungen bis heute gestritten. So wird z.B. der Standpunkt vertreten, der Besuch Adenauers in Moskau habe die endgültige juristische Fixierung der Aufteilung Deutschlands in zwei selbständige Staaten bedeutet. Eines der Argumente zugunsten dieser Auffassung war, daß nach dem Adenauerbesuch in Moskau zwei deutsche diplomatische Vertretungen – der Bundesrepublik Deutschland und der Deutschen Demokratischen Republik – eingerichtet wurden.

Begründeter erscheint eine andere Einschätzung: Die Resultate des Adenauerbesuchs in Moskau zeugten davon, daß eine bestimmte Etappe in der neuesten Geschichte Deutschlands abgeschlossen war und eine andere anfing. Die auf die Erhaltung der Einheit des Landes gerichteten Bemühungen waren erfolglos geblieben. Die Existenz zweier deutscher Staaten auf deutschem Territorium war zu einer unabänderlichen Tatsache geworden. Künftig mußte man die Lösung der Aufgabe, die Einheit wiederherzustellen, von anderen, eigentlich entgegengesetzten Positionen aus in Angriff nehmen und sorgfältig die Voraussetzungen für die künftige Wiedervereinigung schaffen.

Auch unter diesem Aspekt betrachtet erscheint die Bedeutung des Moskauer Besuchs des westdeutschen Kanzlers in einem anderen Licht. Dadurch, daß er den Grundstein für die Verbesserung der Beziehungen zur UdSSR legte, unternahm er eigentlich einen Schritt in Richtung auf die deutsche Einheit. Natürlich war der Weg bis dahin noch lang und schwer. Und erst heute, nachdem dieses Ziel erreicht ist, können wir die Bedeutung jenes von den Zeitgenossen unterschätzten ersten Schrittes ganz ermessen.

Mit seinem Moskauer Besuch erzielte Adenauer noch ein weiteres nicht unwichtiges Ergebnis. Bekanntlich mißbilligten die offiziellen Kreise des Westens seinen Besuch. Da sie sich daran gewöhnt hatten, in Westdeutschland wie bei sich zu Hause zu schalten und zu walten, konnten sie sich schwer damit abfinden, daß die Bundesrepublik, die sie geschaffen hatten, aus den Kinderschuhen herausgewachsen war und Anspruch auf das Recht erhob, selbständig Entscheidungen zu treffen.

Auch die in vieler Hinsicht unerwartete Tatsache, daß die Verhandlungen in Moskau entgegen den Prognosen von Experten zu positiven Resultaten führten, rief Unzufriedenheit hervor. Dokumenten nach zu urteilen, die inzwischen bekannt geworden sind, war der amerikanische Botschafter in der UdSSR, Charles Bohlen, regelrecht empört und verglich das Verhalten Adenauers in Moskau mit dem des britischen Premierministers Neville Chamberlain, der 1938 das mit Hitler und Mussolini getroffene Abkommen unterzeichnet hatte. Etwas diplomatischer, doch etwa genauso äußerte sich der britische Premierminister Harold Macmillan. Die Behauptung, der deutsche Bundeskanzler habe damit, daß er in Moskau einen Vertrag abschloß, der Diplomatie des Westens geschadet und »eigenmächtig« gehandelt, wurde durch Kommentare der amerikanischen und britischen Presse weit bekannt. Es gab selbstverständlich auch andere Einschätzungen, darunter von Analytikern und Experten, aber diese machten nicht das Wetter.

Wie spätere Ereignisse zeigten, war Adenauer nach den Moskauer Verhandlungen weniger geneigt, sich von den Westmächten bevormunden zu lassen. Er begann nicht nur »eigenwillig« zu handeln, sondern auch, wenn nötig, seinen Standpunkt unnachgiebig zu vertreten. Dies geschah z.B. etwas später, als die USA zum ersten Mal vorschlugen, in Westdeutschland Mittelstreckenraketen zu stationieren, in deren Reichweite die Sowjetunion lag. Daraufhin erklärte Adenauer seinem NATO-Partner, dieser Plan berge viel zu große Gefahren für die nationalen Interessen, mehr noch, für die Existenz der Bundesrepublik in sich, und errang in dieser Etappe einen vollen Sieg. Vor der Normalisierung der Beziehungen zu Moskau wäre so etwas einfach unmöglich gewesen.

Die optimistischen Erwartungen, die damals gehegt wurden, erfüllten sich natürlich nicht. Als Adenauer nach Unterzeichnung des Abkommens über die Aufnahme diplomatischer Beziehungen von Moskau wieder abreiste, glaubten viele, die Spaltung Deutschlands in zwei Staaten würde nicht besonders lange dauern. Diese Stimmung hielt sogar an, als kurze Zeit später eine Regierungsdelegation der DDR in Moskau eintraf und einen Vertrag abschloß, demzufolge die Deutsche Demokratische Republik als souveräner Staat angesehen wurde. Es schien, als ob es sich bei alledem um zeitweilige Vereinbarungen handelte, denen wirkliche, grundlegende Abkommen folgen würden.

Selbstverständlich habe ich nicht vor, in diesem Buch die vierzigjährige Geschichte der Beziehungen beider deutscher Staaten und deren Beziehungen zur Sowjetunion darzulegen. Ich beschränke mich darauf, einige Ereignisse und Umstände einzuschätzen, die eine wichtige Rolle bei der Annäherung an das Ziel der deutschen Einheit spielten.

Wie ich bereits erwähnte, ist es im geeinten Deutschland jetzt Mode, die Zeit der Existenz der DDR schwarzzumalen. Dafür liegt bekanntlich eine Menge Material vor. Ich erinnere nur an die unsinnigen wirtschaftlichen Experimente, durch die sich die materielle Lage der Bevölkerung deutlich verschlechterte, an die Verbürokratisierung der herrschenden Elite, die für sich besonders günstige Lebensbedingungen schuf, an die Etablierung eines umfassenden Bespitzelungssystems, an solche mit tragischen Folgen verbundene Ereignisse wie die Unterdrückung des Volksaufstandes vom Juni 1953 und die Errichtung der Berliner Mauer.

Aber ist das die ganze Wahrheit? Wenn das so wäre, warum denkt dann ein bedeutender Teil der Bevölkerung der neuen Bundesländer, die einst die DDR bildeten, heute mit nostalgischen Gefühlen an die vergangene Zeit? Die jetzt häufig zu hörenden Hinweise auf die Enttäuschung über die Nichterfüllung übertriebener sozialer Erwartungen oder auf das für die alte oder ältere Generation typische sentimentale Verhältnis zur eigenen Jugendzeit überzeugen nicht. Anscheinend gab es in der Geschichte der DDR auch etwas, was tiefe Spuren im Gedächtnis der Menschen hinterlassen hat. Das sind vor allem die Errungenschaften auf dem Gebiet der Bildung, der Kultur und des Sports sowie das System der sozialen Garantien.

Ein ganz besonderes Thema sind jedoch die langjährigen engen Verbindungen zwischen der DDR und der Sowjetunion, die einen gewaltigen Einfluß auf die Veränderung der Beziehungen zwischen Deutschen und Russen ausübten. Die persönlichen Beziehungen und die Arbeitskontakte zwischen den Bürgern beider Staaten spielten eine nicht zu unterschätzende Rolle bei der Überwindung des argwöhnischen und sogar feindlichen Verhältnisses der Sowjetmenschen zu den Deutschen. Vier Jahrzehnte lang war Ostdeutschland nicht nur formell der engste Verbündete der Sowjetunion, sondern wurde von der Bevölkerung auch so angesehen. Und im gesellschaftlichen Bewußtsein trat an die Stelle des Feindbildes das Bild des Partners, Verbündeten, Genossen, Freundes.

Darauf ist das Phänomen zurückzuführen, welches bei westlichen Experten für die deutsche Frage seinerzeit Verwunderung hervorrief. Die Bevölkerung vieler europäischer Länder, darunter solcher, die stabile Beziehungen zur Bundesrepublik Deutschland unterhielten, und zwar nicht nur kleine Staaten, sondern auch große wie Großbritannien und Frankreich, waren über die Wiedervereinigung Deutschlands ziemlich beunruhigt. In einzelnen Fällen lebten sogar frühere antideutsche Stimmungen wieder auf. In der Sowjetunion wurde etwas Ähnliches nicht festgestellt. Die Wiedervereinigung Deutschlands wurde von der Bevölkerung ruhig, wohlwollend und interessiert aufgenommen. Einzelne Versuche politischer Extremisten, die antideutsche Karte auszuspielen, wurden von der Bevölkerung ignoriert.

In der Bundesrepublik spielte der politische Kurs, der unter der Bezeichnung »neue Ostpolitik« bekannt wurde, eine wichtige Rolle bei der Schaffung der Voraussetzungen für die Wiedervereinigung Deutschlands. Nachdem Bundeskanzler Adenauer aus seinem Amt ausgeschieden war, fanden die damals regierenden Parteien keinen Politiker, der bereit gewesen wäre, entschlossene, nicht alltägliche Schritte zu unternehmen, um die Außenpolitik der Bundesrepublik auf ein höheres Niveau zu heben und ihr mehr Eigenständigkeit zu verleihen. Westdeutschland steckte tief im Sumpf des Kalten Krieges, der die Lösung der deutschen Frage blockierte.

Die Initiative ergriffen die Sozialdemokraten. In der zweiten Hälfte der sechziger Jahre, als sie als Juniorpartner der CDU mit dieser die sogenannte Große Koalition bildeten, begannen sie neue außenpolitische Orientierungspunkte zu suchen. Ein Resultat dieser Bemühungen war der faktische Verzicht auf die Hallsteindoktrin.*

---

\* Sie sah den Verzicht auf die Aufnahme diplomatischer Beziehungen zu Staaten vor, die solche Beziehungen zur DDR unterhielten. Die UdSSR bildete die einzige Ausnahme.

Diplomatische Beziehungen wurden zu Rumänien (1967) und Jugoslawien (1968) aufgenommen. Aber der hemmende Einfluß der Koalitionspartner CDU/CSU führte dazu, daß man in dieser Sache nicht vorankam.

Die Situation änderte sich 1969, als die Sozialdemokraten durch ihren Sieg bei den Bundestagswahlen die Möglichkeit erhielten, gemeinsam mit der FDP eine Regierung zu bilden. Im November 1969 erklärte die Regierung der Bundesrepublik ihre Bereitschaft, Verhandlungen mit der UdSSR über einen gemeinsamen Gewaltverzicht aufzunehmen. Im selben Monat wurde von der Bundesrepublik der Vertrag über die Nichtweiterverbreitung von Kernwaffen unterzeichnet. Im Mai 1970 erklärte der neue Bundeskanzler Willy Brandt auf dem SPD-Parteitag in Saarbrücken, daß die Bundesrepublik keine territorialen Ansprüche gegenüber der DDR stelle.

Zu einem Meilenstein der neuen Ostpolitik wurde die Unterzeichnung des Vertrages der Union der Sozialistischen Sowjetrepubliken und der Bundesrepublik Deutschland am 12. August 1970 in Moskau (Moskauer Vertrag). In ihm wurde die Unverletzlichkeit der Oder-Neiße-Grenze zu Polen und auch die Unverletzlichkeit der Grenze zwischen der Bundesrepublik und der DDR anerkannt. Die Vertragspartner übernahmen die Verpflichtung, die territoriale Integrität aller Staaten Europas in den bestehenden Grenzen konsequent zu respektieren, und erklärten auch, daß sie weder jetzt noch künftig territoriale Forderungen gegenüber irgendeinem Staat erheben würden. Beide Seiten befürworteten außerdem die Einberufung einer gesamtdeutschen Konferenz über Sicherheit und Zusammenarbeit.

Die Bedeutung des Moskauer Vertrages bestand nicht nur im konkreten Inhalt seiner Artikel, sondern auch darin, daß er die Tür zu einer ganzen Reihe von Verträgen und Abkommen und damit zu wesentlichen Veränderungen in der gesamteuropäischen Situation weit öffnete.

Im September 1971 wurde von den Regierungen Großbritanniens, der UdSSR, der USA und Frankreichs das Abkommen über Westberlin geschlossen, das die Verpflichtung enthielt, »die Beseitigung von Spannungen und die Verhütung von Komplikationen in dem betreffenden Gebiet zu fördern.«[30] Die Regierungen erklärten, »daß in diesem Gebiet keine Anwendung von Gewalt oder Androhung von Gewalt erfolgt und daß Streitfragen ausschließlich mit friedlichen Mitteln beizulegen sind.«[31] Das Abkommen war gleichsam das Präludium zu den nachfolgenden Verhandlungen der Bundesrepublik und der DDR, bei denen eine Einigung über den Transitverkehr zwischen beiden deutschen Staaten sowie zwischen der Bundesrepublik und Westberlin erzielt wurde. Gleichzeitig einigten sich die Vertreter der DDR mit dem Senat von Westberlin über die Besuche der ständigen Einwohner der Westsektoren in der DDR und über die Regelung des Problems der Enklaven.

Im Dezember 1972 wurden die Beziehungen zwischen der Bundesrepublik und der DDR völlig normalisiert. Parallel dazu verlief die Normalisierung der Beziehungen zu den Ländern Ost- und Südosteuropas. Im Dezember 1970 wurde der Vertrag mit Polen und im Dezember 1973 der Vertrag mit der Tschechoslowakei unterzeichnet. Außerdem wurden diplomatische Beziehungen zu Ungarn und Bulgarien aufgenommen.

Die neue Ostpolitik beeinflußte auch die sowjetische Öffentlichkeit; sie trug dazu bei, daß über die Bedeutung der Demokratie für die Zukunft des eigenen Landes nachgedacht wurde, und spornte die kritisch denkenden Kräfte an, die seinerzeit vom 20. Parteitag der KPdSU Antrieb erhalten hatten.

Aber erst nach Jahren erkannten wir in der Sowjetunion die in der »Ostpolitik« schlummernden großen Möglichkeiten richtig und begannen damit, sie wirklich zu nutzen. Eine entscheidende Rolle bei der Ausarbeitung dieser Politik spielte Willy Brandt. Er war ohne Übertreibung ein hervorragender Politiker, einer der klügsten Köpfe im damaligen Europa.

Als Brandt die neue Ostpolitik plante und praktisch verwirklichte, hatte er eine ganz bestimmte Vorstellung von Europa. In seinen Augen endete Europa weder an der Oder noch an der Weichsel. Nach seiner Auffassung lag die Zukunft Europas in der Zusammenarbeit seines westlichen und seines östlichen Teiles. Als Voraussetzung dafür sah er die Überwindung des schweren Erbes der Vergangenheit, und zwar nicht nur zwischen Deutschland und Rußland (der Sowjetunion) an.

Als ich diesen Mann kennenlernte, erkannte ich nicht nur seine politischen Qualitäten, sondern verstand ihn auch rein menschlich. Zwischen uns entwickelte sich ein – ich erlaube mir dies zu bemerken – freundschaftliches Verhältnis.

Zur fünfzigsten Wiederkehr eines tragischen Datums – des Tages, an dem Hitlerdeutschland unser Land überfiel – sandte ich als Staatsoberhaupt der Sowjetunion Willy Brandt ein Grußschreiben. Ich zitiere daraus:

»Eine der Lehren des Krieges, die man sich jetzt anscheinend auf dem ganzen Planeten zu eigen macht, ist, daß Diktatur und Totalitarismus, ganz gleich, wie sie sich tarnen mögen, immer ein Unglück für jedes Volk, für andere Völker, für den historischen Prozeß sind.

Unsere beiden Völker mußten das am eigenen Leibe erfahren. Aber das sowjetische Volk war auch noch der ungeheuerlichen Aggression eines äußeren Totalitarismus ausgesetzt. Die Niederwerfung des Nazismus forderte von ihm unerhörte, allergrößte Opfer.

Die Zeiten und Menschen ändern sich. Heute kennen und anerkennen wir Ihre Rolle und die der deutschen Sozialdemokratie bei der Verständigung der Deutschen mit dem sowjetischen Volk. Ihre mutige und weitsichtige Haltung und Tätigkeit haben zu grundlegenden Veränderungen nicht nur in den Beziehungen zwischen der Bundesrepublik Deutschland und der UdSSR beigetragen, sondern auch in Europa. Und jetzt können wir davon sprechen, daß der sowjetisch-deutsche Faktor die Chance hat, eine mächtige Stütze der Sicherheit und eines neuen Typs von Zusammenarbeit zu werden. Die Rolle der SPD ist künftig auch hier unersetzlich.

Ich stimme mit Ihnen darin überein, daß dank den leidvollen Erfahrungen die dynamische Entwicklung der sowjetisch-deutschen Beziehungen eine außerordentliche Bedeutung hat. Und der 22. Juni 1941 soll besonders die in das gesellschaftliche Leben tretenden jungen Generationen ständig an die gemeinsame Aufgabe unserer beiden großen Völker erinnern – ihrer historischen Versöhnung zu dienen, niemals irgendwelche Konflikte zwischen ihnen zuzulassen.«

\* \* \*

Am Schluß des ersten Kapitels meines Buches möchte ich das Folgende sagen. Als ich schon in meiner neuen Funktion als Staatschef mit dem deutschen Problem zu tun bekam, fragte ich mich unwillkürlich (anfangs im Stillen): War die Teilung Deutschlands nach dem Krieg wirklich notwendig? War der Preis, den Deutschland dafür zahlen mußte, daß Hitler den Krieg entfesselt hatte, gerechtfertigt? Ich sage nicht »ausreichend« oder »nicht ausreichend«, ich sage »gerechtfertigt« – vom Standpunkt der perspektivischen Interessen der Siegermächte und der ganzen Welt.

Zieht man all das, was danach geschah und was ich in diesem Kapitel knapp dargelegt habe, in Betracht, so fällt die Antwort meines Erachtens negativ aus.

Ich kann nicht umhin, noch einmal festzustellen: Nicht die Sowjetunion war hierbei die Initiatorin, sie wollte nicht die Spaltung Deutschlands, obwohl die Völker der UdSSR mehr als andere unter der Hitlerschen Aggression gelitten haben.

Stalin erwies sich als historisch scharfsinniger und, sagen wir, objektiver: »Die Hitler kommen und gehen, aber das deutsche Volk, der deutsche Staat bleibt.« Er spürte anscheinend besser als seine Bündnispartner die langfristige Unzulänglichkeit, die historische Perspektivlosigkeit der damaligen Entscheidung.

Ich kann also sagen: Als ich mich in die Lösung der deutschen Frage einschaltete, handelte ich im Sinne der zwingenden Logik der Geschichte.

Teil 2

Die Wiedervereinigung
Deutschlands

## Schwerer Anfang

Den kurzen Exkurs in die Geschichte habe ich unternommen, um dem Leser manches ins Gedächtnis zu rufen, was ich für das Verständnis dessen als wichtig erachte, wie sich das Schicksal der Deutschen nach der Niederlage im Zweiten Weltkrieg gestaltete, der vom Naziregime entfesselt wurde.

Ich weiß nicht, welchen Eindruck die Lektüre des letzten Kapitels beim Leser hervorgerufen hat, doch habe ich mich bemüht, die Dinge objektiv darzustellen.

Wie der Leser bemerkt hat, gebe ich der Position der sowjetischen Führung den Vorzug, obwohl auch sie in der Frage, was mit Deutschland geschehen sollte, inkonsequent handelte, Schwankungen unterlag und entgegen ihren strategischen Interessen den Weg zur Sowjetisierung ihrer Besatzungszone einschlug. In der Haltung der anderen Siegermächte zum künftigen Deutschland überwog anfangs das Streben nach dessen Aufteilung. Sie nutzten geschickt die Fehler Stalins aus, um ihre Pläne zu verwirklichen. Und Politiker beider Teile Deutschlands wiederum nutzten in der Zeit der Kalten Krieges die nationalen Gefühle und Hoffnungen der Deutschen aus. Das aber verstärkte noch deren Streben nach der deutschen Einheit – trotz der Berliner Mauer, die später errichtet wurde.

Wie war es zu Beginn der Perestroika in der UdSSR um die »deutsche Frage« bestellt?

Die DDR war nicht ein Bündnispartner schlechthin, sondern ein wirtschaftlich führender »sozialistischer« Staat, der für die anderen Verbündeten beispielgebend war. Sie verfügte über das (nach der UdSSR) stärkste militärische Potential im Warschauer Pakt und war der Handelspartner mit dem höchsten technischen Niveau unter den »Bruderstaaten«.

Die Bundesrepublik Deutschland war im Hinblick auf die außenwirtschaftlichen Verbindungen der UdSSR der nützlichste Vertreter des Westens. In mancher Hinsicht war sie unersetzlich. Die UdSSR erstrebte eine Verbesserung der Beziehungen zu Westdeutschland. Deshalb reagierte die sowjetische Führung auf die »Ostpolitik« Willy Brandts. Die Verbesserung der Beziehungen zur Bundesrepublik wurde zum festen Bestandteil der internationalen Entspannung, der sich Breschnew in den siebziger Jahren verschrieben hatte.

Der Moskauer Vertrag war ein sehr wichtiger Meilenstein der Bemühungen, die Nachkriegsetappe unserer Beziehungen zu den Deutschen allmählich zu beenden. Gleichzeitig war er ein bedeutendes internationales Ereignis.

Trotzdem existierte eine »deutsche Frage« für uns in der UdSSR in den siebziger Jahren und fast bis zum Ende der achtziger Jahre nicht. Politisch und somit auch diplomatisch betrachteten wir sie nicht als ein Problem.

Zu Beginn der Perestroika war der Kalte Krieg in vollem Gange. Alle internationalen Hauptfragen wurden in enger Verbindung mit ihm gesehen. Es herrschte die Meinung vor, ein dritter Weltkrieg könne ausbrechen, wenn Vertreter der NATO die Sowjetunion mit der »deutschen Frage« konfrontierten. Hinzu kam, daß zu Beginn der achtziger Jahre das internationale politische Kapital, das dank dem Moskauer Vertrag in den sowjetisch-westdeutschen Beziehungen angesammelt worden war, unter den Bedingungen des sich verschärfenden Kalten Krieges rasch abnahm.

Die Bundesregierung verhielt sich in der ersten Etappe sehr kühl zu den Bemühungen der neuen sowjetischen Führung, die nach dem Tode Tschernenkos die Leitung des Staates übernommen hatte. Aber darüber später.

Noch während der Vorbereitungen auf die Reformen war ich mir ebenso wie meine Mitstreiter darüber im klaren, daß es ohne Verbesserung der Beziehungen zum Weste n unmöglich war, die Umgestaltungen im Lande durchzuführen und die herangereiften Probleme der internationalen Politik zu lösen. Das war der Grund, weshalb wir parallel zu unseren Bemühungen, die Beziehungen zu unseren Verbündeten und Partnern sowohl in den sozialistischen Staaten als auch in den Entwicklungsländern weiter auszubauen, unverzüglich anfingen, nach Wegen zur Verbesserung der sowjetisch-amerikanischen Beziehungen zu suchen. Wir hofften, vor allem in Westeuropa Verständnis zu finden. Und wir irrten uns nicht: Erinnert sei an Margaret Thatcher, die als erste begriff, daß in der UdSSR eine »neue Zeit« angebrochen war ...

In der Diskussion im Politbüro über die Ergebnisse meines Besuches bei Frau Thatcher wies ich auf zwei wichtige Umstände hin: erstens, daß die Furcht vor der »sowjetischen Gefahr« eine Realität war und daß wir endlich aufhören sollten, uns einzubilden, »die ganze progressive Menschheit« sehe uns als Bollwerk des Friedens an; zweitens, daß wir die europäische Ausrichtung unserer neuen Außenpolitik auf eine wissenschaftliche Grundlage stellen mußten.

Deshalb wurde beschlossen, an der Akademie der Wissenschaften ein Europa-Institut zu gründen. Wir mußten unsere Arbeit in Europa gründlich planen, weil es unser Hauptpartner war und weil ohne Europa nirgends etwas wirklich in Gang gebracht werden konnte. Europa war überall präsent, in Kambodscha, im Nahen Osten, in Afrika, natürlich bei unseren östlichen Freunden und sogar in Lateinamerika. Ich muß sagen, daß ich diesen Kurs – den der Ausrichtung auf Europa – aktiv und konsequent verfolgte. Die meisten meiner Begegnungen in der Zeit von 1985 bis 1988 fanden mit Staatsmännern westeuropäischer Länder statt. Diese Schritte in Richtung auf die USA und auf Europa, das Verständnis ihrer

Bedeutung für den Erfolg der Umgestaltung unseres Systems, für die ganze Politik des neuen Denkens, die allmähliche Herausbildung eines Vertrauensverhältnisses zu vielen einflußreichen europäischen Politikern erleichterten später die Lösung der deutschen Frage.

Aber es gab natürlich noch einen zweiten Aspekt, einen deutschen. Anfangs betraf er – im Rahmen der Suche nach einer neuen Rolle der UdSSR im »sozialistischen Lager«, im Warschauer Pakt und im RGW (Rat für Gegenseitige Wirtschaftshilfe) – in der Hauptsache die Beziehungen zur DDR.

Weder ich noch die anderen Mitglieder der neuen Führung der UdSSR wollten die »Perestroika« im ganzen »sozialistischen Lager« leiten.

Wir rechneten selbstverständlich damit, daß man uns verstehen und, wenn man etwas bei sich zu ändern versuchte, das wirklich freiwillig tun würde. Es gab keinerlei Einmischungen, keinerlei Empfehlungen. Die »Breschnew-Doktrin« war vom Beginn der Perestroika an passé.

Anfangs wurde dieser Standpunkt positiv aufgenommen. Bald aber ergaben sich Schwierigkeiten. In dem Maße, wie die Perestroika vorankam, regten sich bei den »Freunden« in ideologischer Hinsicht Zweifel: Bedrohen die Gorbatschowschen Neuerungen nicht die »Grundlagen des Sozialismus«, untergraben sie nicht den sowjetischen Schutz ihrer eigenen Macht?

Charakteristisch waren die Beobachtungen, die der Führer der westdeutschen Kommunisten, Herbert Mies, gemacht hatte. In einem Gespräch, das er während des 27. Parteitages (im Februar 1986) mit mir führte, äußerte er: »Ich habe hier (in Moskau) mit Honecker gesprochen. Er hört sich mit großem Interesse alles an, was auf eurem Parteitag gesagt wird. Aber ich spüre bei ihm eine gewisse geheime Furcht. Denn alle DDR-Bürger werden dein Referat lesen, dann werden sie Honeckers Referat auf dem Parteitag der SED hören. Sie werden vergleichen. Und Honecker spürt anscheinend, daß ein solcher Vergleich eine gewisse Gefahr in sich birgt.«

»Nach dem Aprilplenum des ZK eurer Partei«, so fuhr Mies fort, »war ich in der DDR. Damals erhielt das ZK der SED viele Briefe mit Fragen: Sollten nicht auch wir an die Probleme so herangehen wie die KPdSU? Die Führung antwortete auf nicht öffentlichen Aktivtagungen: Nein, im großen und ganzen nicht, obwohl ein neues Herangehen an einzelne Fragen gefunden werden muß. Bis jetzt aber ist es, wie ich festgestellt habe, nicht gelungen, Fragen zu finden, bei denen die Art und Weise des Herangehens geändert werden müßte.«

Durch Honeckers zunehmende Abneigung gegen grundlegende Veränderungen und seine kategorische Weigerung, das Regime zu demokratisieren, gerieten er selbst und die Republik in eine Krise. Im nachhinein kann man sich fragen: Wozu hätte es geführt, wenn die Führung der DDR rechtzeitig und ernsthaft, sozusagen auf »deutsche Art«, demokratische, marktwirtschaftliche Reformen unternommen hätte? Wer weiß schon die Antwort! Aber wahrscheinlich wäre die Wiedervereinigung nicht wie ein Erdrutsch verlaufen, und die Angleichung der ostdeutschen Länder an die westdeutschen hätte weniger gekostet – nicht nur was Geld, sondern was auch die Menschenschicksale betrifft, d.h. in psychologischer und moralischer Hinsicht.

Doch zurück zu den Realitäten. Hier möchte ich erneut betonen: Die Existenz der DDR spielte eine enorme Rolle bei der Überwindung der Kriegsfolgen in den Beziehungen zwischen Deutschen und Russen. Gleich nach dem Kriege erinnerte das Wort »Deutscher« einen Russen vor allem an den Krieg. Mit der Zeit wurden die Ost- und die Westdeutschen für uns zu »verschiedenen Begriffen«. Die DDR-Bürger waren gleichsam die »Unsrigen«, mit ihnen hatten wir uns ausgesöhnt, und ihnen wurde in den landläufigen Vorstellungen nicht mehr Schuld an der Aggression gegeben. Was den Begriff »Deutschland« betraf, so wurde er im allgemeinen Sprachgebrauch politisch und, so seltsam es klingen mag, geographisch mit Westdeutschland gleichgesetzt. In der Zeit, in der die DDR existierte, waren mindestens zwei Generationen von Deutschen herangewachsen, von denen Tausende, ja Zehntausende nicht auf Befehl, sondern wirklich freiwillig zu Förderern der Annäherung an unser Land, zu Propagandisten der russischen Kultur, zu aktiven Teilnehmern des multilateralen Austausches zwischen den Nationen wurden. Tausende junger DDR-Bürger studierten an sowjetischen Universitäten und Hochschulen, und es ist bekannt, wie das Studentenleben die Menschen einander näherbringt. In der DDR wurde an allen Schulen Russisch gelehrt. Im Laufe von vierzig Jahren waren Tausende unserer Mitmenschen miteinander in ständigem Kontakt, sie lernten einander verstehen und achten.

Kurzum, die DDR spielte für die Überwindung der schrecklichen Erinnerungen beider Völker an den Krieg, für die Vorbereitung der Wende in den deutsch-russischen Beziehungen insgesamt und folglich auch für die Schaffung der Voraussetzungen für die Zustimmung der UdSSR zur Wiedervereinigung Deutschlands eine enorme Rolle.

Was Westdeutschland betrifft, so gestalteten sich die Voraussetzungen für diese Zustimmung dort ganz anders. Die tiefgreifenden demokratischen Veränderungen in der Bundesrepublik Deutschland wurden von uns erst in der Zeit der Perestroika anerkannt. Bis dahin war die Bundesrepublik von unserer offiziellen Propaganda als eines der Epizentren des Kalten Krieges bezeichnet worden. Das führte normalerweise jedoch nicht dazu, daß sich die sowjetische Führung in der Realpolitik von dieser propagandistischen Orientierung leiten ließ. Sowohl in der Regierung als auch in der sowjetischen Gesellschaft existierte die (nicht offen ausgesprochene) Auffassung, daß Westdeutschland, ob wir oder seine NATO-Verbündeten das wollten oder nicht, ein wichtiger Faktor im internationalen Kräfteverhältnis war und daß seine Bedeutung in den internationalen Angelegenheiten unaufhaltsam wachsen würde.

Damit erklärt sich auch die Aufmerksamkeit, welche die neue sowjetische Führung der Aufgabe schenkte, die Beziehungen zur Bundesrepublik zu entwickeln. Aber je mehr die internationale Politik vom »neuen Denken« erfaßt wurde, um so mehr blieben die Beziehungen zur Bundesrepublik hinter denen zu anderen bedeutenden, einflußreichen Staaten des Westens zurück.

Wir in Moskau hielten diese Situation für anomal. Mehrfach äußerte ich im Kreise meiner Mitarbeiter und im Politbüro, daß wir ohne Deutschland keine wirklich europäische Politik betreiben können. In der Anfangsetappe der Perestroika unterschätzte Bonn jedoch die Veränderungen, die sich in der UdSSR vollzogen, und unsere ersten Schritte im Rahmen der neuen Politik wurden dort als ein neuer Propagandatrick angesehen, den der Kreml anwendete, um den Westen einzulullen. Während wir die Beziehungen zu England, Italien und den USA forcierten, beschlossen wir gleichzeitig, den Deutschen eine Lehre zu erteilen. Das bedeutete aber nicht, daß wir der Bundesrepublik gekränkt den Rücken kehrten.

Im Mai 1987, vor dem Besuch des Präsidenten der Bundesrepublik, Richard von Weizsäcker, in der UdSSR, wurde in einer Sitzung des Politbüros die gemeinsame Meinung zum Ausdruck gebracht, daß Westdeutschland im Rahmen des (schon öffentlich verkündeten) Konzepts des »gemeinsamen europäischen Hauses« ein äußerst wichtiges Kettenglied sei und daß wir das Potential des Moskauer Vertrages reaktivieren müßten.

Auf dieses Thema kam ich selbstverständlich auch in meiner Unterredung mit dem Bundespräsidenten zu sprechen. Dabei gebrauchte ich die Wendung »eine neue Seite« in unseren Beziehungen.

Was aber das für die Deutschen wichtigste Problem – die

deutsche Frage – betraf, so verharrten wir, wie ich es formulieren möchte, auf der politischen Position Gromykos, jedoch mit einer gewissermaßen philosophischen Perspektive: »Die Zeit wird es zeigen.«

Ich zitiere meine damaligen Äußerungen:

»Aufgabe eines jeden Staates, besonders in Europa, ist es, einen Beitrag zur Erhaltung des Friedens und zur Sicherheit zu leisten. Das gilt auch für die beiden deutschen Staaten. Was mit ihnen in hundert Jahren sein wird, wird die Geschichte entscheiden. Keine andere Haltung ist akzeptabel. Sollte jemand einen anderen Weg einschlagen, so würde das sehr ernste Folgen haben. Darüber muß absolute Klarheit herrschen.

Heute sind die beiden deutschen Staaten eine Realität, und davon müssen wir ausgehen. Realität sind auch der Moskauer Vertrag, Ihre Verträge mit Polen und der Tschechoslowakei, mit der DDR sowie mit anderen Staaten. Auf dieser Grundlage ist eine effektive Entwicklung politischer, wirtschaftlicher, kultureller und menschlicher Kontakte möglich. Jegliche Versuche, diese Verträge zu unterminieren, müssen scharf verurteilt werden. Die Sowjetunion achtet die Nachkriegsrealitäten, achtet das deutsche Volk in der Bundesrepublik und die Deutschen in der DDR. Wir beabsichtigen, auf der Basis dieser Realitäten auch in Zukunft unsere Beziehungen zu gestalten. Die Geschichte wird zu gegebener Zeit ihr Urteil sprechen.«

Was steckte hinter dieser Formulierung?

Erstens die Erkenntnis, daß die gewaltsam herbeigeführte Spaltung einer großen Nation nicht normal ist und daß ein ganzes Volk nicht für immer und ewig für frühere Verbrechen seiner Herrscher bestraft werden kann. Zweitens der Wunsch, einem sehr wichtigen Partner bei den Prozessen, die ich im internationalen Rahmen initiieren und mit Hilfe des »neuen politischen Denkens« fördern wollte, *Hoffnung* zu geben.

Nur die Teilnahme des Kanzlers Helmut Kohl an diesen Prozessen konnte gewährleisten, daß die Bundesrepublik dauerhaft in sie einbezogen wurde, doch seine »Abgeschmacktheit« (er hatte mich mit Goebbels verglichen) bewirkte, daß er, wie damals ein deutscher Journalist schrieb, »ganz am Ende der Schlange der vielen Staatsmänner steht, die darauf erpicht sind, sich mit Gorbatschow zu treffen«.

Aber die Zeit forderte ihren Tribut. Kohl ließ wiederholt Versuchsballons steigen. Ich antwortete mit einem Schreiben, in dem zum ersten Mal von einem neuen Kapitel in den Beziehungen die Rede war. Schließlich wurde vereinbart, daß der Kanzler im Oktober 1988 Moskau besucht.

Kurz vor diesem Besuch äußerte ich bei einer Diskussion über die für die Verhandlungen vorbereiteten Materialien und über den Kanzler persönlich: »Die Situation ist die folgende: Das Land (die Bundesrepublik) ist bereit, weit mit uns zu gehen, aber der Kanzler ist nicht dazu bereit. Bei uns dagegen ist die Führung bereit, aber das Land noch nicht ganz.«

Es ist gut, daß ich mich in diesen beiden Fällen irrte.

In der Zeit, die zwischen den Begegnungen mit Richard von Weizsäcker und mit Helmut Kohl lag, traf ich mich übrigens mit Genscher (zweimal), mit Brandt, den unter anderem der jetzige Bundeskanzler Gerhard Schröder begleitete, mit Rau, Bahr, Vogel, Honecker, Bangemann, Schmidt, dem »Spiegel«-Herausgeber Augstein ...

Denkwürdig war das Gespräch mit Franz Josef Strauß. In Moskau wurde er als glühender Revanchist und unversöhnlicher Gegner der Sowjetunion angesehen. Es stellte sich jedoch heraus, daß er ein kluger Politiker war, der großen staatsmännischen Verstand besaß.

Später, bei einem Gespräch mit Theo Waigel (während meines letzten offiziellen Besuchs in Bonn, bei dem ich die Dokumente über die Wiedervereinigung Deutschlands unterzeichnete), erinnerte ich an meine Zusammenkunft mit Strauß: »Das war eine unvergeßliche Begegnung, ein bedeutsames, inhaltsreiches Gespräch, eine späte, gleichwohl gründliche Bekanntschaft mit einem großen deutschen Politiker und Staatsbürger. Er sah weit voraus und trug nicht wenig zur Entwicklung der sowjetisch-deutschen Zusammenarbeit, zur Überwindung des Erbes, das der Krieg hinterlassen hatte, bei. Das, woran er abweichend von seinen Vorurteilen dachte, wird jetzt verwirklicht. Er war kein verknöcherter Geist, er konnte auf erstarrte Konzeptionen verzichten. Er war sowohl ein Denker als auch ein willensstarker Mensch. Das ist nicht jedem gegeben.«

Bald nahmen die sowjetisch-deutschen Beziehungen in der Außenpolitik den ihnen gebührenden Platz ein. Ich hatte mit Deutschen vielleicht mehr Begegnungen als mit Vertretern jedes anderen Landes.

Vor dem Besuch Helmut Kohls beschloß ich, ihm sozusagen moralisch zu helfen. In einem »Spiegel«-Interview, in dem ich, nebenbei bemerkt, äußerte, daß Politiker ihre Worte stets abwägen sollten, sagte ich: »Aber ich bin nicht nachtragend.«

Am 24. Oktober 1988 fand im Katherinensaal des Kreml das Gespräch mit dem deutschen Bundeskanzler »unter vier Augen« statt, das eine Wende in unseren Beziehungen herbeiführte.

Gerade weil es ein so wichtiges Gespräch war, halte ich es für nützlich, die Hauptpunkte, die sich direkt oder indirekt auf das Thema dieses Buches beziehen, ausführlich, an Hand der Aufzeichnungen meines Dolmetschers und Mitarbeiters, hier wiederzugeben.

Ich begrüßte Helmut Kohl und sagte: »Die Tatsache, daß Sie sich hier, im Kreml, befinden, ist ein Zeichen dafür, daß beide Seiten die Bedeutung der sowjetisch-westdeutschen Beziehungen verstehen. Der Boden ist dafür vorbereitet ... Wir wollen, daß sich unsere Beziehungen auf Vertrauen und auf die Realitäten gründen.«

KOHL: »Ich messe meinem persönlichen Kontakt zu Ihnen eine außerordentliche Bedeutung bei. Ich bin nach Moskau als Bundeskanzler, aber auch als Bürger Helmut Kohl gekommen. Wir sind beide ungefähr gleichaltrig und gehören der Generation an, die den Krieg durchgemacht hat. Unsere Familien haben den Krieg mit allen seinen Greueln miterlebt. Ihr Vater war Soldat und ist schwer verwundet worden. Mein Bruder ist im Alter von achtzehn Jahren gefallen. Meine Frau zählte zu den Flüchtlingen. Wir sind also eine echt deutsche Familie. Sie haben eine Tochter, ich zwei Söhne, dreiundzwanzig und fünfundzwanzig Jahre alt, beide sind Reserveoffiziere.

... Wir beide haben eine bedeutende Aufgabe zu lösen. In zwölf Jahren gehen das zwanzigste Jahrhundert und das zweite Jahrtausend zu Ende. Der Krieg, Gewaltanwendung überhaupt, ist kein Mittel der Politik mehr. Sollte man anderer Meinung sein, hieße das, den Weltuntergang heraufzubeschwören

... Bei Ihnen im Lande ist die Perestroika im Gange, es werden tiefgreifende Reformen in einer Situation beispielloser Offenheit und Transparenz durchgeführt. Für uns bietet dies eine Chance bei der Suche nach einem Weg zur qualitativen Erneuerung unserer Beziehungen. Unsere persönlichen Kontakte müssen unter den Bedingungen der Offenheit ebenfalls grundsätzlich neu gestaltet werden.

... Die Bundesrepublik ist nach wie vor bereit, ihren Beitrag zur Lösung der Abrüstungsprobleme zu leisten.

... Wir sind, was die konventionellen Rüstungen betrifft, der wichtigste Partner und Verbündete der USA. Der nukleare Bereich erstreckt sich nicht auf unsere Beziehungen zu den USA. Die Bundesrepublik hat keine Kernwaffen und möchte keine haben. Was die Ausrüstung der Bundeswehr mit konventionellen Waffen betrifft, so stehen wir hinter den USA nicht zurück. Und das bedeutet, daß sie auf uns hören.

... In bezug auf den Stand der wirtschaftlichen Entwicklung

nehmen wir den ersten Platz in Europa ein. Alles deutet darauf hin, daß wir auch in Zukunft diese Führungspositionen ohne besondere Anstrengungen behalten werden.

... Sie, Herr Gorbatschow, sprechen vom gemeinsamen europäischen Haus. Wenn dieses Haus viele Fenster und viele Türen hat und wenn die Leute frei miteinander verkehren können, wenn nichts und niemand den Austausch von Waren und Ideen, wissenschaftlichen und kulturellen Errungenschaften behindert, dann stimme ich gern diesem Bild zu.

... Sie sind für die Bundesrepublik Deutschland der wichtigste Nachbar im Osten, und wir möchten wirklich gute nachbarliche Beziehungen zu Ihnen haben. Sie haben mir von einem neuen Kapitel unserer gegenseitigen Beziehungen geschrieben. Ich bin bereit, einen Beitrag zu diesem Kapitel zu leisten, was die Entwicklung des Austauschs im wirtschaftlichen, kulturellen, humanitären Bereich, im Bereich der Kontakte der Jugend beider Staaten betrifft. Wie ich schon sagte, sind wir zu weiteren Bemühungen auf dem Gebiet der Abrüstung und Entspannung bereit.

... Wenn wir ein neues Kapitel unserer Beziehungen beginnen, können wir uns den guten Traditionen unserer Geschichte zuwenden, die schon fast sechshundert Jahre zurückreichen. Das betrifft den Handel, die wissenschaftliche Zusammenarbeit, die Gemeinsamkeit auf dem Gebiet der Musik, Literatur, Malerei und auf anderen Gebieten der Kultur. Wenn man Schostakowitsch hört, beginnt man unwillkürlich an Beethoven zu denken. Uns steht Dostojewski genau so wie Ihnen sehr nahe. Es genügt, durch die Eremitage zu gehen, um zu sehen, wie nah sich die Werke russischer und deutscher Maler sind. Auch die Philosophen beider Länder haben vieles gemein. Das ist ein großes Kapital, ein großes Erbe. Es ist nicht völlig verlorengegangen. Und warum sollten wir beide nicht an seine Erneuerung gehen? Ich denke, das ist jetzt möglich geworden. Wir wissen, worin die Gegensätze zwischen uns bestehen. Wichtig ist, sie vernünftig zu betrachten.«

Ich begrüßte das Gesagte und erwiderte offen, ohne Umschweife, ich freute mich, daß der Kanzler zu gemeinsamen Bemühungen bereit sei, um ein neues Kapitel unserer Beziehungen zu beginnen. Anfangs sei es darum gegangen, eine neue Seite aufzuschlagen. Aber das habe sich offenbar als ungenügend erwiesen, weshalb wir uns die Aufgabe stellten, ein neues Kapitel zu beginnen.

KOHL: »Die erste Seite dieses neuen Kapitels schlagen wir bereits auf.«

GORBATSCHOW: »Das Kapitel wird nicht nur aus einer Seite bestehen. Aber wichtig ist die erste Seite ... Die schwerste Periode in unseren Beziehungen liegt hinter uns. Und das schafft die Voraussetzungen dafür, sie auf ein neues Niveau zu heben. Die sowjetischen Menschen und, wie wir glauben, breite Schichten der Bevölkerung der Bundesrepublik sind dazu bereit und wollen das.

Jetzt ist es möglich geworden, all das Positive und Schöpferische zu nutzen, was im Laufe der Jahrhunderte durch die Kontakte zwischen beiden Völkern sowohl in materieller als auch in geistiger Hinsicht entstanden ist.

... Ich stimme Ihnen zu, daß es ein Prozeß sein wird, der Zeit erfordert. In einer Nacht kann wirklich nicht alles geschafft werden. Ich weiß nicht, wie treffend das Bild der kleinen Schritte ist. Man kann auch auf der Stelle treten.«

KOHL: »Das ist ein typisch deutsches Bild, das einer Parabel entlehnt ist. Zwei Menschen strebten einem Ziel zu. Der eine bewegte sich mit kleinen Schritten, und langsam, aber sicher erreichte er es. Doch der zweite machte einen großen Sprung und fiel in eine Schlucht. Es geht um kleine, aber durchdachte und solide Schritte.«

GORBATSCHOW: »Das neue Kapitel wird offenbar eine strategische Wende in unseren Beziehungen bedeuten. Dabei darf nicht der Eindruck entstehen, daß die Sowjetunion und die Bundesrepublik versuchen, sich gegenseitig zu etwas zu verleiten. Es geht um eine offene, ehrliche Politik, die nicht nur unseren Völkern verständlich ist, sondern auch denen anderer Länder sowie unseren und deren Verbündeten.«

KOHL: »Wir werden die Dinge so regeln, daß bei niemandem Zweifel an der Aufrichtigkeit unserer Absichten entstehen.«

GORBATSCHOW: »Die UdSSR und die Bundesrepublik verfügen über ein Potential, das, richtig genutzt, in der Lage ist, die Situation in Europa zu verändern. Sie sagten – und diese Auffassung vertritt auch unsere Führung –, daß wir die Beziehungen auf die Anerkennung der Realitäten gründen müssen. Aber alle stehen vor einer Superaufgabe: Wie sichern wir die weitere Existenz Europas? Wie schützen wir die Umwelt? Wie gehen wir vernünftig mit den Ergebnissen der wissenschaftlich-technischen Revolution und den Rohstoffreserven um? Wie bewahren wir die Traditionen der europäischen Kultur?«

KOHL: »Das entspricht voll und ganz unseren Absichten.«

GORBATSCHOW: »Das geht uns alle an, alle Europäer. Wir müssen die Mechanismen im Westen und im Osten so umgestalten, daß sie zusammenwirken und ihren Charakter ändern. Und vielleicht wird auch die Zeit für die Schaffung eines neuen, gemeinsamen Mechanismus kommen. Ich meine nicht die Verschmelzung der Systeme, sondern die Vereinigung unserer Bemühungen, die Welt sicherer zu machen. Durch den Einfluß Europas in der Welt soll das, was Sie und ich unternehmen werden, sowohl den USA als auch Kanada verständlich sein. Verständlich unseren Verbündeten und allen anderen.«

KOHL: »Einverstanden.«

GORBATSCHOW: »Ich glaube, es ist die Zeit für eine solche Wende in unseren Beziehungen gekommen. In diesen Tagen legen wir das Fundament dieses Hauses. Wir sind bereit, unsere Bemühungen fortzusetzen, um etwa zur Zeit meines Besuchs in Bonn ein Konzept unserer Beziehungen zu entwickeln.«

KOHL: »Mir hat sehr gefallen, was Sie gesagt haben. Wir wollen niemanden in eine Falle locken und keine Ränke schmieden. Jetzt ist überhaupt eine andere Zeit, die Kabinettspolitik des 19. Jahrhunderts hat sich endgültig überlebt.«

GORBATSCHOW: »Mir scheint, auch gewisse Einstellungen, die Ende der vierziger, Anfang der fünfziger Jahre bestanden, haben sich überlebt.«

KOHL: »Ich habe Sie sehr gut verstanden. Zwischen uns existieren schwierige Realitäten, aber mit ihnen müssen wir leben. Ich meine nicht ideologische, sondern psychologische Schwierigkeiten.

Der Zweite Weltkrieg war eine Tragödie für unsere Völker. Das, was die Deutschen den Völkern der Sowjetunion zufügten, war furchtbar. Furchtbar war auch das, was die Deutschen bei Kriegsende erleiden mußten. Das darf nicht vergessen werden, daraus müssen wir lernen.

Zu den Realitäten gehört auch, daß die Staatsgrenzen nach dem Krieg verändert wurden. Eine Realität ist die Tatsache, daß wir ein Drittel Deutschlands verloren haben, daß unser Land geteilt ist.

Aber eine Realität sind der Moskauer Vertrag sowie die in Warschau und Prag unterzeichneten Verträge. Der Moskauer Vertrag ist ihr Vorläufer. Ich habe immer gesagt, daß Verträge eingehalten werden müssen.

Es gibt Probleme, über die keine Einigkeit zwischen uns besteht. Und wir müssen diese Tatsache zur Kenntnis nehmen. Wir Deutschen sagen, daß die Spaltung nicht das letzte Wort der Geschichte ist. Wir Realisten sind der Auffassung, daß der Krieg kein Mittel der Politik ist. Die Veränderungen, von denen wir sprechen, können nur mit friedlichen Mitteln und gemeinsam mit unseren Nachbarn erzielt werden. *Vielleicht müssen wir sehr lange warten.* Man muß jedoch sehen, daß dies kein Rückfall in den Revanchismus ist. Wenn wir von der Einheit der Nation sprechen, haben wir die Chance im Sinn, die sich nach einigen Generationen ergeben kann ... *Natürlich ist nicht von einer Aufgabe unserer Generation die Rede.* Wir müssen jedoch eine Annäherung in Europa anstreben. *Und vielleicht wird unseren Enkeln jene Chance geboten, von der ich spreche.*«

GORBATSCHOW: »Ich versuche mich in den Realitäten zurechtzufinden, die uns als Erbe hinterlassen wurden. Zuerst zu den schmerzlichen Realitäten, die nach dem Krieg entstanden sind. Es können nicht zwei Meinungen existieren: Wir sind dafür, daß gute Beziehungen zwischen den beiden deutschen Staaten auf einer gesunden und langfristigen Basis herrschen. Unsere Beziehung zur DDR wird von Bündnissen bestimmt. Und wir erstreben gute Beziehungen zur Bundesrepublik.

... Es gibt auch noch andere Realitäten, die der Krieg hinterlassen hat. Ich muß sagen, daß uns die Gefühle des deutschen Volkes verständlich sind. Was aber kann man tun? Die Geschichte läßt sich nicht umschreiben ... Die Geschichte hat entschieden, daß solche Realitäten entstanden sind.

... Mit gleicher Offenheit erwidere ich: Wenn man sagt, die Wiedervereinigung sei eine offene Frage, und wenn man sie auf dem Niveau des politischen Denkens der vierziger, fünfziger Jahre lösen will, ruft das nicht nur bei uns eine Reaktion hervor, sondern auch bei Ihren Nachbarn im Westen. Einerseits werden die Realitäten anerkannt, andererseits wird die Vergangenheit ständig wiederbelebt.

... Wir müssen jedoch zusammenarbeiten, einander näherkommen. Wir sind auch zur Freundschaft mit der Bundesrepublik bereit. *Und möge die Geschichte erneut entscheiden. Wir werden ihr jedoch keine Modelle aufnötigen. Das ist nicht nur ein unnützes Unterfangen, sondern kompliziert auch die Beziehungen.*«

KOHL: »Was wird mit den Deutschen? Auf diese Frage muß

die Geschichte antworten, man muß ihr die Möglichkeit dazu bieten. Ich wiederhole, daß wir für friedliche Mittel sind. Vor zwei Jahren unternahm ich, trotz harter Kritik bei uns zu Hause, einen großen Schritt in bezug auf die DDR. Ihr wurde ein hoher Kredit gewährt, und danach fand ein Besuch statt. Unsere Beziehungen zur DDR sind wirklich nicht tadellos, aber viel besser als früher. Sie sind nicht von den Stereotypen der vierziger, fünfziger Jahre geprägt. Honecker weiß, daß ich nicht beabsichtige, ihm das Leben schwerzumachen.

... Sicherlich müssen wir uns ändern und Sie auch.«

GORBATSCHOW: »Zweifellos. Und Sie sehen, daß wir Schritte in dieser Richtung unternehmen.«

KOHL: »In Washington rechnet man mit mir und wird, glaube ich, auch weiterhin mit mir rechnen. Die Bundesrepublik ist nicht der Nabel der Welt, aber vom Standpunkt der Geographie ...«

GORBATSCHOW (lachend): »... befinden Sie sich in dieser Lage.«

KOHL: »... Wir befinden uns irgendwo in der Mitte. Das gilt auch für die DDR. Und wir möchten mit Ihnen auf dem Gebiet der Abrüstung zusammenarbeiten. Denken Sie bitte nicht, die Bundesrepublik wolle nicht abrüsten und habe irgendwelche Tricks vor. Wir wollen nicht, daß sich die Waffen auf unserem Gebiet anhäufen.

... Wir haben keine ehrgeizigen Pläne, auf Waffenbergen zu sitzen. Ich kann nicht abstrakt über Waffen sprechen, ohne an mein eigenes Schicksal, an meine eigene Zukunft zu denken. Das sage ich auch in der NATO.

... Wir haben eine militärische Verpflichtung. Beide Söhne haben gedient ... Daher spreche ich nicht abstrakt von der Abrüstung. Ich bin ein typischer Deutscher. In jeder Familie gibt es bei uns Gefallene ... auch in den Familien jedes Mitglieds meiner Delegation.

In Ihrem Land ist es genauso. Das verbindet uns.«

GORBATSCHOW: »Die Gemeinsamkeit der Schicksale soll uns zum gemeinsamen Handeln für die Erhaltung des Friedens und für mehr Sicherheit anspornen. In einer Familie kann es unterschiedliche Menschen geben. Aber die Unterschiede sind kein Grund zur Konfrontation. Wir müssen einander mehr vertrauen. Dazu sind zivilisierte Beziehungen nötig.

... Womit beenden wir das Gespräch? Wir haben meiner Meinung nach einen guten persönlichen Kontakt hergestellt und ein ehrliches, offenes Gespräch geführt. Das ist die Chance für einen Neubeginn.«

KOHL: »Ich habe einen sehr guten Eindruck. Das war ein ehrliches, offenes Gespräch. Und das ist für mich die Hauptsache. Es hat sich wirklich die Chance für einen Neubeginn ergeben. Ich übertreibe nicht ... Wenn man von der Geschichtsphilosophie ausgeht, vollzieht sich in der Geschichte eine Wende gewöhnlich in drei Etappen. In der ersten, am längsten währenden Etappe vollzieht sich der Prozeß des Reifens eines Entschlusses. Danach wird der Entschluß in sehr kurzer Zeit gefaßt. Und schon in der darauffolgenden dritten Etappe beginnen die Völker entsprechend diesem Entschluß zu leben und zusammenzuarbeiten. Uns steht viel Arbeit bevor – sowohl in den Beziehungen zwischen unseren Ländern als auch in der Ost-West-Richtung und nach einigen Jahren in der Nord-Süd-Richtung.«

GORBATSCHOW: »Ich möchte das Gespräch folgendermaßen abschließen. Ich habe den Eindruck, daß wir vorankommen und in allen Bereichen unserer Beziehungen ein neues Niveau erreichen können. Und das soll weder in unseren beiden Ländern noch bei unseren Verbündeten und Partnern Mißverständnisse hervorrufen. Das entspräche dem Interesse unserer Völker, den Interessen der Völker Europas, aller Völker.«

Aus diesen Zitaten, die übrigens etwa ein Zehntel der mit Kohl allein und unter Teilnahme beider Delegationen geführten Unterredungen ausmachen, ergab sich sehr viel.

Beide verstanden wir, welche Bedeutung diese Begegnung für unsere beiden Staaten und für die neue Politik in Europa hatte. Festgestellt wurde die Bereitschaft, die Vorurteile zu überwinden, die sich in beiden Staaten angehäuft hatten und die schweren Erinnerungen an den Krieg belasteten.

Durch den tiefen Abscheu vor dem Krieg kamen wir uns näher. Uns beiden war klar, daß die Deutschen und die Russen genug Krieg geführt hatten und das nicht noch einmal tun wollten. Das bedeutete, wir erkannten vorerst stillschweigend an, daß wir unsere Staaten nicht als potentielle militärische Gegner ansahen, obwohl sie feindlichen Blöcken angehörten.

Beide zeigten wir deutlich, daß wir die Ideologie aus den Beziehungen zwischen unseren Völkern und Staaten heraushalten wollten. »Sie sind der Generalsekretär einer kommunistischen Partei, ich bin der Führer einer christlichen Partei,« sagte Kohl, »aber das gehört nicht zu unserer spezifischen Aufgabe.«

Auf diese Weise wurde ein neues Niveau der sowjetisch-westdeutschen Verständigung erzielt. Hinzu kam der wichtige Faktor des Vertrauens – des persönlichen wie des politischen. Wir einigten uns über die Mechanismen seiner Realisierung: eine direkte Nachrichtenverbindung, den Austausch von Vertrauenspersonen, den brieflichen Kontakt.. Dank dieser Begegnung verlief die sowjetisch-westdeutsche Annäherung sehr rasch. Die Beziehungen zwischen mir und Kohl nahmen einen freundschaftlichen Charakter an: Bald gingen wir zum Du über.

Es wurde die »Tagesordnung« der konkreten Zusammenarbeit festgelegt. Sie umfaßte die internationalen Hauptprobleme und bis ins Detail die bilateralen Probleme und wurde in den Verhandlungen der Außenminister, der Verteidigungsminister, der Wirtschaftsminister sowie der Vertreter der Wissenschaft und der Geschäftskreise bestätigt. Der Inhalt des neuen Kapitels, das wir schreiben wollten, wurde umfassend geplant: von der Wirtschaft über Wissenschaft, Technik und Kultur bis zu studentischen Kontakten und zum Umweltschutz. Auch das Problem der Sowjetdeutschen wurde berücksichtigt, wir einigten uns über die Kriegsgräber sowie über den Austausch einiger historischer Dokumente.

Kohl weilte in Begleitung von fünf Ministern und fünf Dutzend Unternehmern in Moskau. Als Ergebnis ihrer Kontakte mit ihren sowjetischen Partnern wurden sieben zwischenstaatliche Vereinbarungen und über dreißig Vereinbarungen zwischen Unternehmen und sowjetischen Organisationen geschlossen.

Wichtig war, welches Augenmerk bei der Begegnung mit dem Kanzler der Abrüstung und den Problemen der Sicherheit in Europa geschenkt wurde. Die sowjetisch-westdeutschen Beziehungen waren von diesem Augenblick an fest in den gesamteuropäischen Prozeß einbezogen. Das Interesse, das die Deutschen an der Abrüstung bekundeten, hing natürlich mit der Wiedervereinigung zusammen. Ich verstand das sehr gut und sah darin übrigens nichts Schlimmes.

Der Leser wird sicherlich bemerkt haben, daß das Problem der Wiedervereinigung Deutschlands mit Glacéhandschuhen angefaßt wurde. Ich vertrat den gleichen Standpunkt wie eineinhalb Jahre zuvor bei der Begegnung mit dem Bundespräsidenten Richard von Weizsäcker. *Aber am interessantesten ist offenbar die Tatsache, daß Kohl mit der Lösung der Frage in sehr ferner Zukunft rechnete und sie als Aufgabe künftiger Generationen bezeichnete. Doch buchstäblich ein Jahr später fiel die Berliner Mauer!*

Ein wesentliches Ergebnis dieses ersten Treffens mit dem Kanzler in Moskau war, daß mein Deutschlandbesuch im Jahre 1989 vereinbart wurde.

Auf die Bedeutung des Ereignisses wurde in der ganzen Welt hingewiesen. Aus der Umgebung Kohls in Moskau erfuhren wir, daß der Kanzler sehr aufmerksam die Reaktion der NATO-Verbündeten verfolgte. Er befürchtete, nach seiner Rückkehr »Tadel abzubekommen«. Was zwei französische Zeitungen (*Le Quotidien de Paris* und *Le Figaro*) in ihren Kommentaren schrieben, mahnte ihn zur Vorsicht. Sie hatten offen geäußert, der Charakter des Besuchs wecke Zweifel an der Treue Kohls zu den Bündnisverpflichtungen. Bei seiner Pressekonferenz stellten die Franzosen boshafte Fragen: »Sie haben den Russen viel gegeben. Aber was haben Sie als Gegenleistung erhalten? Wurden ein paar politische Gefangene freigelassen?« – »Wie steht es jetzt mit dem deutsch-französischen Bündnis und mit anderen Versprechungen, die den Franzosen gemacht wurden?« Favorisiere Kohl jetzt den Osten, wurde gefragt. Kohl achtete auch auf analoge Bemerkungen in der amerikanischen Presse. Übrigens hatte er nicht damit gerechnet, daß gerade die Engländer gelassen reagieren würden. Hier hatte er erneut Mrs. Thatcher unterschätzt!

Zu den Mitgliedern des Politbüros äußerte ich über die Ergebnisse des Besuchs von Helmut Kohl: »Noch ist keine Wende eingetreten. Aber es wurde ein starker Impuls für Fortschritte auf diesen wichtigen Gebieten der europäischen Politik und der Weltpolitik gegeben.«

Es war von symbolischer Bedeutung und kein Zufall, daß die Herstellung neuer Beziehungen zur Bundesrepublik Deutschland in die Zeit meiner Rede vor der UNO fiel. Vor der ganzen Welt bedeutete dies, daß die UdSSR endgültig zu einer prinzipiell neuen internationalen Politik übergegangen war.

## Der Durchbruch

1966 war ich zum ersten Mal auf deutschem Boden, als ich als Mitglied einer Gruppe von Parteifunktionären in die DDR kam, um die Reform kennenzulernen, die 1963 mit dem Ziel begonnen worden war, die Konkurrenzfähigkeit der von der Industrie des Landes erzeugten Produkte zu erhöhen. Die Reise war in jeder Beziehung interessant; vieles gefiel mir, die Atmosphäre war freundlich, die Bewirtung gut und reichlich. Ich sah mir das Leben in der DDR sehr aufmerksam an und behielt in Erinnerung: Die Deutschen leben besser als wir, obwohl die Spuren des letzten Krieges sowohl in Berlin als auch in Dresden noch überall zu sehen sind.

Zum dreißigsten Jahrestag des Sieges über die Naziherrschaft entsandte das ZK der KPdSU eine von mir geleitete Delegation nach Westdeutschland. Sie sollte dort an Veranstaltungen der DKP teilnehmen. Wir kamen in Frankfurt am Main an und fuhren mit Autos nach Nürnberg. Herbert Mies hatte beschlossen, da, wo Hitler früher seine Reichsparteitage veranstaltet hatte, die festliche Hauptversammlung abzuhalten. Wir besichtigten die Stadt, in der uns die Architektur der alten Viertel beeindruckte. Wir besuchten das zu trauriger Berühmtheit gelangte, mit Unkraut überwachsene Stadion, in dem die Reichsparteitage stattgefunden hatten. In einem Restaurant, das ein sympathischer Geschäftsmann unterhalb der vom Krieg übriggebliebenen Ruinen hatte errichten lassen, kam es zu einer zwanglosen Begegnung mit Deutschen.

Danach fuhren wir mit Autos durch das Land; es gab Begegnungen in Stuttgart und Saarbrücken. Schließlich kehrten wir nach Frankfurt zurück, wo eine große Kundgebung stattfand, an der ungefähr 250 000 Menschen teilnahmen. Alles, was ich in der Bundesrepublik erfuhr, widersprach schon damals meinen bisherigen Vorstellungen.

Und jetzt der offizielle Besuch in der Bundesrepublik – zu

einer anderen Zeit, in einer anderen Rolle. Ich sah ein neues Deutschland: Es war dem Bild, das in den Köpfen der Sowjetmenschen aus verständlichen Gründen nach 1933 und 1941 entstanden war, überhaupt nicht ähnlich. Ich erlebte eine offene, wohlwollende, interessierte Einstellung Hunderter und Tausender von Deutschen, welche die sowjetische Delegation begrüßten, ein riesiges Interesse für die Vorgänge in der UdSSR, eine ernsthafte Position der deutschen Politiker und Staatsmänner zu den sowjetisch-westdeutschen, europäischen und internationalen Fragen.

Ich gewann die Überzeugung, daß die Chance bestand, den im zwanzigsten Jahrhundert unterbrochenen Prozeß der Annäherung und des Zusammenwirkens zweier großer Nationen Europas zu erneuern. Aber damit konnte auch die Frage der Wiedervereinigung in eine neue Phase eintreten.

Es lohnt sich jedoch, etwas zu den Verhandlungen und Dokumenten zu sagen.

Das erste Gespräch zwischen dem Kanzler und mir in Bonn drehte sich überhaupt nicht um die bilateralen Probleme Deutschlands und der UdSSR. Ich wollte vor allem wissen, was »mein Freund Helmut« über die Hauptrichtung der Weltpolitik und die sowjetisch-amerikanische Politik unter dem gerade gewählten Präsidenten George Bush und dessen neuem Außenminister James Baker dachte.

Die US-Administration, die Anfang 1989 an die Macht gelangt war, kam nur sehr langsam »in Fahrt«, und es bestand der Verdacht, der neue Präsident würde alles, was unter Reagan erreicht worden war, *ad acta* legen.

Ich wollte den deutschen Kanzler – wie ich es in Moskau versprochen hatte – zu einem meiner Hauptpartner bei der Realisierung der Politik des »neuen Denkens« machen.

Als ich Kohl gegenüber meine Zweifel und Befürchtungen in bezug auf die Amerikaner äußerte, erhielt ich von ihm nützliche Ratschläge und ... eine Information.

»Ja, Bush ist ein ganz anderer Mensch als Reagan«, antwortete der Kanzler. »Aber sowohl Bush als auch Baker haben in kurzer Zeit bewiesen, daß sie Format haben. Sie sind stark – sowohl der Präsident als auch sein Außenminister. Das darf man nicht unterschätzen. Das muß man nutzen.

Ich kann Ihnen voller Überzeugung sagen: Bush will sich mit Ihnen sachlich verständigen. Genauso sachlich ist seine Umgebung eingestellt. Als Beispiel kann der arabisch-israelische Konflikt, der veränderte Stil des Umgangs des Weißen Hauses mit den in diesen Konflikt verwickelten Staaten dienen. Im großen und ganzen können Sie sich auf die Entwicklung der Beziehungen zu den USA orientieren.«

Die Meinung des Kanzlers war für mich von großer Bedeutung.

Während dieses Besuchs wurden sehr wichtige Verträge und Abkommen unterzeichnet.*

Die Gemeinsame Erklärung über die erzielten Ergebnisse war ein internationales Dokument, das in seinem Wortlaut und Inhalt sehr ungewöhnlich war. *De facto* war es gleichbedeutend mit einem Vertrag über Freundschaft und Zusammenarbeit.

Beim Abschlußgespräch am 12. Juni in Bonn schätzten der Kanzler und ich dieses Dokument folgendermaßen ein:

KOHL: »Ich möchte vor allem unser gemeinsames politisches Dokument begrüßen, das wir morgen unterzeichnen werden. Es zieht einen Schlußstrich unter die Vergangenheit und erhellt den Weg in die Zukunft.«

GORBATSCHOW: »Wir können meines Erachtens ohne falsche Bescheidenheit sagen, daß unser gemeinsames politisches Dokument beeindruckend und bedeutend ist. Es zeugt vom *Durchbruch* unserer Beziehungen, von der Überwindung des Zustandes ihrer Stagnation, von der Bestätigung des neuen Denkens.

---

\* Siehe Anhang, Seite 191.

Ich stimme Ihnen zu, daß der Eintritt unserer Beziehungen in eine neue Etappe nicht nur den bilateralen Komplex beeinflußt, sondern auch den multilateralen.«

Übrigens hielt Kohl es für erforderlich, auch diesmal auf den Dissens hinzuweisen, der weiterhin »in bezug auf die Einheit Deutschlands« bestand.

Auf der Pressekonferenz in Bonn, an der Hunderte von Journalisten aus aller Welt teilnahmen, schätzte ich die Ergebnisse des Besuchs folgendermaßen ein:

»Diese Tage waren wirklich von großen und wichtigen Überlegungen über die Gegenwart und Zukunft angefüllt. Ich möchte noch einmal besonders hervorheben: Der zwar kurze, aber direkte und lebendige Kontakt mit den Bürgern der Bundesrepublik hat uns davon überzeugt, daß sich nicht nur in unserem Volk die Meinungen und Stimmungen hinsichtlich unseres gegenseitigen Verhältnisses ändern. Dies geschieht auch hier. Und vielleicht sind wir heute zu der Feststellung berechtigt, daß unsere beiden Völker aufeinander zugehen, sich einander annähern, an Pläne der Zusammenarbeit denken. Und das ist vielleicht das *Allerwichtigste*, was heute hier festgestellt werden muß und was *in bedeutendem Maße* die Zukunft bestimmen und dabei auch die Tätigkeit der Regierungen beider Staaten beeinflussen wird.

All das zeugt davon, daß wir durch große, nicht einfache, geduldige Bemühungen zu einem neuen gegenseitigen Verhältnis gefunden und wirklich begonnen haben, die Seiten eines großen und interessanten Kapitels unserer neuen Geschichte aufzuschlagen.«

Es wurde die Frage gestellt: »Viele sind der Ansicht, daß die Berliner Mauer sowohl eine physische als auch eine politische Barriere auf dem Wege der Annäherung, der vollständigen Annäherung beider Länder ist. Sind Sie der Meinung, daß das gemeinsame europäische Haus, das Sie anstreben, möglich ist, solange die Berliner Mauer wie bisher existiert?«

Ich erwiderte: »Bei der Errichtung des gemeinsamen europäischen Hauses müssen wir viele Probleme im Interesse aller Völker lösen, dabei ihre Wahl, ihre Traditionen, ihre Geschichte respektieren und die Bedingungen für ihre gleichberechtigte, gegenseitig vorteilhafte Zusammenarbeit schaffen. *Nichts ist ewig in der Welt. Hoffen wir, daß wir auf dem richtigen Weg sind.* Die Mauer ist in einer konkreten Situation entstanden. Die DDR hat damals rechtmäßig entschieden, ihre souveränen Rechte wahrzunehmen. *Die Mauer kann verschwinden, wenn die Voraussetzungen wegfallen, die sie hervorgebracht haben. Ich sehe hier kein großes Problem.*«

Die von mir erwähnte veränderte Stimmung im sowjetischen Volk hatte entscheidende Bedeutung für das Verständnis der Voraussetzungen für die Gestaltung unserer Politik nicht nur gegenüber der DDR, sondern auch gegenüber der Bundesrepublik Deutschland.

Die Perestroika hatte die Mauer beseitigt, die das sowjetische Volk von der westlichen Welt trennte, den Grundstein für die Demokratisierung des gesellschaftlichen Bewußtseins gelegt und uns unter anderem Informationen über tiefgreifende Wandlungen im deutschen Volk zugänglich gemacht. Die Mehrheit der Deutschen hatte den Charakter des Krieges, den Hitler dem Volk aufgezwungen hatte, begriffen und sich vom nazistischen Unrat befreit. All das trug dazu bei, daß die Politik des neuen Denkens auch in Richtung Deutschland möglich wurde. Deshalb weise ich, die Ereignisse vorwegnehmend, darauf hin, daß das sowjetische Volk Verständnis zeigte, als Millionen von Deutschen auf beiden Seiten der Berliner Mauer ihrem Wunsch nach Wiedervereinigung so deutlich Ausdruck verliehen.

## Die Geschichte beschleunigt ihr Tempo

Das Streben nach nationaler Einheit wurzelte tief in der Bevölkerung der DDR. Das war sogar in Parteikreisen zu spüren. Auch wir in Moskau wußten das. Unter dem Einfluß der Demokratisierung in der UdSSR rückte das, was die Deutschen erhofften, tatsächlich in den Bereich des Möglichen. Diese Erwartungen drangen im Herbst 1989 an die Oberfläche. Vom Sommer an wandelte sich das gegenseitige Vertrauen in einen mächtigen neuen Faktor der Weltpolitik um. Dadurch wurde eine grundlegende Veränderung der internationalen Situation möglich. Und natürlich nahm sowohl in Osteuropa als auch in der übrigen Welt die Erkenntnis zu, daß die Sowjetunion dabei war, ein wirklich demokratisches Land zu werden, und man war überzeugt, daß das, was sich in Ungarn im Jahre 1956 und in der Tschechoslowakei im Jahre 1968 zugetragen hatte, sich niemals mehr wiederholen würde. Ohne diese Gewißheit wäre es nicht zu »samtenen Revolutionen« gekommen und hätte die sich in der DDR entwickelnde Protestbewegung, die den Durchbruch zur Wiedervereinigung der Nation herbeiführte, nicht einen solchen Massencharakter angenommen.

Die deutsche Frage, deren Lösung Genscher, Kohl und auch ich erst im 21. Jahrhundert für möglich gehalten hatten, wurde auf die Tagesordnung gesetzt. Die Geschichte verlief in einem unerhört raschen Tempo.

Im Herbst wurde die deutsche Frage im Grunde genommen zum zentralen Problem der Weltpolitik. Die damit verbundenen konkreten Ereignisse entwickelten sich dramatisch, es bahnte sich eine Krise an. Bevor ich jedoch auf diese Entwicklungen eingehe, möchte ich meine Grundpositionen zur Lösung der deutschen Frage darlegen, die mein ganzes weiteres Verhalten im Laufe der Wiedervereinigung bestimmten.

Folgende Gesichtspunkte waren für mich maßgebend:

Erstens der moralische. Ich hielt es vom moralischen Standpunkt aus für unzulässig, die Deutschen ewig zur Spaltung der Nation zu verurteilen und immer neuen Generationen die Schuld für die Vergangenheit aufzubürden.

Zweitens der politische. Das Streben der Deutschen nach der Einheit konnte nur vereitelt werden, wenn die in der DDR stationierten sowjetischen Streitkräfte eingesetzt würden. Das aber hätte das völlige Scheitern aller Bemühungen zur Beendigung des Kalten Krieges und des nuklearen Wettrüstens bedeutet. Auch der ganzen Politik der Perestroika in meinem Land wäre ein nicht wieder gutzumachender Schlag versetzt worden, sie wäre in den Augen der ganzen Welt völlig diskreditiert worden.

Drittens der strategische. Die Anwendung von Gewalt gegen die Bevölkerung der DDR und die Unterdrückung des demokratischen Strebens nach Wiedervereinigung hätten für lange Zeit die Beziehungen zwischen unseren Völkern, zwischen Deutschland und Rußland, vergiftet und den natürlichen Interessen Rußlands unermeßlichen Schaden zugefügt. Abgesehen davon hätte man alle Hoffnungen auf den gesamteuropäischen Prozeß auf demokratischer, gleichberechtigter Grundlage begraben müssen.

In diesem Prozeß, der begonnen hatte, vertrat ich folgenden Standpunkt:

– Es darf nicht zugelassen werden, daß das Streben der Deutschen nach nationaler Einheit zum Abbruch der internationalen Bemühungen um die Beendigung des Kalten Krieges führt; daher muß alles allmählich verlaufen;
– die Deutschen haben ein Recht darauf, über ihr eigenes nationales Schicksal zu entscheiden – unter Berücksichtigung der Interessen ihrer Nachbarn;

– jede Anwendung oder Androhung von Gewalt, ganz gleich, in welcher Form, müssen ausgeschlossen sein.*

Ich wende mich den konkreten Ereignissen zu. Im September erhob sich die Frage, ob ich zu den Feierlichkeiten anläßlich des vierzigjährigen Bestehens der DDR nach Berlin reisen sollte. Die Lage in der Republik hatte sich schon zugespitzt, die Flucht von Ostdeutschen über die Tschechoslowakei und über Ungarn nach Westdeutschland hielt an und war mit diplomatischen und bündnisbedingten Verwicklungen verbunden.

Meine Partner im Warschauer Pakt wollten wissen, ob ich in dieser Situation nach Berlin reisen würde. Es war jedoch einfach unmöglich, das nicht zu tun. Ich wußte natürlich, daß es keine leichte Reise sein würde. Feiertag hin, Feiertag her, ich mußte vor allem sagen, was mich beunruhigte.

Das Thema der Bündnis- und zwischenparteilichen Beziehungen im Zusammenhang mit dem neuen Denken und dem Verzicht auf die »Breschnew-Doktrin« hatte ich mehrmals bei Begegnungen mit Erich Honecker diskutiert. Ich wußte, wie feindselig er sich zur Perestroika verhielt und daß er sich mit der Absicht trug, sich als »wahrer Vertreter der Heimat des Marxismus« an die Spitze der orthodoxen Opposition gegen Gorbatschow in der sozialistischen Staatengemeinschaft zu stellen. Ich sagte ihm, daß wir den Umbau in unserem Lande brauchten. »Wenn Sie Reformen durchführen wollen, dann tun Sie es bitte selbst. Wir erteilen keine Befehle und zwingen

---

\* In dieser Hinsicht verschärfte sich die Lage. Im Herbst 1989 wurde sie in Ostdeutschland wirklich brisant. Auf dem von Unruhen erfaßten Territorium, auf dem die größte Gruppierung sowjetischer Streitkräfte stationiert war, konnte selbst eine kleine Provokation zum Blutvergießen und zu unkontrollierbaren Folgen führen. Provokationen waren durchaus möglich: Einige einflußreiche Vertreter bestimmter Kreise in der UdSSR wie in der DDR forderten die »Wiederherstellung der Ordnung«.

niemandem die Perestroika auf.« Ich wies Honecker auch auf die Gefahr des Zurückbleibens hinter den Erfordernissen des Lebens hin. Damit lieferte ich ihm sozusagen den Schlüssel zu den in der DDR dringend erforderlichen Umgestaltungen. Aber Honecker äußerte im engsten Kreise mehrfach, er habe die Perestroika in der DDR schon durchgeführt, und meinte damit den Zeitabschnitt, nachdem er den Posten des Ersten Sekretärs der SED von Ulbricht übernommen hatte.

Bei dieser meiner letzten Reise in die DDR gratulierte ich den Freunden aufrichtig zu ihren Errungenschaften, ging aber in meiner Rede auf dem Festakt großenteils auf die Veränderungen ein, die sich in der UdSSR und in der ganzen Welt vollzogen. Über unsere Perestroika und ihre Lehren sprach ich mit Nachdruck. Ich entschloß mich, unter Berufung auf unsere Erfahrungen offen zu sagen: »Wer zu spät kommt, den bestraft das Leben.« Das gleiche sagte ich Erich Honecker bei der Zusammenkunft mit der Führung der SED. Alle verstanden, was ich meinte, nur Honecker nicht. Er hatte schon damals den Realitätssinn verloren.

In Berlin spürte ich, besonders als ich auf der Ehrentribüne stand, vor der Tausende von Berlinern und Demonstranten aus anderen Städten defilierten, deutlich die Spannung, die in der Republik herrschte, sowie die Unzufriedenheit mit dem Regime. Mich überraschten die Begeisterung, die Demonstration der Solidarität mit der Perestroika und zugleich die offenkundige Respektlosigkeit gegenüber Honecker. Der Erste Sekretär der PVAP, Mieczysław Rakowski, der Deutsch konnte und sowohl hörte, was gerufen wurde, als auch las, was auf den Transparenten in den Händen der Demonstranten stand, kam zu mir und sagte: »Verstehen Sie, was vor sich geht? Das ist das Ende, Michail Sergejewitsch!« Es stimmte!

Wenn heute geschrieben und gesagt wird, der Fall der Berliner Mauer sei für mich und die sowjetische Führung überraschend gekommen und habe in Moskau einen Schock hervorgerufen, dann entspricht das nicht der Wahrheit: Wir waren auf diesen Verlauf der Ereignisse vorbereitet.

Im Oktober verwandelten sich die Städte der DDR in ein stürmisches Meer von vielen Tausenden von Demonstranten. Es entstanden verschiedene gesellschaftliche Organisationen. Die herrschende Partei, die SED, zerfiel zusehends. Die von den Massen erhobenen politischen Forderungen steigerten sich von Tag zu Tag: von der Reisefreiheit, der Redefreiheit, der Bestrafung der Machthaber und der Auflösung der Machtorgane bis zur unverzüglichen Wiedervereinigung Deutschlands (dies wurde gegen Ende November gefordert).

Wie handelte ich in dieser Situation?

Am 11. Oktober telefonierte ich mit dem Kanzler. Ich zitiere einige Stellen aus der Niederschrift des Gesprächs:

KOHL: »Zunächst möchte ich mit aller Klarheit feststellen, daß alles, was wir bei Ihrem Aufenthalt in Bonn im Sommer dieses Jahres vereinbart haben, in vollem Umfang für uns weiter gilt. Als Kanzler der Bundesrepublik Deutschland versichere ich Ihnen das noch einmal.«

GORBATSCHOW: »Ich nehme das Gesagte zur Kenntnis, Herr Bundeskanzler. Für mich und für die ganze sowjetische Führung ist es sehr wichtig, daß Sie die unveränderte Haltung zu unserem gemeinsam festgelegten Kurs, zu dem, was wir bei unseren Begegnungen in Bonn auf höchster Ebene vereinbart haben, bekunden. Das, was Sie geäußert haben, entspricht auch unserer Einstellung. Auch wir sind dafür, daß alles, worüber wir übereingekommen sind, in vollem Umfang verwirklicht wird.«

KOHL: »Ich möchte Ihnen versichern, daß die Bundesrepublik Deutschland in keiner Weise an einer Destabilisierung der DDR interessiert ist und ihr nichts Schlechtes wünscht. Wir hoffen, daß die Entwicklung dort nicht außer Kontrolle gerät, daß die Emotionen der letzten Zeit wieder abflauen.

Das einzige, was ich möchte, ist, daß sich die DDR Ihrem Kurs anschließt, dem Kurs progressiver Reformen und Umgestaltungen. Die Ereignisse der letzten Zeit bestätigen, daß die DDR schon reif dafür ist. Was die Bevölkerung betrifft, so sind wir dafür, daß die Bürger der DDR bei sich im Lande bleiben. Wir haben nicht die Absicht, sie zu irgendwelchen Handlungen zu veranlassen, die man uns später vorwerfen könnte.«

GORBATSCHOW: »Es ist sehr wichtig, solche Worte aus dem Munde des Bundeskanzlers der BRD zu hören. Ich hoffe, daß diese Worte mit den Taten übereinstimmen werden.«

KOHL: »Daran müssen Sie nicht zweifeln.

... Ich stehe Ihnen immer zur Verfügung. Wir müssen uns öfter telefonisch verständigen und darauf achten, daß die Abstände zwischen den Gesprächen nicht zu lang werden.«

GORBATSCHOW: »Ich bin auch dafür. Wir müssen möglichst bald die spezielle Nachrichtenverbindung zwischen Moskau und Bonn herstellen.«

KOHL: »Ich werde prüfen, wie diese Frage bei uns gelöst wird ...«

Am 18. Oktober wurde Honecker abgesetzt. Am 9. November fiel die Berliner Mauer – in einer Atmosphäre der Begeisterung, welche die Deutschen seit Jahrzehnten nicht gekannt hatten, bis hin zur ungebremsten Euphorie. Als ich am frühen Morgen vom sowjetischen Botschafter erfuhr, daß die Behörden der DDR alle Grenzübergänge geöffnet hatten und die Menschen ungehindert passieren ließen, sagte ich, daß sie richtig handelten.

Egon Krenz, den Nachfolger Honeckers, hatte ich eine Woche vor dem Fall der Berliner Mauer getroffen. Wir waren noch davon ausgegangen, daß die Frage der Wiedervereinigung Deutschlands historisch nicht auf der Tagesordnung stand. Wir verhandelten über die Fortsetzung und Verstärkung der Beziehungen zwischen unseren beiden Staaten und rechneten mit wichtigen demokratischen Veränderungen in der DDR.

Aber die Geschichte, die in Bewegung geraten war, riß uns mit sich fort. Das Schicksal der DDR und der Wiedervereinigung Deutschlands wurde bereits vom Willen von Millionen entschieden, vor allem von den Ostdeutschen, die sich zu einer wirklich demokratischen Volksbewegung vereint hatten.

Die neuen Führer der Republik mit Hans Modrow an der Spitze, der am 13. November Vorsitzender des Ministerrats der DDR geworden war, versuchten, einen mäßigenden Einfluß auf die Vorgänge auszuüben. In seiner Regierungserklärung bezeichnete er das Gerede von der Wiedervereinigung als unrealistisch und gefährlich.

Am 11. November 1989 telefonierte ich mit Kohl:

GORBATSCHOW: »Jegliche Veränderungen bedeuten in gewissem Sinne Instabilität. Deshalb meine ich, wenn ich vom Erhalt der Stabilität rede, durchdachte und aufeinander abgestimmte Schritte.

Ich habe das Gefühl, daß sich gegenwärtig eine historische Wende zu neuartigen Beziehungen, zu einer anderen Welt vollzieht. Wir sollten uns davor hüten, diese Wende durch plumpe Handlungen zu gefährden. Eine Forcierung der Ereignisse lenkt die Entwicklung in eine nicht vorherzusehende Richtung, in ein Chaos... Ich hoffe, daß Sie Ihr Ansehen, Ihr politisches Gewicht und Ihren Einfluß dafür geltend machen, daß auch andere sich an den Rahmen halten, der den Anforderungen der Zeit angemessen ist.«

KOHL: »Herr Generalsekretär, eben ist eine Sitzung der Bundesregierung zu Ende gegangen. Wären Sie dabei gewesen, hätten Sie wahrscheinlich darüber gestaut, wie sehr unsere Einschätzungen übereinstimmen. Diese historische Stunde fordert eine entsprechende Reaktion, fordert historische Entscheidungen. In der deutschen Sprache existiert ein sehr wichtiger Begriff: ›Augenmaß‹. Er bezeichnet sowohl das Gefühl für das rechte Maß als auch die Fähigkeit, bei der Planung von Handlungen deren mögliche Folgen zu berücksichtigen, sowie das Gefühl der persönlichen Verantwortung. Ich möchte Ihnen versichern, ich bin mir meiner Verantwortung sehr deutlich bewußt.

Ich halte es für eine sehr glückliche Fügung, daß die Beziehungen zwischen der UdSSR und der Bundesrepublik Deutschland inzwischen ein so hohes Niveau erreicht haben. Und ich schätze besonders den guten persönlichen Kontakt, der zwischen uns entstanden ist. Ich weiß, daß persönliche Beziehungen nichts am Wesen der Probleme ändern, doch sie können deren Lösung erleichtern.«

GORBATSCHOW: »Ich glaube, daß die Gründlichkeit, die den Deutschen eigen ist, sowohl in dem einen als auch in dem anderen Staat helfen wird, alle Fragen, die sich ergeben haben, gründlich zu durchdenken und weitreichende Prozesse und Reformen ins Auge zu fassen.«

Aber schon drei Wochen später trat der Bundeskanzler ohne jedwede vorherige Konsultation oder auch nur eine Information mit seinen »Zehn Punkten« im Bundestag auf. Helmut Kohl hatte es offenbar eilig und fürchtete, jemand könnte ihm in dieser Angelegenheit zuvorkommen, zumal im Frühjahr 1990 Bundestagswahlen bevorstanden. Ich entschloß mich, diesen Schritt des Kanzlers nicht stillschweigend zu übergehen. Am 5. Dezember 1989 war meine Begegnung mit Hans-Dietrich Genscher in Moskau vorgesehen.

Genscher begann weitschweifig über die Perspektiven des allgemeinen Friedens, die historischen, philosophischen und moralischen Grundlagen der gegenseitigen Annäherung der beiden Völker und Länder sowie die Rolle der Bundesrepublik Deutschland und der UdSSR in den internationalen Prozessen, welche eine neue Qualität der Ost-West-Beziehungen versprechen, usw. zu reden.

Er verwies sogar auf die Gültigkeit des »Vertrages über die Grundlagen der Beziehungen zwischen der Bundesrepublik Deutschland und der DDR«.

Ich holte ihn auf den Boden der gegenwärtigen Realitäten zurück:

»Es gibt zwei Ebenen. Die eine ist die philosophisch-konzeptionelle, und auf ihr basiert das von Ihnen Dargelegte. Die andere Ebene ist die der realen, praktischen Schritte ... Und hier entstehen ernste Fragen, die uns beunruhigen müssen. Ich sage Ihnen unverblümt, daß ich den Bundeskanzler Kohl, der mit seinen Zehn Punkten aufgetreten ist, nicht verstehen kann. Ich muß feststellen: Das sind ultimative Forderungen.«

Es empörte mich, daß plötzlich ein solcher Schachzug unternommen worden war, nachdem zwischen mir und dem Kanzler vor ganz kurzer Zeit ein konstruktiver, positiver Meinungsaustausch stattgefunden hatte.

»Oder hat der Bundeskanzler so etwas nicht mehr nötig?« fuhr ich fort. »Er scheint der Meinung zu sein, nun gebe er den Ton an ... Herr Kohl versicherte mir, die Bundesrepublik wolle die Situation in der DDR nicht destabilisieren und würde ausgewogen handeln. Die praktischen Schritte des Bundeskanzlers indes stimmen mit seinen Beteuerungen nicht überein ... Jede künstliche Beschleunigung liegt nicht im Interesse der Völker und der beiden deutschen Staaten. Gerade im Streben nach Stabilität, auf der Grundlage von Ausgewogenheit und gegenseitiger Achtung, gerade in einem solchen Kontext sollten beide deutsche Staaten ihre gegenseitigen Beziehungen gestalten.

Gestern hat Kanzler Kohl ohne zu schwanken erklärt, er unterstütze die Idee einer Konföderation. Was bedeutet eine Konföderation? Eine Konföderation bedeutet doch eine einheitliche Verteidigung, eine einheitliche Außenpolitik. Wo aber wird dann die BUNDESREPUBLIK sein – in der NATO, im Warschauer Pakt? Oder wird sie vielleicht neutral werden? Und was wird danach sein? Haben Sie sich alles gründlich überlegt? Was geschieht dann mit den zwischen uns geltenden Abkommen? Der Kanzler behandelt im Grunde genommen die Bürger der DDR wie seine Untertanen«, griff ich Genscher an.

Er bemühte sich, mich davon zu überzeugen, die »Zehn Punkte« seien vorgesehen, eben um die Prozesse zu normalisieren, um ihnen einen ausgeglicheneren Charakter zu verleihen. Er sehe hier keine Einmischung in die inneren Angelegenheiten der DDR. Es handle sich um »Vorschläge« für die DDR und nicht um ein Ultimatum.

Interessant ist der folgende Umstand: Hans-Dietrich Genscher, der die Politik seiner Regierung beharrlich verteidigte, betonte die ganze Zeit, es sei eine von ihm und dem Kanzler gemeinsam betriebene Politik (ich warf ihm »Apologetik« vor). Tatsache aber war, daß der Vizekanzler und Außenminister zum ersten Mal von den »Zehn Punkten« erfuhr, als er die Rede Kohls im Bundestag vernahm.

Aus dem Gespräch mit Genscher wird deutlich: Was mir besondere Sorgen bereitete, war, daß die Wiedervereinigungsanarchie (sogar in ihrer deutschen Variante) das im gesamteuropäischen Prozeß Erreichte hinwegfegen und es zu einem Blutvergießen, ganz gleich, wo, wie und von wem provoziert, kommen konnte.

Als ich mich mit führenden Vertretern beider deutschen Staaten traf, wies ich, von diesen Positionen aus, mahnend darauf hin, sie sollten sich nicht von Emotionen beeinflussen lassen, die Situation nicht für einseitige, egoistische Parteiinteressen ausnutzen und keine Schritte unternehmen, die einen Erdrutsch bewirken könnten.

Auch NATO-Verbündete der Bundesrepublik Deutschland – Engländer, Franzosen, Italiener – wollten die Wiedervereinigung Deutschlands nicht, schon gar nicht eine rasche. Ich entnahm dies den Gesprächen mit Mitterrand, Mrs. Thatcher und Andreotti. Über ihren Standpunkt informierte mich übrigens George Bush, mit dem ich mich am 2. Dezember in Malta – zwei Tage vor meinem Gespräch mit Genscher – traf.

»Kohl weiß,« so sagte mir der Präsident der USA, »daß einige westliche Verbündete, die mit Worten die Wiedervereinigung unterstützen, wenn dies das deutsche Volk wünscht, über diese Perspektive beunruhigt sind.«

»Ja, das weiß ich auch«, erwiderte ich ihm. »Und über diesen Standpunkt habe ich den Kanzler informiert ... Kohl hat mir mehrfach erklärt, er kenne seine Verantwortung und werde alles, was wir miteinander vereinbarten, einhalten. Das ist die Frage, in der wir alle sehr vorsichtig vorgehen müssen, damit den Veränderungen, die jetzt begonnen haben, kein Schlag versetzt wird.«

BUSH: »Einverstanden. Wir werden keine übereilten Schritte und Bemühungen unternehmen, um die Wiedervereinigung zu beschleunigen ... So seltsam es auch klingen mag, in dieser Frage sitzen Sie, Herr Gorbatschow, mit unseren NATO-Verbündeten im gleichen Boot. Die konservativsten von ihnen begrüßen Ihr Vorgehen. Und gleichzeitig müssen sie an die Zeit denken, in der die Begriffe Bundesrepublik Deutschland und DDR in die Geschichte eingehen werden. Ich werde mich in dieser Frage vorsichtig verhalten. Mögen mir unsere Demokraten Zaghaftigkeit vorwerfen. Ich habe nicht vor, *auf die Mauer zu springen*,\* weil bei dieser Frage zu viel auf dem Spiel steht.«

»Ja, es ist nicht Aufgabe eines Präsidenten, auf Mauern zu springen«, bemerkte ich, und beide brachen wir in Gelächter aus.

BUSH: »Wenn Bush und Gorbatschow hier in Malta ihrer Befriedigung über die vor sich gehenden Veränderungen Ausdruck verleihen können, ist das gut«, sagte der Präsident abschließend. »Aber ich werde nicht der Verlockung nachgeben, Schritte zu unternehmen, die schön aussehen, aber gefährliche Folgen haben können.«

Ich stimme jedoch der Gleichsetzung meiner Positionen mit denen der europäischen NATO-Verbündeten der Bundesrepublik Deutschland nicht zu. Sie wollten offensichtlich den Prozeß der Wiedervereinigung mit den Händen Gorbatschows aufhalten, da sie annahmen, die UdSSR sei auch aus ideologischen Gründen mehr daran interessiert. Doch ich verstand die Situation besser als sie. Ich wußte, daß der Versuch, sich dem objektiv Unvermeidlichen zu widersetzen,

---

\* Anspielung auf das, was Ronald Reagan ein Jahr zuvor bei seinem Berlin-Besuch getan hatte.

noch dazu mit der Anwendung »sowjetischer Gewalt«, gerade zu jenem Chaos führen würde, das wir verhindern wollten. Die Sache würde auf die Erneuerung des Kalten Krieges hinauslaufen, was die NATO-Verbündeten der Bundesrepublik Deutschland auch nicht wünschten. Und erst recht wollten sie keinen »heißen Krieg«.

## »Der Prozeß hat begonnen«

Er verlief ziemlich friedlich. Dabei war die gegenseitige Abstimmung des Verhaltens der beiden Supermächte und die grundlegende Veränderung der beiderseitigen Beziehungen, die Beendigung des Kalten Krieges, sehr wichtig.

Zu einem späteren Zeitpunkt formulierte ich dies im Gespräch mit James Baker (am 9. Februar 1990) folgendermaßen: »Zahlreichen Merkmalen nach zu urteilen, ist die Situation in Europa im Begriff, außer Kontrolle zu geraten. Als sehr gut erweist sich in diesem Augenblick, daß sich die Beziehungen zwischen den beiden mächtigsten und einflußreichsten Staaten so günstig entwickelt haben.«

Kohl und ich blieben ständig in Kontakt. Die Ereignisse folgten immer rascher aufeinander, und die Lage spitzte sich zu. Es wurde immer offensichtlicher, daß die neuen Führer der DDR mit ihr nicht fertig wurden.

Es wurden verschiedene Initiativen vorgeschlagen und Pläne aufgestellt. Modrow traf sich mit Weizsäcker in Potsdam und mit Kohl in Dresden. Sie sprachen über die Schaffung einer »Vertragsgemeinschaft Bundesrepublik Deutschland – DDR«. Mitterrand stattete der DDR einen offiziellen Besuch ab. Auch der britische Außenminister Douglas Hurd reiste dorthin.

Aber die Wogen in Ostdeutschland glätteten sich nicht. Es seien nur einige Fakten erwähnt:

3. Januar – eine Kundgebung in Berlin (250 000 Teilnehmer).

8. Januar – eine Demonstration mit 100 000 Teilnehmern unter der Losung »Deutschland – einig Vaterland« in Leipzig.

11. Januar – eine Demonstration von vielen tausend Teilnehmern im Stadtzentrum von Ostberlin, die unter der Losung »Weg mit der SED! Weg mit der Stasi!« stand.

15. Januar – Demonstrationen und Streiks in allen wichtigen Städten der DDR. In Berlin stürmte die Menge das Gebäude des Ministeriums für Staatssicherheit und andere staatliche Einrichtungen.

22. Januar – erneut große Demonstrationen in Dutzenden von Städten unter der Losung »Nieder mit der SED! Deutschland – einig Vaterland!«

Mitte Januar existierten in der DDR bereits über 150 politische Vereinigungen, Parteien, Bewegungen und Gruppen.

Den Informationen nach zu schließen, die wir in Moskau erhielten, begann Mitte Januar der Zerfall der Machtstrukturen.

Am 26. Januar 1990 hielt ich in meinem Arbeitszimmer im ZK der KPdSU in engstem Kreise eine Beratung über die deutsche Frage ab. Ich hatte Ryschkow, Schewardnadse, Jakowlew, Achromejew, Krjutschkow, Falin, Tschernjajew, Schachnasarow sowie den Mitarbeiter der internationalen Abteilung des ZK und Deutschlandexperten Fjodorow eingeladen. Die Diskussion dauerte etwa vier Stunden und verlief zeitweise heftig.

Es erhob sich die Frage, auf wen wir uns bei unseren Schritten am besten orientieren sollten.

Krjutschkow wies im Laufe der Diskussion unter Berufung auf die Informationen seiner Leute mehrmals darauf hin, daß die SED schon nicht mehr das war, was sie einmal gewesen war, und daß die staatlichen Strukturen der DDR zusammenbrachen.

Was die Bundesrepublik Deutschland betraf, so waren die einen dafür, sich nur auf Kohl und Genscher zu stützen, während die anderen die Sozialdemokraten bevorzugten. Kohl wurde vorgezogen, weil bereits enge Kontakte zu ihm bestanden und er daran interessiert war, die Wiedervereinigung mit dem gesamteuropäischen Prozeß zu verknüpfen. Die Orientierung auf die SPD wurde von Falin und Fjodorow besonders eifrig befürwortet. Ryschkow war der Meinung, man solle Kohl nicht alles geben.

In der Diskussion wurde darauf hingewiesen, daß sowohl die Sozialdemokraten als auch die Regierungsparteien die Wiedervereinigung zu einem Thema des bereits begonnenen Wahlkampfes für die Bundestagswahlen machten.

Es wurde vorgeschlagen, eine Konferenz der »Sechs«, d.h. eine Ad-hoc-Tagung der vier Siegermächte UdSSR, USA, England und Frankreich sowie der beiden deutschen Staaten abzuhalten, um europäische und internationale Probleme zu diskutieren und zu lösen, welche von der Wiedervereinigung Deutschlands unausweichlich berührt werden würden.

Die Ergebnisse unserer Beratung faßte ich folgendermaßen zusammen:

- Wir orientieren uns in der Hauptsache auf Kohl, ignorieren aber die SPD nicht;
- wir laden Modrow und Gysi nach Moskau ein;
- wir unterstützen die Idee einer Konferenz der »Sechs«;
- mit London und Paris unterhalten wir engere Beziehungen;
- Achromejew hat den Abzug der Streitkräfte aus der DDR vorzubereiten, wobei das Problem, wie ich damals sagte, mehr ein inneres als ein äußeres war: »300 000 Angehörige der Armee, davon 100 000 Offiziere mit Familien. Wo bringt man sie unter?«

Die Frage, ob man der Wiedervereinigung zustimmen sollte oder nicht, wurde nicht aufgeworfen. Das kam keinem einzigen Teilnehmer der Beratung in den Sinn. Die Hauptsorge war, einen friedlichen Verlauf des Prozesses zu gewährleisten und die eigenen Interessen sowie die aller von ihm Betroffenen zu wahren. Aus diesem Grund sollten vor allem die Siegermächte hinzugezogen werden, da sie entsprechend den Ergebnissen des Krieges eine bestimmte Verantwortung für das Schicksal Deutschlands trugen.

Nach weniger als einer Woche traf Modrow in Moskau ein. Im Gespräch, das er mit mir unter vier Augen führte, schätzte er die Lage folgendermaßen ein:

»Die Situation bei uns ist sehr kompliziert. Die Zeit ist für die DDR jetzt buchstäblich schicksalhaft. Die tiefe Krise im Lande und die Schuld seiner früheren Führung werden immer offensichtlicher. Gestern wurde der Beschluß gefaßt, Honecker, Mittag, Mielke und Hermann wegen Staatsverrat vor Gericht zu stellen. Es werden insgesamt 29 ehemalige Funktionäre der zentralen Ebene und 290 Personen der unteren Ebenen angeklagt. Sie werden der Verletzung der Menschenrechte, der Verletzung der verfassungsmäßigen Rechte, der Zerrüttung der Wirtschaft und des Machtmißbrauchs bezichtigt.

Unser Runder Tisch war das einzige Organ, das die Autorität des Staates aufrechterhielt. Sie schwindet aber immer mehr.

Die ökonomischen und sozialen Spannungen haben zugenommen und berühren bereits das tägliche Leben der Menschen. Überall werden Forderungen nach höheren Löhnen und Renten und nach längerem Urlaub erhoben. Dafür wären zusätzliche Aufwendungen in Höhe von etwa 40 Milliarden Mark erforderlich, was die realen Möglichkeiten der DDR bei weitem übersteigt.

Der ganze Staatshaushalt beträgt 230 Milliarden Mark. Die

innere Verschuldung beträgt 170 Milliarden Mark und die äußere 20 Milliarden Dollar.

Die wachsenden sozialen Spannungen lassen sich immer schwerer kontrollieren. Auf der örtlichen Ebene vollzieht sich ein Zerfall der Machtorgane. Und dort, wo diese noch bestehen, werden sie nicht anerkannt.

Es werden Sabotageakte gegen Betriebe und Institutionen, ja sogar gegen Krankenhäuser angedroht. All das versetzt die Bevölkerung in Schrecken. Die Angst erfaßt nicht nur die alten Parteien, sondern auch die neuen.

Es gibt auch Unruhen in den Reihen der Nationalen Volksarmee.

Negative Stimmungen gegenüber den sowjetischen Streitkräften nehmen zu. Auch hieraus können Probleme entstehen.

Die starke Ausreisewelle hört nicht auf. Im Januar dieses Jahres verließen ungefähr 50 000 Menschen die Republik. Wenn dieses Tempo anhält, werden wir bis Ende des Jahres noch 500 000 Bürger verlieren.

Aus all dem muß die Schlußfolgerung gezogen werden: Die wachsende Mehrheit der DDR-Bevölkerung unterstützt die Idee der Existenz zweier deutscher Staaten nicht mehr. Es scheint nicht mehr möglich, diese Idee aufrechtzuerhalten.

Eine sehr kritische Situation entsteht durch die Zunahme scharfer Angriffe auf die SED. Das führt zum Zerfall des Staatsrates und der Wirtschaftsorgane. Jetzt läßt sich schwer sagen, wie viele Mitglieder in der Partei geblieben sind – 500 000, 600 000? Manche sagen, es seien 800 000 oder sogar eine Million. Aber ich bin mir nicht sicher. Bis Oktober hatte die Partei 2 200 000 Mitglieder.

Ich halte es für äußerst wichtig, das ganze Problem, das die beiden deutschen Staaten auf deutschem Boden betrifft, sowie die damit verbundenen konkreten Schritte zu diskutieren. Es handelt sich darum, daß die Ideen und Formulierungen, die wir bisher benutzt haben, nicht mehr wirken. Die überwiegende Mehrheit der gesellschaftlichen Kräfte – von kleinen linken Sekten abgesehen – gruppiert sich um die Wiedervereinigungsidee.«

So umriß der Vorsitzende der DDR-Regierung die Situation.

Sowohl Modrow als auch ich sahen, daß der Kanzler bestrebt war, diese Lage auszunutzen, um sich als die Hauptfigur der Wiedervereinigung zu profilieren. Wir konstatierten auch: Die Wiedervereinigung war bereits zur zentralen Frage des Wahlkampfes geworden, in dem jeder daran interessiert war, die meisten Punkte zu sammeln.

Aber Modrow schlug vor, den Prozeß zu *bremsen* und dafür die Rechte der Siegermächte auszunutzen, die sich nach seinen Worten über eine Partnerschaft »zur Stabilisierung der Lage« verständigen sollten. Was er unter »Stabilisierung« verstand, weiß ich bis heute nicht. Sollte der Prozeß »abgebremst« oder sollte in der DDR Ordnung geschaffen werden? Das aber hätte bedeutet, daß er den Großmächten vorschlagen wollte, die Ordnung wiederherzustellen, d.h. das zu tun, was er als Vorsitzender des Ministerrates der DDR nicht vermochte. Das hätte bedeutet, die starke Massenbewegung, welche die Wiedervereinigung forderte, von außen gewaltsam zu stoppen.

Kurzum, das Gespräch mit Modrow bestätigte, wie aktuell die Beratung gewesen war, die ich am 26. Januar im ZK der KPdSU abgehalten hatte, und wie richtig die Schlußfolgerungen waren, die wir gezogen hatten.

Besondere Aufmerksamkeit verdient die Erklärung, die Modrow nach Moskau mitbrachte und mir übergab. Ihre Überschrift lautete: »Für Deutschland einig Vaterland! (Konzeption für den Weg zur deutschen Einheit)«.

Ausgehend vom Selbstbestimmungsrecht der Völker wurde darin erklärt, die beiden deutschen Staaten erstrebten in einem *langjährigen* Prozeß die Wiedervereinigung. Es wurde vorgeschlagen, das Problem der Wiedervereinigung auf die Tagesordnung der für Ende 1990 vorgesehenen Konferenz über Sicherheit und Zusammenarbeit in Europa zu setzen. Mit anderen Worten, die Verfasser der Erklärung verharrten auf dem Standpunkt, den Kohl und ich ein Jahr zuvor – bis zu den Ereignissen im Herbst und zu Beginn des Jahres 1990 – vertreten hatten.

In der Erklärung war von der allmählichen Schaffung einer Konföderation beider deutscher Staaten die Rede, d.h. von der allmählichen Annäherung der DDR und der Bundesrepublik Deutschland. Dies aber widersprach der eigenen Einschätzung Modrows, der mir an Hand von Fakten überzeugend gezeigt hatte, daß der unaufhaltsame Zerfall des Staates DDR begonnen hatte. Wem sollte sich dann die Bundesrepublik »annähern«?

Im Dokument wurde auf die Absichten hingewiesen, die DDR grundlegend zu erneuern. Doch diesen Zeitpunkt hatte man eindeutig verpaßt.

Auch eine militärische Neutralität der DDR und der Bundesrepublik Deutschland, also das Ausscheiden beider Staaten aus den beiden Blöcken, wurde vorgeschlagen. Daran hatten wir ebenfalls schon gedacht.

Mir wurde klar, daß die Regierung der DDR unter Führung von Hans Modrow, dem fähigsten und würdigsten Nachfolger Honeckers, nicht nur nicht Herr der Situation war, sondern im Verständnis der Maßstäbe und Gefährlichkeit dessen, was in beiden deutschen Staaten bereits zutage trat, hinter der Entwicklung zurückblieb.

Als ich Modrow antwortete, bemühte ich mich, ihn moralisch zu stärken. Meine Bemerkungen und Ratschläge besagten im wesentlichen, daß es erforderlich sei, alle Rechte und Möglichkeiten, über die die staatlichen Institutionen noch verfügten, auszunutzen und keinen Ausbruch der Leidenschaften und kein Umkippen der Situation zuzulassen; die

Erstürmung der Stasi-Zentrale wäre verglichen mit dem, was dann geschähe, nur eine kleine, unangenehme Episode.

Durch die Begegnung mit Modrow gewann ich Klarheit darüber, daß meine Hauptpartner bei der praktischen Lösung der akuten Probleme, die in dem bereits in Gang befindlichen Prozeß der Wiedervereinigung Deutschland entstanden, Kohl und Bush sein würden. Sie verfügten über die entsprechenden Mittel zur Einwirkung auf den Verlauf der Ereignisse, und mit ihnen mußte ich mich verständigen, wenn ich eine gerechte, alle Seiten mehr oder weniger zufriedenstellende Lösung erreichen wollte.

Am 9. Februar 1990 führte ich ein Gespräch mit dem amerikanischen Außenminister James Baker. Er war extra nach Moskau gekommen, um mit mir die deutsche Frage zu erörtern. Zu Beginn des Gesprächs erinnerte ich ihn an meine Prognose. Ich hatte vorausgesagt, die Situation werde sich in vielen Teilen der Welt dramatisch verändern. Der Verlauf der Ereignisse, vor allem das, was in Deutschlands geschah, zeige, so bemerkte ich, daß ich mit meiner Prognose recht hatte.

Baker stimmte mir zu. Der Prozeß verlaufe, was Deutschland betreffe, viel rascher, als man im vergangenen Jahr, sogar im Dezember letzten Jahres, erwarten konnte. Er teilte mir mit, daß seine Kollegen – die Außenminister Großbritanniens, Frankreichs und der Bundesrepublik Deutschland –, mit denen er sich kurz zuvor getroffen hatte, beunruhigt seien. Um zu gewährleisten, daß der Prozeß unter stabilen Bedingungen abläuft und Stabilität auch auf lange Sicht garantiert, seien Rahmen und Mechanismen zur Lösung der Fragen erforderlich, welche die äußeren Aspekte der Wiedervereinigung betreffen.

»Wir haben auch darüber nachgedacht und halten es für richtig, wenn wir einen solchen Mechanismus entsprechend der Formel ›4 plus 2‹ haben«, antwortete ich. Baker befürwortete, die Formel zu verändern und sie ›2 + 4‹ zu nennen. Er berief sich auf die Deutschen, welche darin eine Symbolik sähen, die zeige, daß es vorrangig um die deutsch-deutschen Aspekte gehe.

Ich erhob keine Einwände und maß der Reihenfolge der Zahlen in der Formel keine besondere Bedeutung bei – weder in jenem Augenblick noch später. In der Folgezeit machten jedoch einige meiner Opponenten ein großes Problem daraus. Ich meine vor allem Falin, der wegen dieses angeblich grundsätzlichen Zugeständnisses eine ganze Pyramide von Beschuldigungen auftürmte. Ich bemerke dazu nur: Das alles sind Spitzfindigkeiten.

Baker erklärte mir im Namen des Präsidenten, weder Bush noch er, Baker, beabsichtigten, sich »irgendwelche einseitigen Vorteile aus den Ereignissen zu verschaffen«. Dies wolle er hier bekräftigen.

Danach hielt er eine kleine Rede, in der er betonte, es dürfe nicht zugelassen werden, daß Deutschland neutral werde. Sein Hauptargument war: In diesem Fall könnten die Deutschen ein eigenes nukleares Potential schaffen. Ein weiteres Argument lautete: Die Neutralität Deutschlands stelle die Präsenz der USA in Europa in Frage. Die Neutralität Deutschlands würde den Mechanismus, der diese Präsenz gewährleistet, zerstören – die NATO. Niemand wolle jedoch, daß die USA sich aus Europa zurückziehen.

Ich stimmte ihm zu, daß die militärische Präsenz der USA in Europa in der gegenwärtigen Etappe eine stabilisierende Rolle spiele, und betonte, daß die UdSSR im Zusammenhang mit der Wiedervereinigung Deutschlands nicht den Abzug der amerikanischen Streitkräfte fordere.

Sofort erklärte Baker feierlich, daß – ich zitiere aus dem Stenogramm – »*die Jurisdiktion und militärische Präsenz der NATO nicht um einen einzigen Zoll in Richtung Osten ausgedehnt wird* ... Unserer Auffassung nach müssen die Konsultationen und Diskussionen im Rahmen des Zwei-plus-Vier-Mechanismus Garantien dafür liefern, daß die Vereinigung Deutschlands nicht zur Erweiterung der militärischen Organisation der NATO in Richtung Osten führt.« Dies wurde im »Vertrag über die abschließende Regelung in bezug auf Deutschland« fixiert.\* Er wurde in vollem Umfang erfüllt. Das gilt sowohl für die Zeit des Aufenthalts der sowjetischen Streitkräfte auf dem Gebiet der früheren DDR als auch für die Zeit nach ihrem Abzug.

Im Zusammenhang mit der jetzigen Erweiterung der NATO werde ich nicht selten gefragt: Hat die sowjetische Führung seinerzeit damit, daß sie die Frage der Unzulässigkeit einer generellen Ost-Erweiterung der NATO nicht stellte, nicht einen Fehler gemacht? Was kann man dazu sagen? Unsere Forderung war in bezug auf das Gebiet der DDR völlig richtig. Damals jedoch die Forderung nach Nichterweiterung der NATO in Richtung Osten zu erheben, wäre eine absolute Dummheit gewesen, da zu diesem Zeitpunkt die NATO und der Warschauer Pakt (WP) existierten!\*\*

Damals kam es einzig darauf an, beide militärische Bündnisse (WP und NATO) in politische Organisationen umzuwandeln und die militärische Komponente dieser Blöcke zu reduzieren. Mit anderen Worten, es ging nicht nur um ein »Auseinanderrücken« zweier Blöcke, welche die militärische Ost-West-Konfrontation verkörperten, sondern auch um ihre grundlegende Reorganisation, um bedeutende Veränderungen ihrer Funktionen. Das spiegelte sich in den Ergebnissen der Tagung des NATO-Rates, die damals in London stattfand. Zur gleichen Zeit wurde der Pariser Gipfel vorbereitet, der dann die Charta für Europa annahm. Die sowjetische Führung befaßte sich damit gründlich. Die Zusammenkunft wur-

---
\* Siehe Anhang: Vertrag über die abschließende Regelung in bezug auf Deutschland, Artikel 5, Punkte 1, 2, 3
\*\* Die Mitgliedsstaaten des Warschauer Paktes faßten bekanntlich am 1. Juli 1991 den Beschluß über die Selbstauflösung des Warschauer Paktes.

de auf unsere Initiative durchgeführt und war auf die Schaffung eines neuen Europa ausgerichtet, in erster Linie auf die Errichtung eines Systems der europäischen Sicherheit anstelle der Militärblöcke.

Ich habe es für notwendig erachtet, die Aufmerksamkeit des Lesers auf diese Fragen zu lenken. Dabei hatte ich die insgesamt inkompetente, politisch spekulative Polemik im Auge, die sich viel später im Zusammenhang mit der tatsächlichen Erweiterung der NATO Mitte der neunziger Jahre entwickelte.

Ich bin überzeugt – und niemand kann das Gegenteil beweisen –, daß es zu keiner Erweiterung der NATO gekommen wäre, wenn die Sowjetunion und damit auch die Beziehungen, die bereits zwischen ihr und den USA entstanden waren, weiterbestanden hätten. Beide Länder wären anders an die Schaffung eines europäischen Sicherheitssystems herangegangen.

Kehren wir jedoch zum eigentlichen Thema zurück. Nachdem ich mit Baker darüber gesprochen hatte, wie man in der entstandenen Lage handeln müßte, warnte ich den Außenminister vor einem vereinfachten Herangehen an dieses Problem. Ich teilte ihm mit, was ich über die reservierte Haltung wußte, die nicht nur die osteuropäischen Länder gegenüber den Vorgängen in Deutschland einnahmen, sondern auch Paris, London und Rom. Überall hegte man mehr oder weniger starke Befürchtungen, da man im ungewissen darüber war, wie sich Deutschland verhalten würde, wenn es sein ohnehin schon großes Potential durch die Wiederherstellung seiner Einheit weiter vergrößerte.

Besonders wies ich darauf hin, daß bei den Zwei-plus-Vier-Verhandlungen die Interessen aller Nachbarn Deutschlands sowie der anderen Staaten Europas berücksichtigt werden müßten. Es gab keine Meinungsverschiedenheiten darüber, daß die Wiedervereinigung nur auf dem Gebiet der damaligen Bundesrepublik Deutschland und der damaligen DDR (einschließlich Ost- und Westberlins) *unter voller Anerkennung der bestehenden Grenzen* zu anderen Staaten stattfinden sollte.

Wir vereinbarten, abgestimmt zu handeln, ständig in Kontakt zu bleiben und während der Entwicklung der Ereignisse Informationen und Gedanken untereinander auszutauschen.

Am 10. Februar 1990 fand ein ausführliches Gespräch mit Helmut Kohl statt, der nach Moskau gekommen war. In dieser Unterredung wurden alle Hauptfragen der Wiedervereinigung Deutschlands berührt und die möglichen Entscheidungen umrissen, die wir gemeinsam und getrennt sowie in Abstimmung mit den Amerikanern, Franzosen und Engländern treffen mußten.

Und obwohl die Begegnung einen Monat vor den am 18. März in der DDR vorgesehenen Wahlen stattfand, nach denen Verhandlungen zwischen beiden deutschen Regierungen beginnen sollten, war uns beiden – Kohl und mir – klar, daß wir uns schon jetzt mit den Fragen befassen mußten, welche in die künftige Kompetenz des vereinten Deutschland fallen würden.

Kohl schilderte detailliert die Situation in Ostdeutschland. Als ich ihm zuhörte, dachte ich – und denke es noch heute –, daß er zu dick auftrug. Vieles aber stimmte mit dem überein, was ich schon wußte, nämlich, was mir Modrow zehn Tage zuvor mitgeteilt hatte. Kohls Information enthielt alarmierende Einzelheiten.

Er meinte zu Recht, der Januar sei ein kritischer Monat gewesen, in dem, wie er sich ausdrückte, »alles zusammenbrach«. Allein in jenem Monat seien rund 60 000 DDR-Bürger nach Westdeutschland übergesiedelt. Im ganzen vorangegangenen Jahr seien es 380 000 gewesen. Man müsse sie ernähren, ihnen Arbeitsplätze verschaffen, sie irgendwo unterbringen. Dies erzeuge in der westdeutschen Bevölkerung bereits zusätzliche Spannungen und verstärke den Wunsch nach baldiger Wiedervereinigung.

Besorgniserregend sei auch der völlige Verfall der ostdeutschen Mark und die Tatsache, daß die Behörden Ostberlins an die Behörden Westberlins die verzweifelte Bitte gerichtet hätten, alle kommunalen Dienste wie Krankenhäuser, Polizei, Verkehr, Müllabfuhr usw. zu übernehmen. Schon flüchteten Offiziere der Nationalen Volksarmee nach dem Westen. Viele von ihnen erklärten dabei ihre Bereitschaft, in der Bundeswehr weiterzudienen.

An einigen Standorten der sowjetischen Truppen rege sich Unmut in der Bevölkerung. Es habe schon Vorfälle gegeben, die zur Vorsicht mahnen.

Amtspersonen, die für das Funktionieren und die Sicherheit der Kernkraftwerke in der DDR verantwortlich seien, könnten nicht mehr für den Zustand ihrer Anlagen garantieren. Eines der Kernkraftwerke sei zur Hälfte havariegefährdet. Darin stünden die gleichen Reaktoren wie in Tschernobyl.

So etwa verlief unser Gespräch. »Es gilt, sich darauf vorzubereiten, adäquat auf die kommenden Ereignisse zu reagieren«, sagte der Kanzler. »Ich strebe deren Beschleunigung nicht an. Ich sehe aber eine Woge auf mich zukommen, die ich nicht aufhalten kann. Das ist die Realität. Vieles werden wir gemeinsam zu durchdenken, zu besprechen und neu einzuschätzen haben.«

Tatsächlich besprachen wir vieles und schätzten es neu ein. Der Kanzler versicherte mir, der letzte Strich unter die Grenzfrage werde im Fall der Wiedervereinigung dort gezogen werden, wo diese Grenze jetzt verlaufe. Er bat mich, diese Frage vorläufig nicht öffentlich aufzuwerfen, sondern die Gefühle von Millionen von Übersiedlern in Betracht zu ziehen, die als Folge des Zweiten Weltkrieges aus ihrer Heimat geflüchtet oder vertrieben worden seien. Sie seien sich verstandesmäßig darüber im klaren, daß die Gebiete, in denen sie geboren waren und in denen sie gelebt hatten, unwiederbringlich verloren seien. Würde man jetzt eine Befragung durchführen, so würden rund 90 Prozent dafür sein, alles beim alten zu lassen. Über 90 Prozent würden für die Oder-Neiße-Grenze stimmen. Aber bei vielen lasse, so sagte der Kanzler, der seelische Schmerz nicht nach. Und daraus entstünden für ihn in der jetzigen Situation ernste Schwierigkeiten, da sich manche von der Wiedervereinigung Unwiederbringliches erhofften.

Ein außerordentlich wichtiges Problem war für uns das der militärischen Sicherheit. Kohl wußte schon von meinem Gespräch mit dem amerikanischen Außenminister. Er sprach sich für entschiedene Fortschritte im Bereich der Abrüstung aus und erklärte seine Bereitschaft, diesen Prozeß auf jede nur erdenkliche Weise zu fördern. Das geeinte Deutschland werde, wie er versicherte, strenge Verpflichtungen in bezug auf den Verzicht auf nukleare, bakteriologische und chemische Waffen übernehmen.

Der Kanzler wandte sich jedoch mit aller Entschiedenheit gegen eine Neutralisierung des künftigen Deutschland und berief sich dabei auf die verhängnisvollen Folgen des Versailler Vertrages von 1918, der Deutschland vom übrigen Europa isolierte.

Genauso wie Baker erklärte mir der Kanzler das Folgende (ich zitiere aus dem Stenogramm): »Wir sind der Auffassung, daß die NATO ihren Geltungsbereich nicht erweitern soll.« Danach wiederholte er dies in einem anderen Zusammenhang noch einmal.

Es wurde das Thema der von der DDR geschlossenen internationalen Verträge aufgegriffen. Der Kanzler versprach nachdrücklich, das deutsche Parlament, das als Folge der Wiedervereinigung entstehe, werde den Inhalt der Verträge bestätigen. Der neue Staat könne, natürlich die Zustimmung Moskaus, Warschaus und anderer Hauptstädte vorausgesetzt, Rechtsnachfolger der alten Verträge werden.

Den wichtigsten Teil meines Gesprächs mit dem Kanzler

möchte ich in diesem Buch an Hand des Stenogramms wiedergeben.

GORBATSCHOW: »Wahrscheinlich kann man sagen, daß es zwischen der Sowjetunion, der Bundesrepublik und der DDR keine Meinungsunterschiede über die Einheit der deutschen Nation gibt und daß die Deutschen diese Frage selbst entscheiden sollen. Kurz gesagt, über den wichtigsten Ausgangspunkt besteht Einvernehmen – die Deutschen müssen ihre Wahl selbst treffen. Und sie sollen diesen unseren Standpunkt kennen.«

KOHL: »Die Deutschen wissen das. Sie sagen, die Einheit ist Sache der Deutschen?«

GORBATSCHOW: »Ja, im Kontext der Realitäten.«

KOHL: »Ich bin damit einverstanden.«

GORBATSCHOW: »Es existieren Realitäten. Es hat einen Krieg gegeben, der uns ein schweres Erbe hinterlassen hat. Wir überprüfen jetzt dieses Erbe und wollen es verändern: Wir wollen weg von der Konfrontation und der Feindschaft. Wir haben Kurs auf den gesamteuropäischen Prozeß, auf das neue Denken in der Weltpolitik genommen. Unter solchen Bedingungen ergab sich auch die Möglichkeit, eine neue Etappe in bezug auf die ›deutsche Frage‹ einzuleiten. Das muß durch gemeinsame Bemühungen geschehen, unter Berücksichtigung nicht nur der eigenen Interessen, sondern auch der Interessen der Nachbarn.«

KOHL: »Ich schließe mich einer solchen Fragestellung an.«

GORBATSCHOW: »Die Deutschen haben bewiesen, daß sie aus der Vergangenheit Lehren gezogen haben. Das wird sowohl in Europa als auch in der Welt anerkannt. Und bestätigt wird das von den Veränderungen, die sich im Westen und im Osten herauskristallisieren, von den Erklärungen, wonach von deutschem Boden nie wieder ein Krieg ausgehen soll.«

KOHL: »Ich formuliere das um: Von deutschem Boden darf

nur Frieden ausgehen. Und das ist keine Phrase, sondern völlig ernst gemeint.«

GORBATSCHOW: »Das ist eine sehr wichtige Feststellung. Es handelt sich um eine weitere Entscheidung der Deutschen – für den Frieden. Wir müssen das geeinte Deutschland auf sicheren Fundamenten errichten.«

Was die Bitte des Kanzlers betraf, die psychologische Situation in seinem Land und seine Schwierigkeiten bei der Lösung einiger Fragen zu berücksichtigen, so wies ich ihn meinerseits auf meine innenpolitischen Probleme hin, die mit der Wiedervereinigung Deutschlands verbunden waren. »Sie müssen erkennen«, sagte ich zu ihm, »daß sowohl ich als auch Jaruzelski, Modrow und die Führung der Tschechoslowakei – daß wir alle unsere eigene innere Situation haben. Sie haben vielleicht von der letzten Plenartagung des ZK der KPdSU Notiz genommen. Dieses Thema hat dort schon existiert, es wurde die Frage gestellt, ob damit eine richtige Politik durchgeführt würde und ob wir die Opfer des Volkes nicht vergessen hätten. Das bewegt uns sehr stark.« Der Kanzler müsse das beachten, denn alle, die das vereinte Deutschland schaffen, müßten seinen Platz in der Völkergemeinschaft kennen. Dieser Kontext müßte von uns allen berücksichtigt werden.

»Herr Generalsekretär«, antwortete mir Kohl, »die Deutschen in der DDR und in der Bundesrepublik treffen die Entscheidung im Kontext der gesamteuropäischen Entwicklung.«

»Ich nehme das zur Kenntnis«, erwiderte ich. »Es hat sich so ergeben, daß die deutsche Frage einen starken Einfluß auf die europäische und die Weltpolitik ausübt. Daher müssen wir die Situation von historischen Kriterien aus lenken. Es gibt Emotionen, Bestrebungen, aber es gibt auch einen realen Kontext.

Wir sind zu einer Zusammenarbeit bereit, die das gegenseitige Verständnis, die neuen guten Beziehungen zwischen unseren Völkern nicht aufs Spiel setzt.«

In diesem Zusammenhang äußerte ich gegenüber dem Kanzler: »Ich weiß, daß Sie die Neutralisierung nicht akzeptieren. Es wird gesagt, das deutsche Volk werde dadurch erniedrigt. In bezug auf die heutige Generation scheint dies vielleicht nicht gerechtfertigt zu sein, wenn man den Beitrag dieser Generation zur europäischen und zur Weltentwicklung berücksichtigt. Es ist, als ob man diese Generation negierte. Das ist nicht normal, das ist in der Politik unmöglich.

Und trotzdem sehe ich das vereinte Deutschland außerhalb der militärischen Bündnisse, mit nationalen Streitkräften, die für die Verteidigung ausreichen. Ich weiß nicht, was für ein Status das ist – ›Unabhängigkeit‹, ›Nichtpaktgebundenheit‹. Indien und China sind Staaten, die einen solchen Status haben! Und er erniedrigt sie nicht. Warum soll ein solcher Status die Deutschen erniedrigen? Er ist keine Neutralität. Er ist nicht nur ein europäischer Faktor, sondern auch einer im Weltmaßstab. Man muß sich diesen Gedanken durch den Kopf gehen lassen, ihn von verschiedenen Gesichtspunkten aus abwägen.

Überlegungen, wonach ein Teil des Staates der NATO und der andere dem Warschauer Pakt angehören soll, sind nicht ernst zu nehmen. Irgendwo stehen auf der einen Seite des Flusses die einen Truppen und am anderen Ufer die anderen. Lassen Sie uns diesen Gedanken durch den Kopf gehen, Herr Bundeskanzler. Man fragt, was die NATO ohne die Bundesrepublik wäre. Aber angebracht ist es auch, zu fragen: Was wäre der Warschauer Pakt ohne die DDR? Das ist ein wichtiges Problem.«

Wir einigten uns, diese Frage im Rahmen des Zwei-plus-Vier-Mechanismus, den der Kanzler voll unterstützte, zu prüfen.

Wie ein Refrain zu meinen Bemerkungen, zu meinen Überlegungen kam mir der Gedanke, daß die Wiedervereinigung Deutschlands ein sehr wichtiger Teil des gesamteuropäischen Prozesses und ein friedlicher Beitrag zu ihm ist. Deutschland, so dachte ich, übernimmt eine große Verantwortung dafür, daß sich dieser Prozeß zum Wohle aller Völker entwickelt. Kohl versicherte mir, daß dies der Fall sein werde, und zitierte sogar den von ihm hochverehrten Kanzler Adenauer, der vor fünfunddreißig Jahren gesagt hatte: »Die deutsche Frage kann nur unter einem europäischen Dach gelöst werden.«

Der Kanzler teilte mir unter anderem mit, daß seine Regierung die Finanzhilfe für die Lebensmittellieferungen in die Sowjetunion bewilligt habe. »Es gab keinerlei Einwände. Alle waren dafür, um die Politik der Perestroika zu unterstützen.«

Ich zitiere aus dem Stenogramm, wie ich reagierte:

»Wir schätzen die Initiative des Bundeskanzlers, die Hilfe der Bundesregierung, das Verständnis der Geschäftswelt, das Verhalten der Bevölkerung der Bundesrepublik uns gegenüber.«

Der Bundeskanzler antwortete mit einer wichtigen Erklärung: »Wir möchten, daß die Perestroika vorankommt, daß ihr Erfolg beschieden ist. Was jedoch die betreffende konkrete Aktion betrifft, so ist das ohne Zweifel eine prinzipiell neue Maßnahme. Wenn wir ein neues Kapitel unserer Beziehungen begonnen haben, müssen wir auch Neuerer sein.

Ich möchte mit völliger Offenheit sagen, Herr Generalsekretär: Sollte eine Situation entstehen, in der Sie Hilfe und Unterstützung brauchen, und sollten Sie zu dem Schluß kommen, daß ich helfen kann, bitte ich Sie, sich sofort an mich zu wenden. Sie können gewiß sein, daß Sie in mir erneut einen aufmerksamen und verständnisvollen Adressaten finden werden.«

Ich habe mich nicht ohne Grund bei diesem Thema aufgehalten. Seitens der Deutschen war die Entscheidung, uns in einer wirklich angespannten Situation mit der Lebensmittelversorgung Finanzhilfe zu leisten, ein ungewöhnlicher Schritt. Er spiegelte den neuen Charakter der Beziehungen zwischen unseren Ländern wider und war eine Folge der grundlegenden Veränderung der internationalen Atmosphäre in Richtung auf Beendigung des Kalten Krieges. Das war auch ein Resultat der beschleunigten Überwindung des schweren Erbes der Nachkriegszeit, das Keime der Feindschaft zwischen unseren Völkern in sich barg.

Aber sowohl diese großherzige Hilfe als auch die nachfolgenden Kredite wurden von unseren »Ultrapatrioten« zum Gegenstand vulgärer, abstoßender Spekulationen gemacht. Mir wurde nachgerade vorgeworfen, ich hätte der Wiedervereinigung Deutschlands für ein Bestechungsgeld zugestimmt. Es wurde so getan, als ob ich, wenn es diese Finanzhilfe nicht gegeben hätte, diesen bereits unaufhaltsamen und unumkehrbar gewordenen Prozeß hätte stoppen können.

Am 12. Februar unterrichtete ich Modrow über meine Gespräche mit Baker und Kohl. Ich teilte ihm mit, was ich zu Helmut Kohl gesagt hatte, nämlich, daß das Thema der Wiedervereinigung nicht zu Wahlzwecken benutzt und der Prozeß nicht entgegen den früheren Versprechungen angeheizt werden dürfe. Das Gespräch habe gezeigt, daß Kohl sich eindeutig des Beistands der Amerikaner versichert hatte, obwohl ich das schon aus dem Gespräch mit Baker wußte; daß Kohl die Haltung Englands und Frankreichs »in geringerem Maße« berücksichtige; daß Kohl eine Neutralisierung ablehne und Deutschland in der NATO belassen wolle. Ich teilte Modrow mit, welche Formulierung ich Kohl gegenüber in bezug auf die Wiedervereinigung gebraucht hatte: »Die Geschichte hat jetzt ihr Tempo beschleunigt. Die Wahl der staatlichen Formen und das Tempo der gegenseitigen Annäherung der Bundesrepublik und der DDR bestimmen die Deutschen selbst, ... aber der Prozeß der Wiedervereinigung berührt die Interessen der Sowjetunion und ganz Europas, und diese Interessen werden wir bewahren und vertreten ... Fortschritte sind nur auf dieser Basis möglich.«

Modrow verwies erneut auf die sehr schwierige ökonomische Lage der DDR, auf den Zerfall der Macht auf den unteren Ebenen und darauf, daß die Stimmungen für eine Vereinigung mit der Bundesrepublik sehr stark ausgeprägt seien und die Mehrheit der führenden politischen Kräfte auf Kohls Seite stünden.

Am 13. Februar fand in Ottawa ein Treffen der Außenminister von 23 Staaten Europas, der USA und Kanadas statt. Dort vereinbarten die Minister der UdSSR, der USA, Englands, Frankreichs, der DDR und der Bundesrepublik Deutschland die Zwei-plus-Vier-Gespräche zur Erörterung der außenpolitischen Aspekte der deutschen Wiedervereinigung.

Ich hielt den Moment für geeignet, das Herangehen an die Wiedervereinigung Deutschlands öffentlich darzulegen, und gab der *Prawda* ein Interview. Es ist wohl angebracht, die Auffassungen, die ich damals über dieses Problem vertrat, in Erinnerung zu rufen. Deshalb zitiere ich hier mein Interview.

»FRAGE: Die Redaktion erhält nach wie vor Briefe, in denen Leser um Erläuterungen zur Frage der Vereinigung Deutschlands bitten. Auch im Westen werden bekanntlich viele verschiedene Meinungen dazu geäußert, darunter auch solche zu den Ergebnissen Ihres Treffens mit Kanzler Helmut Kohl. Was können Sie dazu sagen?

ANTWORT: Es handelt sich hierbei um eine wirklich sehr wichtige Frage, überhaupt um eine der wichtigsten in der Weltpolitik von heute. Zwei Aspekte möchte ich hier hervorheben.

Der erste Aspekt ist das Recht der Deutschen auf die Einheit. Wir hatten dieses Recht niemals in Abrede gestellt. Ich möchte daran erinnern, daß sogar unmittelbar nach dem Krieg, der unserem Volk unermeßliches Leid brachte und es sowohl mit berechtigtem Stolz auf den Sieg als auch mit verständlichem Haß gegen die Schuldigen erfüllte, sich die Sowjetunion gegen eine Spaltung Deutschlands wandte. Das war nicht unsere Idee, und wir tragen nicht die Verantwortung dafür, wie sich die Ereignisse später während des Kalten Krieges entwickelten.

Hinzufügen möchte ich noch: Sogar nachdem zwei deutsche Staaten entstanden waren, war die sowjetische Regierung zusammen mit der DDR für das Prinzip der Einheit Deutschlands eingetreten. Im Jahre 1950 unterstützte die UdSSR den Vorschlag der DDR zur Wiederherstellung der deutschen Staatlichkeit. Am 10. März 1952 unterbreitete die sowjetische Regierung einen Plan zur Vereinigung Deutschlands zu einem einheitlichen demokratischen und neutralen Staat. Der Westen lehnte auch diesen Vorschlag ab. 1954 schlugen wir auf einer Außenministerkonferenz in Berlin ein weiteres Mal vor, ein einheitliches entmilitarisiertes Deutschland zu schaffen. Wieder erhielten wir eine Ablehnung. Ein Jahr später, am 15. Januar 1955, unterbreitete die sowjetische Regierung den Vorschlag, ein einheitliches Deutschland mit einer aus freien Wahlen hervorgegangenen Regierung zu bilden, mit der ein Friedensvertrag abgeschlossen werden sollte. Auch dieser Vorschlag blieb unbeantwortet. Nicht einmal diskutiert wurde 1957/1958 der von der DDR unterbreitete und von uns aktiv unterstützte Vorschlag zur Bildung einer deutschen Konföderation. Ein weiterer sowjetischer Vorschlag folgte 1959 auf einer Konferenz der Außenminister der vier Mächte: der Abschluß eines Friedensvertrages mit einem einheitlichen, vereinigten Deutschland, das nicht Mitglied einer militärisch-politischen Gruppierung sein, aber über ein bestimmtes militärisches Potential verfügen sollte. Das Resultat war das gleiche.

Selbst beim Abschluß des Moskauer Vertrages schloß die UdSSR eine künftige Überwindung der Spaltung Deutschlands nicht aus. Ein Beweis dafür ist die Akzeptierung des Briefes zur deutschen Einheit, mit dem Brandt und Scheel die Unterzeichnung dieses Vertrages begleiteten.

Soweit die Fakten.

Wie Sie sehen, ist diese Frage für uns nicht neu. Wir gehen

davon aus – und darüber mußte ich mich schon öfter sowohl öffentlich als auch bei Kontakten mit deutschen Politikern äußern –, daß die Geschichte entschieden hat, zwei deutsche Staaten entstehen zu lassen, und jetzt auch entscheiden muß, welche Staatsform die deutsche Nation letzten Endes annehmen wird. Unter diesen Bedingungen haben wir noch einmal bekräftigt, daß die Deutschen selbst bestimmen müssen, wie, in welchen Fristen und in welchen Formen ihre Vereinigung vollzogen werden soll. Darum ging es auch in den Gesprächen mit Hans Modrow und kurz danach mit Helmut Kohl. Doch das ist nur die eine Seite des Problems, und in diesen Gesprächen wurde nicht nur darüber gesprochen.

FRAGE: Was meinen Sie damit?

ANTWORT: Vor allem, daß die Vereinigung Deutschlands nicht nur die Deutschen allein betrifft. Bei aller Achtung vor diesem ihrem nationalen Recht ist die Situation so, daß man sich schlecht vorstellen kann, die Deutschen würden sich untereinander einigen und danach von allen anderen nur noch die Zustimmung zu den von ihnen getroffenen Entscheidungen einholen. Es gibt fundamentale Dinge, die zu kennen die internationale Gemeinschaft ein Recht hat und in denen kein Platz für Doppeldeutigkeit sein darf.

Ferner muß von Anfang an klar sein, daß weder die Annäherung zwischen der Bundesrepublik Deutschland und der DDR selbst, noch ein einheitliches Deutschland eine Bedrohung oder eine Beeinträchtigung der Interessen der Nachbarn oder eines anderen mit sich bringen darf. Und natürlich muß jeder Anschlag auf die Grenzen anderer Staaten ausgeschlossen sein.

Neben der Unantastbarkeit der nach dem Zweiten Weltkrieg entstandenen Grenzen, was das Wesentlichste ist, gibt es auch noch andere Folgen des Krieges. Niemand hat die vier Mächte von ihrer Verantwortung entbunden. Das können sie nur selbst tun. Einen Friedensvertrag mit Deutschland gibt es noch nicht. Nur er kann letztlich in völkerrechtlicher Hinsicht den Status Deutschlands in der europäischen Struktur festlegen.

Lange Zeit wurde die Sicherheit, wie auch immer, durch die beiden militärisch-politischen Bündnisse – den Warschauer Vertrag und die NATO – aufrechterhalten. Bislang zeichnen sich nur die Voraussetzungen für ein grundlegend neues Sicherheitssystems in Europa ab. *Deswegen bleibt auch die Rolle dieser Bündnisse bestehen, obwohl sie wesentlich modifiziert wird, je nachdem, in welchem Maße die militärische Konfrontation reduziert, die militärische Sicherheitskomponente abgeschwächt und die politischen Aspekte ihres Wirkens verstärkt werden. Folglich muß sich auch die Wiedervereinigung Deutschlands unter Berücksichtigung dieser Umstände vollziehen, und zwar ohne Verletzung des militärstrategischen Gleichgewichts dieser beiden internationalen Organisationen.*\* Hier muß völlige Klarheit herrschen.

Und ein letzter Umstand. Aus dem Gesagten ergibt sich, daß die Wiedervereinigung Deutschlands organisch *mit dem gesamteuropäischen Prozeß* und seiner Grundlinie – der Herausbildung einer grundsätzlich neuen Struktur der europäischen Sicherheit, welche die Blocksicherheit ablösen wird – zusammenhängt und mit diesem *synchron* verlaufen muß.

FRAGE: Bekanntlich haben sich die Außenminister in Ottawa über einen Mechanismus der Erörterung der deutschen Frage unter Beteiligung der UdSSR, der USA, Großbritanniens, Frankreichs, der Bundesrepublik Deutschland und der DDR verständigt. Würden Sie bitte erläutern, wie man sich die Funktion dieses Mechanismus vorzustellen hat?

ANTWORT: In der Tat handelt es sich dabei um eine bestimmte Form der Erörterung der deutschen Frage durch die erwähnten sechs Staaten. Im übrigen war die Idee eines solchen Verfahrens in Moskau und in westlichen Hauptstäd-

---

\* Von mir hervorgehoben. M. G.

ten unabhängig voneinander entstanden. Wir haben darüber mit Hans Modrow und dann mit Helmut Kohl gesprochen. Und irgendwelche Hinweise auf Prioritäten sind kaum angebracht.

Die rechtliche Grundlage hingegen hängt mit den Ergebnissen des Krieges, mit der Verantwortung der vier Mächte für die künftige Rolle Deutschlands in der Welt zusammen. Sie berücksichtigt zugleich die gewaltigen Veränderungen, die sich seitdem in Europa, in der ganzen Welt und auch in den beiden deutschen Staaten vollzogen haben, und bezieht sie daher in die Formel dieses ›2 plus 4‹ genannten Mechanismus ein.

Die Aufgabe besteht darin, alle äußeren Aspekte der deutschen Wiedervereinigung allseitig und schrittweise zu erörtern und die Frage auf die Einbeziehung in den gesamteuropäischen Prozeß und auf die Erörterung der Grundlagen eines künftigen Friedensvertrages mit Deutschland vorzubereiten. Dabei hängen die Effektivität und Autorität solcher Konsultationen vom Grad des Vertrauens und der Offenheit zwischen allen Teilnehmern ab. Natürlich können souveräne Staaten, auch in der deutschen Frage, jegliche Kontakte auf bilateraler und jeder anderen Ebene unterhalten. Wir schließen aber ein Vorgehen aus, bei dem sich zuerst drei oder vier untereinander abstimmen und dann den übrigen Teilnehmern die bereits vereinbarte Position unterbreiten. Das wäre unannehmbar.

FRAGE: Enthält dieses Verfahren nicht ein Element der Diskriminierung anderer Länder, die auch am Krieg teilgenommen haben?

ANTWORT: Die Frage ist berechtigt. Gerade deswegen verbinden wir, ohne das historisch bedingte Recht der vier Mächte zu schmälern, den Mechanismus ›2 plus 4‹ mit dem gesamteuropäischen Prozeß und verstehen gleichzeitig das besondere Interesse der anderen Länder, die in dieser Formel nicht enthalten sind, und folglich auch ihr legitimes Recht, ihre nationalen Interessen zu schützen. Vor allem meine ich Polen – die Unantastbarkeit seiner Nachkriegsgrenzen wie auch der Grenzen der anderen Staaten muß gewährleistet sein. Eine solche Garantie kann nur ein völkerrechtlicher Akt herstellen.

FRAGE: Wie schätzen Sie die Tatsache ein, daß in der sowjetischen Bevölkerung, aber auch in anderen europäischen Völkern eine gewisse Besorgnis über die Perspektive vorhanden ist, daß im Zentrum Europas ein einheitlicher deutscher Staat entsteht?

ANTWORT: Historisch und psychologisch ist eine derartige Unruhe verständlich, obwohl man nicht leugnen kann, daß das deutsche Volk Lehren aus der Naziherrschaft und dem Zweiten Weltkrieg gezogen hat. In beiden deutschen Staaten sind neue Generationen herangewachsen, die die Rolle Deutschlands in der Welt anders sehen als, sagen wir, während der letzten hundert Jahre oder insbesondere während der Zeit des Nazismus.

Natürlich ist es wichtig, daß nicht nur von der Öffentlichkeit der Bundesrepublik Deutschland und der DDR, sondern auch offiziell, auf staatlicher Ebene, wiederholt vor der ganzen Welt bekräftigt wurde: Nie wieder darf von deutschem Boden ein Krieg ausgehen. Im Gespräch mit mir hat Helmut Kohl eine noch verbindlichere Auslegung dieser Formel gegeben: Von deutschem Boden darf nur Frieden ausgehen.

Das ist so. Doch niemand darf das negative Potential ignorieren, das sich im früheren Deutschland herausgebildet hat. Um so mehr muß die Erinnerung des Volkes an den Krieg, seine Schrecken und Verluste berücksichtigt werden. Deswegen ist es sehr wichtig, daß sich die Deutschen, wenn sie die Wiedervereinigung beschließen, an ihre Verantwortung erinnern und daran, daß nicht nur die Interessen, sondern auch die Gefühle der anderen Völker geachtet werden.

Das betrifft insbesondere unser Land, das sowjetische Volk. Es hat den berechtigten Anspruch, darauf zu rechnen, und auch die Möglichkeit, zu erreichen, daß unser Land durch die Wiedervereinigung der Deutschen weder moralischen noch politischen, noch ökonomischen Schaden davonträgt, und daß letztlich die alte Idee der Geschichte verwirklicht wird, die uns zum Nebeneinanderleben bestimmt und zwischen unseren Völkern Verbindungen und ein intensives gegenseitiges Interesse geschaffen hat, unsere Geschicke – in manchmal tragischen Zusammenstößen – aufeinandertreffen ließ und uns in der neuen Epoche die Chance gegeben hat, einander zu vertrauen und fruchtbringend zusammenzuarbeiten.«

Nachdem der Kanzler in Washington gewesen war, telefonierte ich (am 28. Februar) mit Bush. Durch dieses Gespräch wurde mir völlig klar: Kohl und Bush hatten die Zugehörigkeit des geeinten Deutschland zur NATO endgültig vereinbart. Im weiteren Verlauf der Wiedervereinigung wurde dies zu einer internationalen Hauptfrage.

Bei allen meinen öffentlichen Auftritten im Frühjahr 1990 und bei den Verhandlungen mit ausländischen Politikern hatte ich den Standpunkt vertreten, daß die Zugehörigkeit des wiedervereinigten Deutschland zur NATO unannehmbar sei. Ich hoffte, mich auf die Position anderer europäischer Länder stützen zu können. Aber abgesehen von meiner Übereinstimmung mit der Modrow-Regierung fand ich bei niemandem Unterstützung, nicht einmal bei den Mitgliedern des Warschauer Paktes, einschließlich Polens.

Ich war etwas überrascht, als der britische Außenminister Douglas Hurd bei unserer Begegnung die gleichen Argumente gebrauchte, die ich schon einige Male von den Amerikanern gehört hatte: Es sei besser, wenn eine solche Großmacht im Falle ihrer Wiedervereinigung sich nicht selbst überlassen bliebe ... Ein Ausscheiden Deutschlands aus der NATO würde faktisch den Zerfall dieses Bündnisses bedeuten, d.h. er würde das weitere Verbleiben der amerikanischen Streitkräfte in Europa unmöglich machen. Außerdem wäre es unter diesen Bedingungen ausgeschlossen, Deutschland außerhalb jedweden Bündnisrahmens zu lassen.

Die Logik war demnach die folgende: Die europäischen Verbündeten Deutschlands in der NATO fürchteten seine vereinte Stärke. Ihre Sicherheit sahen sie nur durch die Präsenz der amerikanischen Streitkräfte gewährleistet. Aber die Legitimität ihrer Anwesenheit stützte sich auf die NATO. Eine NATO ohne Deutschland wäre jedoch dazu verurteilt zu verschwinden.

Dagegen sollten nach unserer Auffassung die deutsche Wiedervereinigung und der gesamteuropäische Prozeß, seine Institutionalisierung, synchron verlaufen. In diesem Fall bliebe Deutschland sich nicht selbst überlassen. Es wäre jedoch an der Zeit, die NATO und die Organisation des Warschauer Paktes grundlegend zu reorganisieren, um sie in vorwiegend politische Systeme umzuwandeln.

Leider gelang es nicht, eine solche synchrone Verbindung zu erreichen. Die deutsche Wiedervereinigung lief bereits in einem unglaublich raschen Tempo ab. Nach der am 18. März abgehaltenen Volkskammerwahl in der DDR, bei der die »Allianz für Deutschland« (zusammen mit der SPD fast 70 Prozent der Wählerstimmen) siegte, war die DDR nicht mehr in der Lage, sich der Wiedervereinigung nach Artikel 23 des Grundgesetzes der Bundesrepublik, d.h. faktisch ihrem Verschlucktwerden, zu widersetzen.

Mehr noch, die Regierung, an deren Spitze Lothar de Maizière stand, legte besonderen Wert auf eine solche Form der Wiedervereinigung. Als ich mich am 29. April beim Treffen mit ihm in Moskau kritisch über den Artikel 23 äußerte, erwiderte er mir: »Wir schätzen die Situation anders ein. Bei unserer Wahlkampagne gaben wir diesem Weg zur Wiedervereinigung eindeutig den Vorzug und erhielten dafür das Mandat unserer Wähler.

Unser Herangehen berücksichtigt den Umstand, daß bei der Durchführung eines Referendums über dieses Thema die Chancen der DDR mit ihren 16 Millionen Bürgern nicht sehr groß wären. Es dürfte uns schwerfallen, 60 Millionen westdeutsche Bürger davon zu überzeugen, daß sie ihr Grundgesetz ändern sollten, mit dem sie eigentlich recht gut gelebt haben.«

Noch vor den Wahlen traf ich in Moskau (am 6. März) mit einer von Modrow geleiteten Delegation des Ministerrats der DDR zusammen. Beim Meinungsaustausch teilte mir Hans Modrow den Standpunkt seiner Regierung zur Wahrung der Rechte von DDR-Bürgern auf solchen Besitz mit, den sie durch die Enteignung von Kriegsverbrechern und Großgrundbesitzern im Jahre 1946 erhalten hatten.

Ich möchte bei diesem Thema noch verweilen, da es in dieser Sache in Deutschland später heftige Auseinandersetzungen und Mißverständnisse über meine diesbezügliche Haltung gab. Ich reagierte damals auf Modrows Worte in keiner Weise, sondern wiederholte nur, die Wiedervereinigung stelle Deutschland vom Standpunkt des internationalen Rechts den anderen Mitgliedern der internationalen Gemeinschaft völlig gleich.

Ich war damals und später der Auffassung, daß die von Modrow erwähnte Frage eine innere Angelegenheit der Deutschen sei. In allen meinen damaligen Erklärungen hielt ich es für notwendig zu betonen: In die inneren Angelegenheiten mischen wir uns nicht ein. Eine andere Sache ist, daß ich es heute wie damals als ungerecht und politisch unvernünftig ansehe, ehemaligen DDR-Bürgern den Besitz wegzunehmen, den sie nach Kriegsende von den sowjetischen Militärbehörden erhielten. Übrigens wurden diese Schenkungen später in den Gesetzen eines souveränen Staates – der Deutschen Demokratischen Republik – verankert.

Ich möchte jedoch wiederholen, daß diese Frage für mich eine innere Angelegenheit war und bleibt und daß die Deutschen sie selbst entscheiden sollen. Diese Frage wurde niemals – weder bei den Verhandlungen mit Modrow noch mit Kohl oder de Maizière – als absolute Bedingung mit der Wiedervereinigung verknüpft. Modrow wandte sich am 7. März 1990 mit einem Brief zu diesem Thema an mich und Kohl. Die Erklärung der sowjetischen Regierung vom 28. März war die Antwort von unserer Seite auf dieses Schreiben.

Darin wurde eingehend dargelegt, wie und auf welcher Grundlage die Übergabe von Besitz nach Kriegsende erfolgte. Es wurde darauf hingewiesen, daß die Sowjetunion sich gegen Versuche wende, im Falle der Entstehung eines einheitlichen Deutschland Vermögens- und Eigentumsverhältnisse in Frage zu stellen, und daß die sowjetische Regierung die Auffassung der Regierung der DDR zur Notwendigkeit der Wahrung der politisch-sozialen Rechte und Interessen von Millionen DDR-Bürgern teile.

Die Formulierungen waren, wie Sie sehen, eindeutig. Aber sie gingen alle davon aus, daß die DDR diesen Standpunkt in den Verhandlungen mit der Bundesrepublik vertreten würde. Wir dagegen wollten unsere Unterstützung für die Position der DDR fixieren. Doch nirgends, in keinem Dokument, war auch nur eine Andeutung zu finden: Hätte die Regierung der Bundesrepublik diesen Standpunkt abgelehnt, so hätten wir den ganzen Prozeß der Wiedervereinigung vereitelt. Eine solche Fragestellung ist einfach absurd. In einem Interview über die Beschuldigungen, in denen es hieß, ich hätte später, als ich nicht mehr Präsident war, »meine Forderung«, die »Bedingung«, die ich angeblich Kohl gestellt hatte, usw. vergessen, sagte ich: Hier wird ein Gottesgeschenk mit einer Eierspeise verwechselt, d.h. es werden historisch nicht vergleichbare Dinge einander gegenübergestellt.

Über dieses Thema fanden Verhandlungen zwischen den Deutschen selbst statt. Am 15. Juni 1990 wurde bekanntlich die

Gemeinsame Erklärung der Regierung der Bundesrepublik Deutschland und der Regierung der Deutschen Demokratischen Republik über offene Vermögens- und Eigentumsfragen beschlossen. Der Ministerpräsident und gleichzeitig Außenminister der DDR-Regierung, de Maizière, sowie der Außenminister der Bundesrepublik, Hans-Dietrich Genscher, informierten den sowjetischen Außenminister Eduard Schewardnadse am 12. September 1990 über diese Erklärung in einem Brief. Dort heißt es: »Die Enteignungen, die auf der Grundlage der Rechte und der Oberhoheit der Besatzungsmächte (von 1945 bis 1949) durchgeführt wurden, sind unumkehrbar. Die Regierungen der Sowjetunion und der Deutschen Demokratischen Republik sehen keine Möglichkeit, die damals getroffenen Vereinbarungen zu revidieren. Die Regierung der Bundesrepublik Deutschland nimmt dies unter Berücksichtigung der historischen Entwicklung zur Kenntnis. Sie vertritt die Meinung, daß dem künftigen gesamtdeutschen Parlament das Recht vorbehalten sein soll, eine endgültige Entscheidung über eventuelle staatliche Entschädigungsmaßnahmen zu treffen.

Laut Punkt 1, Artikel 41 des Vertrages über die Herstellung der Einheit Deutschlands (Einigungsvertrag) vom 31. August 1990 ist die obenerwähnte gemeinsame Erklärung Bestandteil dieses Vertrages. Laut Punkt 3, Artikel 41 des Einigungsvertrages wird die Bundesrepublik Deutschland keine Rechtshandlung unternehmen, die dem oben zitierten Teil der Gemeinsamen Erklärung widersprechen wird.«*

Schewardnadse als Außenminister der UdSSR nahm dieses Schreiben zur Kenntnis. Mehr geschah nicht. Niemand in Moskau traf irgendwelche offiziellen Entscheidungen in dieser Sache, und das ist auch völlig verständlich.

Wie aus dem zitierten Dokument hervorgeht, wurde über die strittigen Vermögens- und Eigentumsfragen eine Überein-

---

\* Übersetzung der russischen Fassung des Schreibens. (Anm. d. Ü.)

kunft *zwischen den Deutschen selbst* getroffen. Diese Dinge wurden jedoch niemals in irgendwelchen Dokumenten fixiert, die von offiziellen Vertretern der Sowjetunion unterschrieben wurden.

Um dieses Thema abzuschließen, möchte ich noch einmal an das Folgende erinnern: Außer Hans Modrow, der am 6. März im Gespräch mit mir die obenerwähnte Bemerkung machte, wurde diese Frage weder von Kanzler Kohl noch von Genscher, noch von de Maizière, der am 12. April von Modrow das Amt des Ministerpräsidenten der DDR übernahm, jemals aufgeworfen. Natürlich tat ich das aus den obengenannten Erwägungen auch nicht und konnte es nicht tun, schon gar nicht als Bedingung für meine Zustimmung zur Wiedervereinigung Deutschlands. Alle ungerechtfertigten Behauptungen in dieser Angelegenheit weise ich kategorisch zurück.

Ich kehre jedoch zum Hauptthema zurück.

Am 5. Mai begannen die Zwei-plus-Vier-Verhandlungen in Bonn. Die Teilnehmer legten ihren Standpunkt zu den äußeren Aspekten der Herstellung der deutschen Einheit dar. Es wurde die Tagesordnung der Beratung vereinbart. Sie umfaßte vier Punkte: 1. Grenzen, 2. militärpolitische Fragen unter Berücksichtigung der Möglichkeiten, annehmbare Sicherheitsstrukturen in Europa zu schaffen, 3. Berlin, 4. die abschließende völkerrechtliche Regelung und die Ablösung der Rechte und Verantwortlichkeiten der Vier Mächte.

Ferner wurde der Zeitplan der Zwei-plus-Vier-Verhandlungen vereinbart: Juni in Berlin, Juli in Paris, September in Moskau. Wir beschlossen, Polen zum Pariser Treffen (zur Frage der Grenzen) einzuladen.

Die von Schewardnadse auf dem Bonner Treffen unternommenen Versuche, den durch Direktiven des Politbüros vorgeschriebenen Standpunkt zu vertreten, wonach das vereinte Deutschland der NATO nicht angehören sollte, wurden von niemandem unterstützt.

Es näherte sich der 45. Jahrestag des Sieges im Großen Vaterländischen Krieg, mit dem die sowjetischen Menschen tiefe Gefühle verbinden. Ich sollte auf der Festveranstaltung im Kreml sprechen. Ich beschloß, an diesem Tag den Völkern der UdSSR unsere Deutschlandpolitik zu erklären und deren Perspektiven zu umreißen. Damals sagte ich unter anderem:

»Wir verhalten uns wohlwollend zum verständlichen Wunsch der Deutschen in der DDR und in der Bundesrepublik, zusammen in einer Familie zu leben. Es ist die Zeit gekommen, diese Seite der Nachkriegszeit in der Geschichte Deutschlands umzublättern.

Ich bin überzeugt, daß ich die gemeinsame Meinung zum Ausdruck bringe, wenn ich sage: Das sowjetische Volk ist für die Zusammenarbeit mit diesem neuen Deutschland. Die Erhaltung und Erweiterung der wirtschaftlichen Verbindungen, das Zusammenwirken unserer beiden großen Völker im Bereich von Wissenschaft und Kultur, der politische Dialog zwischen ihnen können der Zivilisation viel geben und einer der Pfeiler des Prozesses von Helsinki sein.

Nötig sind jedoch zuverlässige Garantien, damit bei der Vereinigung der beiden deutschen Staaten die Interessen unserer Sicherheit wie auch der anderer Völker sowie die strategische Stabilität in Europa und in der Welt gewahrt bleiben.

Jetzt haben die Zwei-plus-Vier-Verhandlungen begonnen und finden bilaterale Kontaktgespräche mit den Regierungen der USA, Großbritanniens, Frankreichs, der DDR, der Bundesrepublik Deutschland und auch mit Polen, Jugoslawien, Italien und einigen anderen Staaten statt. Eine der wichtigen Fragen, vor denen die Konferenz der ›Sechs‹ steht, ist ein deutscher Friedensvertrag, der einen Schlußstrich sowohl unter den Zweiten Weltkrieg als auch unter den Kalten Krieg zöge. Er soll die Gewißheit geben, daß künftig von deutschem Boden nur Frieden ausgeht. Der Vertrag sollte den militärischen Status Deutschlands und dessen Platz in der gesamteuropäischen Sicherheitsstruktur bestimmen und seine Verpflichtungen in bezug auf die Unverletzlichkeit der Nachkriegsgrenzen fixieren.

Ich betone: Uns ist der Gedanke an ein Dokument fremd, das Deutschland diskriminiert und die nationale Würde der Deutschen antastet. Ein neues Versailles ist unangebracht, ebenso wie eine Neuauflage der Separatabkommen der Zeit von 1952 bis 1954. Nein, es soll ein Akt des Friedens im vollen Sinne des Wortes sein.« Ich kann diese Worte durch das ergänzen, was ich Horst Teltschik, dem Kanzlerberater, sagte, der am 14. Mai in Moskau ankam:

»Jetzt haben wir den Hauptweg zur Entwicklung der sowjetisch-deutschen Beziehungen eingeschlagen. Wir hatten 27 Millionen Tote zu beklagen, es gab 18,5 Millionen Verwundete, Dutzende von Millionen Waisen und Menschen, die gesundheitliche Schäden davontrugen. Die ganze Nation war bis in ihre Grundlagen erschüttert. Das gleiche kann man auch von den Deutschen sagen.

Deshalb haben unsere beiden Völker die Aufgabe, ihre gegenseitigen Beziehungen künftig so zu gestalten, daß nichts mehr sie verdüstert. Meines Erachtens ist die heutige Situation für einen Start in eine neue Zukunft der Beziehungen zwischen Deutschland und Rußland seit vielen Jahrhunderten die günstigste.«

Meine Rede am Vorabend des Tages des Sieges wurde im Land verständnisvoll aufgenommen. Es gab keine Anzeichen für eine Nichtzustimmung im Volke, geschweige denn Proteste. Die gegen die Perestroika gerichtete stalinistische Opposition nahm zwar mich und die deutsche Frage aufs Korn, das änderte aber nichts an meiner Entschlossenheit, die Sache bis zu Ende zu führen.

Vor mir lag eine schon seit langem vereinbarte Reise nach Washington, wo ich mit Präsident Bush viele Fragen ausführlich besprechen sollte, darunter auch die Vorbereitung des Vertrages über strategische nukleare Offensivwaffen. Es ist verständlich, daß auch die deutsche Frage im Kontext des gesamteuropäischen Prozesses nicht umgangen werden konnte.

Zur Vorbereitung meines Besuchs traf am 18. Mai James Baker in Moskau ein.

Gleich zu Beginn des Gesprächs wurde mir klar, daß er gekommen war, um mir die Zweckmäßigkeit und Unvermeidlichkeit der Zugehörigkeit des vereinten Deutschland zur NATO zu beweisen. Ich wies ihn sogleich in recht scharfem Ton auf den widersprüchlichen Standpunkt der amerikanischen Regierung in dieser Frage hin:

»Ihre Position in dieser Hinsicht ist widersprüchlich. Ich weiß nicht, wodurch das bedingt ist. Fürchten Sie vielleicht die Vereinigung Europas? Ich habe mehrfach hier und auch in Europa gesagt und kann es heute bekräftigen: Wir verstehen die Notwendigkeit der Präsenz – nicht unbedingt der militärischen – der Vereinigten Staaten von Amerika bei allen europäischen Prozessen. Sie können sich darauf verlassen. Aber Sie sagen: Beide Deutschland sind friedliebende, demokratische Staaten, und es besteht kein Grund, irgendeine Gefahr in dem zu sehen, was vor sich geht. Sie sagen, wir übertreiben die Gefahr. Aber wenn das so ist und wenn Sie das nicht als einen wichtigen Faktor ansehen, warum stimmen Sie dann nicht zu, daß das vereinte Deutschland Mitglied des Warschauer Vertrages wird?

Oder anders: Sie sagen, den Deutschen könne man vertrauen, sie hätten das bewiesen. Aber wenn das so ist, warum soll dann Deutschland Mitglied der NATO sein? Sie antworten: Wenn Deutschland nicht der NATO angehört, kann das zu Problemen in Europa führen. Also vertrauen Sie Deutschland nicht.

Wir möchten darauf bauen, daß Sie ernsthaft an die Sache herangehen. Wenn wir merken, daß Sie mit uns ein Spiel treiben, beunruhigt uns das. Ist das denn nötig? Kann denn zugelassen werden, daß unsere Beziehungen in eine Rauferei ausarten? Wir sehen, daß Sie sich manchmal versucht fühlen, die Situation für sich auszunutzen.«

Baker versicherte mir, die Politik seiner Regierung bezwecke nicht, Osteuropa von der Sowjetunion zu trennen. »Zuvor hatten wir eine solche Vorstellung«, gab er zu. »Doch heute sind wir daran interessiert, ein stabiles Europa zu errichten und alles mit Ihnen gemeinsam zu tun.«

Er sagte mir, der Wunsch der USA, das vereinte Deutschland in der NATO zu haben, sei damit zu erklären, daß Bedingungen für eine Wiederholung der Vergangenheit entstehen könnten, wenn es nicht fest in europäischen Institutionen verankert sei. Gesamteuropäische Strukturen im Rahmen der KSZE seien bislang nur, wie er sich ausdrückte, ein schöner Traum, wohingegen die NATO existiere. Sollte Deutschland nicht der NATO angehören, so werde es auf andere Weise versuchen, seine Sicherheit zu gewährleisten, und werde nukleare Sicherheit haben wollen. Er verwies auch auf den Grundsatz der Schlußakte von Helsinki, wonach jeder Staat das Recht hat, nach seinem Belieben einem Bündnis anzugehören oder nicht. Wenn Deutschland dem Warschauer Pakt beitreten wollte, was Sie vorschlagen, würden wir es nicht daran hindern, auch wenn wir dagegen sind. »Jetzt aber«, so fuhr der Außenminister fort, »ist es der völlig klare und entschiedene Wunsch Kohls und der neuen DDR-Regierung, daß das vereinte Deutschland vollberechtigt der NATO angehört. Dafür sind auch Ihre Verbündeten im Warschauer Pakt.« Dabei versicherte mir Baker, Washington habe keinen Druck auf Ungarn, die Tschechoslowakei oder Polen ausgeübt, damit sie solche Positionen vertreten. »Das ist ihre völlig frei geäußerte Meinung.«

Schließlich erläuterte Baker das von der US-Regierung vorbereitete Programm, das sozusagen einen Ausgleich zur Mitgliedschaft des vereinten Deutschland in der NATO schaffen sollte – jene berühmten »neun Punkte«. Ich muß einräumen, daß dieses Programm auch vernünftige, für uns annehmbare Vorschläge enthielt. Übrigens fanden einige von ihnen später Eingang in die Verträge über die Wiedervereinigung Deutschlands.

Baker garantierte, daß die USA Deutschland veranlassen würden, die Personalstärke der Bundeswehr zu reduzieren und zu begrenzen und selbstverständlich auf die Herstellung, Entwicklung oder den Erwerb atomarer, chemischer und biologischer Waffen zu verzichten. Übrigens war das auch so klar. Helmut Kohl hatte mir des öfteren geschworen, daß das so sein würde.

Baker versprach, daß während einer bestimmten Übergangszeit auf dem Gebiet der damaligen DDR keine der NATO unterstehenden Truppen stationiert würden und daß in dieser Zeit die sowjetischen Streitkräfte unter den bisherigen Bedingungen dort bleiben könnten, wo sie sich befanden.

Baker versprach, daß allmählich mit der Reorganisation der NATO begonnen und ihr immer mehr der Charakter einer politischen Organisation verliehen würde. Auch die Militärdoktrin der NATO solle überprüft werden.

Er teilte mir mit, es gebe schon eine Vereinbarung darüber, daß das vereinte Deutschland nur das Gebiet der DDR, der Bundesrepublik Deutschland und Berlin umfassen werde. Hinter dieser Vereinbarung, so versicherte er mir, stünden die Amerikaner fest und unerschütterlich. Von seiten Deutschlands würden keinerlei territoriale Forderungen folgen.

Baker versicherte mir, die amerikanische Regierung werde alle nur erdenklichen Bemühungen unternehmen, um die KSZE rascher in eine ständige Einrichtung umzuwandeln, die zu einem Eckpfeiler des neuen Europa werden solle.

Im neunten Punkt seines Programms wurde der Sowjetunion zugesichert, daß bei der Wiedervereinigung Deutschlands ihre ökonomischen Interessen gebührend berücksichtigt werden.

Ich äußerte meine positive Haltung zur allgemeinen Zielrichtung dieses Neun-Punkte-Programms, vertrat aber den Standpunkt, daß vor meiner Zusammenkunft mit dem Präsidenten der USA in Washington alles noch gründlich durchdacht werden müsse.

Baker versicherte mir ein weiteres Mal, daß auf die Deutschen sowohl jetzt als auch künftig keinerlei Druck ausgeübt würde, der NATO beizutreten, und daß sie das Recht hätten, darüber selbst zu befinden. Und wenn sie sich für etwas anderes entscheiden würden und nicht für die NATO, würden die USA das akzeptieren.

Ich begriff, daß es im Verhalten der US-Regierung Spielelemente gab und daß Baker dieses Spiel geschickt spielte. Übrigens sagte ich ihm das offen. Später schrieb er in seinen Memoiren, daß es sein Hauptziel war, mich von der Unvermeidlichkeit der Zugehörigkeit Deutschlands zur NATO zu überzeugen.

Es existierten jedoch Realien. Auch sie sah ich klar. Deutschland durfte tatsächlich nicht in eine Situation wie nach Versailles geraten. Zugleich konnte nicht ernsthaft geglaubt werden, Deutschland werde dem Warschauer Pakt beitreten. Der wichtigste Umstand war jedoch der, daß Deutschland vorerst noch in Gestalt zweier Regierungen und schon in Gestalt von Kohl ganz ohne Zweifel und unwiderruflich für die NATO-Zugehörigkeit war.

Trotzdem entschloß ich mich, einen letzten Versuch zu wagen, und verschob das Treffen mit Bush um zwei Wochen. Nicht daß ich die NATO-Mitgliedschaft Deutschlands fürchtete. Ich war überzeugt, daß der Kalte Krieg unter keinen Umständen wiederkehren würde und daß vom Westen schon keine militärische Gefahr mehr für unser Land ausging. In der Politik wurde jedoch dem militärischen Gleichgewicht noch immer große Bedeutung beigemessen. Und am wichtigsten war selbstverständlich ein psychologischer Umstand, nämlich die Art und Weise, wie das sowjetische Volk die NATO wahrnahm.

Am 25. Mai, kurz vor meinem Besuch in Washington, kam Mitterrand nach Moskau. Bei unserer Begegnung Anfang Dezember 1989 in Kiew hatten unsere Positionen zur deutschen Frage faktisch übereingestimmt. Beide hatten wir die allmähliche gegenseitige Annäherung der DDR und der Bundesrepublik Deutschland im Rahmen des europäischen Prozesses befürwortet.

Es war wichtig, zu erfahren, welche Position der französische Staatspräsident jetzt, in der veränderten Lage, einnahm. Er genoß ein hohes internationales Ansehen, und für sein Land war diese oder jene Lösung der deutschen Frage von lebenswichtiger Bedeutung. Ich zog auch in Betracht, daß sich zwischen mir und Mitterrand ein gutes Vertrauensverhältnis herausgebildet hatte. Wir sprachen sehr offen miteinander. Ich berichtete ihm von meiner Polemik mit Baker und fragte ihn:

»Was werden wir tun?«

»In der jetzigen Situation«, so erwiderte Mitterrand, »existieren objektive Tatsachen, die man nicht negieren kann. Ihre Argumentation gegenüber Baker war vom dialektischen Standpunkt, von der Kunst der Gesprächsführung aus betrachtet, sehr geschickt. Aber Ihr Gesprächspartner hätte Ihnen antworten können, daß er sich nicht mit politischer Phantasterei befasse. Tatsächlich ist die Bundesrepublik Deutschland Mitglied der NATO, und sie verschluckt – wenn man die Dinge beim richtigen Namen nennt und auf eine diplomatische Umschreibung verzichtet – die DDR.«

»Aber wir sprechen doch nicht von ›Verschlucken‹«, wandte ich ein.

»Auch ich spreche niemals von ›Verschlucken‹! Nur jetzt,

beim Gespräch mit Ihnen, nenne ich die Dinge beim Namen ... Jede Generation lebt um ihrer selbst willen. Deshalb besteht die Hauptaufgabe der führenden Politiker darin, die Kontinuität der Geschichte zu gewährleisten. Die heutige Generation möchte jedoch von der Last der Vergangenheit frei sein.«

»Wir sind unbedingt für die Vorwärtsentwicklung«, pflichtete ich ihm bei. »Es gibt jedoch Dinge, die nicht zum Gegenstand eines politischen Handels werden können. Das muß man verstehen ... In unserem Fall sind es 27 Millionen Tote und 18 Millionen Invaliden.«

»Man muß auch verstehen«, fuhr Mitterrand fort, »daß die Beschleunigung der Wiedervereinigung Deutschlands, die im November des vorigen Jahres begonnen hat, die dagegen geäußerten Einwände über den Haufen geworfen hat. Vorher hätte es Kohl bei EG-Gipfeln nicht gewagt, auf die Wiedervereinigung auch nur anzuspielen. Aber schon im April dieses Jahres konnte man davon ausgehen, daß sich die Wiedervereinigung zumindest in den Köpfen vollzogen hatte.

Im Dezember 1989«, so fuhr Mitterrand fort, »erörterten wir beide in Kiew die Perspektive der deutschen Wiedervereinigung. Unmittelbar nach diesem Treffen fand eine Gipfelkonferenz der EG-Mitgliedstaaten in Straßburg statt. Dort warf Kohl zum ersten Mal die Frage der deutschen Einheit auf. Wir stimmten der Sache zu, nachdem wir über sie und die Bedingungen diskutiert hatten.

Welche Möglichkeiten hatten wir, den im Gang befindlichen Prozeß zu beeinflussen? Was konnte ich damals tun? Eine vielleicht mit Kernwaffen ausgerüstete Panzerdivision losschicken? Zumal es sich um ein mit uns verbündetes Land handelte. Ich konsultierte damals Margaret Thatcher. Ihre Überlegungen gingen in die gleiche Richtung wie meine. Aber sie war dann die erste, die den Deutschen ein Glückwunschtelegramm sandte, nachdem sie für die Wiedervereinigung gestimmt hatten.

Welche Mittel der Einflußnahme haben wir also, die der Drohung natürlich ausgenommen? Es hat keinen Sinn, in den Wind zu sprechen. Man muß bestrebt sein, Konflikte friedlich beizulegen, statt sie zu verschärfen.«

So war François Mitterrands Stimmung angesichts der deutschen Angelegenheiten. Konkret einigten wir uns jedoch über viele wichtige Dinge.

Wir waren uns darüber einig, daß Deutschland keine Atomwaffen und keine ähnlichen Waffen besitzen sollte.

Wir waren uns über die Grenzen und das territoriale Gebiet des vereinten Deutschland einig.

Wir waren uns darüber einig, die Wiedervereinigung mit dem gesamteuropäischen Prozeß synchron zu verbinden und der KSZE möglichst den Charakter eines ständigen Mechanismus zu verleihen.

Wir stimmten darin überein, daß beide Militärblöcke sich in Richtung einer Politisierung entwickeln, ihre Militärdoktrin ändern und miteinander Kontakt aufnehmen sollten. Mitterrand machte nebenbei die Bemerkung, es wäre besser, sie überhaupt aufzulösen.

Wir stimmten darin überein, den Prozeß der Wiedervereinigung mit den Wiener Abrüstungsverhandlungen zu verknüpfen.

Wir beide hätten es vorgezogen, wenn die Wiedervereinigung, die wir beide im Prinzip begrüßten, langsamer verliefe. Aber Mitterrand hegte große Zweifel, daß sich das erreichen ließe, da jetzt auch die Ostdeutschen für die möglichst baldige Wiedervereinigung waren und den Prozeß beschleunigten.

Beide gingen wir davon aus, daß die der NATO unterstellten Streitkräfte nicht die jetzige Grenze zwischen der Bundesrepublik und der DDR überschreiten sollten. Mitterrand hatte bereits erreicht, daß Bush damit einverstanden war, und diese Sache war in Bakers Neun-Punkte-Programm enthalten.

Mitterrand unterstützte die Idee, einen Vertrag über eine

endgültige Friedensregelung in Europa einschließlich der deutschen Frage abzuschließen – etwas in der Art eines in der internationalen Praxis üblichen traditionellen Vertrages, der einen Kriegszustand beendet.

Wir vereinbarten, daß sich jeder von seiner Seite aus um ein effektives und abgestimmtes Funktionieren des Zwei-plus-Vier-Mechanismus bemüht. Mitterrand war allerdings überzeugt, daß niemand, außer der UdSSR, damit einverstanden sein würde, in diesem Organ die Frage der Bündnisse (Blöcke) zu behandeln.

Mitterrand beabsichtigte, diese Positionen auf der für Anfang Juli geplanten Tagung des NATO-Rates zu vertreten.

Auf Grund seiner Kenntnis der in der NATO herrschenden Situation und Stimmung wies er mich jedoch darauf hin, daß man meine Ideen in bezug auf ein Deutschland, das außerhalb der Blöcke stehen oder beiden Blöcken angehören oder gar (wie Frankreich) der militärischen Organisation der NATO nicht angehören sollte, ablehnen werde. Ich möchte einige seiner diesbezüglichen Äußerungen zitieren: »Ich persönlich sehe keinerlei Möglichkeit, Deutschland zu untersagen, seine Wahl zu treffen«, sagte Mitterrand. »Deutschland wird seine Einheit herstellen und ganz zur NATO gehören. Übrigens ist das logisch. Westdeutschland ist bereits Mitglied der NATO und ist der stärkste Bestandteil des künftigen vereinigten Staates.

Ich habe nicht den geringsten Zweifel an der Entschlossenheit der Bundesrepublik und der sie unterstützenden USA in bezug auf die NATO-Frage.

Über welche Möglichkeiten verfügen wir? Die USA stehen völlig an der Seite der Bundesrepublik. Großbritannien nimmt eine eher reservierte Haltung ein. Ich glaube sogar, daß es die Wiedervereinigung Deutschlands eigentlich ablehnt. Die Engländer befürworten jedoch eindeutig seine Zugehörigkeit zur NATO. Daher haben wir wenig Möglichkeiten, die Deutschen daran zu hindern, das zu tun, was sie erstreben.

Frankreich kann jedoch nicht zulassen, daß es im Atlantischen Bündnis irgendwo am Rande steht. Ich bin auch nicht ganz damit zufrieden, wie sich die deutschen Dinge entwickeln. Ich kann mit Bush, zu dem ich ein gutes Verhältnis habe, über dieses Thema reden, aber nicht über die Bündniszugehörigkeit Deutschlands.

Ich sage nicht nein, wenn ich weiß, daß ich in der nächsten Etappe ja sagen muß. Wenn ich bei der NATO-Zugehörigkeit Deutschlands nein sage, werde ich von meinen westlichen Partnern isoliert sein.

Gegenwärtig sind Sie blockiert, da Sie sich zum Ziel gesetzt haben, daß das künftige Deutschland der NATO nicht angehören soll. Wenn das Gespräch in eine Sackgasse gerät, können die Deutschen zusammen mit ihren NATO-Verbündeten eine einfache Variante wählen – *sie fassen einen Beschluß über die NATO-Mitgliedschaft Deutschlands, und damit basta!*

Ich sehe einfach nicht, wie Sie Ihr Ziel erreichen können. Sie können Ihre Position verhärten. Aber ein solches Vorgehen würde zur Destabilisierung Europas führen. Über alle anderen Fragen kann man sich irgendwie einigen. Aber die Frage der NATO-Mitgliedschaft steht für sich. Sogar wenn es Ihnen gelingen sollte, von den Deutschen Zugeständnisse zu erhalten, werden diese nicht den Kern betreffen, sondern die Prozedur.«

Zum Schluß fragte der französische Staatspräsident noch einmal: »Welche Möglichkeiten besitzen wir, unseren Willen durchzusetzen? Was kann ich tun? Eine Division hinschicken?«

»Wir haben es einfacher: Unsere Divisionen befinden sich schon dort«, bemerkte ich.

Beide lachten wir über unsere »Schlußfolgerungen«.

Durch dieses Gespräch wurde mir klar, daß ich in bezug auf

die NATO-Mitgliedschaft Deutschlands den Amerikanern (den deutschen Kanzler nicht gerechnet) allein gegenüberstehen würde.

Die NATO-Zugehörigkeit Deutschlands hatte offen gesagt eher eine psychologisch-ideologische als eine militärpolitische Bedeutung. Ich sah nicht, daß von der Einbeziehung ganz Deutschlands in die NATO unter den Bedingungen der Unumkehrbarkeit des Kalten Krieges eine reale Gefahr für unsere Sicherheit ausgehen würde, und diese Gefahr existierte tatsächlich nicht mehr.

Außerdem waren die Vorteile für unser Land, wenn es bei der Wiedervereinigung Deutschlands eine so positive Rolle spielte, offensichtlich. Die Chance erhöhte sich wesentlich, einen zuverlässigen und mächtigen Partner, wenn nicht gar einen Verbündeten zu haben, sowohl in internationalen wie in inneren Angelegenheiten.

Einige Tage später traf ich zu meinem offiziellen Besuch in Washington ein.

Am 31. Mai wurde im Weißen Haus mehrere Stunden lang die deutsche Frage erörtert. Ich werde die Diskussion nicht vollständig wiedergeben, da dort eigentlich alles wiederholt wurde, was ich schon mehrfach sowohl mit Baker als auch mit Kohl und mit Mitterrand besprochen hatte. Von Bush hörte ich keine anderen Argumente, außer vielleicht, daß Deutschland nicht isoliert bleiben dürfe, daß es in die reale Struktur der europäischen Sicherheit eingegliedert sein müsse, daß es der Wille der Deutschen sei, der NATO anzugehören, und daß jedes Land entsprechend der Schlußakte von Helsinki das Recht habe, zu entscheiden, ob es diesem oder jenem Bündnis oder überhaupt keinem angehören möchte.

Der Präsident der USA zeigte Verständnis für die Probleme bei der Regelung der äußeren Aspekte der Wiedervereinigung Deutschlands und bei der Garantierung der europäischen Sicherheit, einschließlich der Interessen der Sowjetunion. Alle diese Fragen sollten bei den Zwei-plus-Vier-Verhandlungen geprüft und gelöst werden. Hier gab es keine Gegensätze.

Was aber die NATO-Mitgliedschaft Deutschlands betraf, so war die Auseinandersetzung heftig. In einem besonders kritischen Moment stellte Bush sogar mit einer gewissen Gereiztheit fest: »Meine Meinung unterscheidet sich hier grundsätzlich von Ihrer.«

Trotzdem fanden wir ausgehend von dem, was ich schon erwähnt habe und was mich veranlaßte, einen Kompromiß zu suchen, eine Formel, die mehr oder weniger der entstandenen Situation gerecht wurde. Ich gebe aus dem Stenogramm wörtlich den Teil der Diskussion wieder, der dieses Thema betraf:

BUSH: »Und trotzdem fällt es mir schwer, Sie zu verstehen. Vielleicht weil ich vor der Bundesrepublik Deutschland keine Angst empfinde, erblicke ich in diesem demokratischen Staat keine aggressive Macht. Wenn Sie Ihr psychologisches Klischee nicht überwinden, werden wir uns schwer einigen können. Eine Einigung ist aber möglich, da sowohl wir als auch Kohl mit Ihnen in allen Bereichen zusammenarbeiten wollen.«

GORBATSCHOW: »Hier darf es keine Unklarheiten geben. Wir haben vor niemandem Angst, weder vor den USA noch vor der Bundesrepublik. Wir sehen einfach die Notwendigkeit, die Beziehungen zu ändern und das negative Modell im gegenseitigen Verhältnis der Blöcke durch ein konstruktives zu ersetzen.«

BUSH: »Wenn Deutschland nicht in der NATO bleiben will, ist es sein Recht, einen anderen Weg zu wählen.«

GORBATSCHOW: »Lassen Sie uns eine öffentliche Erklärung über die Ergebnisse unserer Verhandlungen abgeben: Der Präsident der USA ist damit einverstanden, daß das souveräne vereinte Deutschland selbst darüber entscheidet, welchen politisch-militärischen Status es wählt – die NATO-Mitgliedschaft, die Neutralität oder etwas anderes.«

BUSH: »Die Wahl des Bündnisses ist das Recht jedes souveränen Staates. Wenn die Regierung der Bundesrepublik – ich urteile rein hypothetisch – nicht in der NATO bleiben will und sogar den Abzug unserer Truppen vorschlägt, werden wir diese Wahl akzeptieren.«

GORBATSCHOW: »So werden wir das formulieren: Die Vereinigten Staaten von Amerika und die Sowjetunion sind dafür, daß das vereinte Deutschland nach einer endgültigen Regelung, welche die Ergebnisse des Zweiten Weltkrieges berücksichtigt, selbst entscheidet, welchem Bündnis es angehören wird.«

BUSH: »Ich würde eine etwas andere Fassung vorschlagen: Die USA sind eindeutig für die NATO-Mitgliedschaft des vereinten Deutschland, doch wenn es sich anders entscheidet, werden wir keine Einwände erheben, sondern seine Wahl akzeptieren.«

GORBATSCHOW: »Einverstanden. Ich akzeptiere Ihre Formulierung.«

Man kann davon ausgehen, daß von diesem Augenblick an die durch die Ergebnisse des Zweiten Weltkrieges entstandene deutsche Frage zu existieren aufhörte. Es blieb die Aufgabe, diese Tatsache in der entsprechenden politischen Form in die von Europa durchlebte Geschichte eingehen zu lassen und die Türen zur Zukunft Europas aufzustoßen, die ich mir in den Kategorien des neuen Denkens vorstellte. Übrigens fand das in der Pariser Charta der KSZE seinen Niederschlag, die bald nach der Wiedervereinigung Deutschlands von 34 Staaten Europas, von den USA und von Kanada beschlossen wurde.

Eine Woche später kam Margaret Thatcher nach Moskau. Auch mit ihr erörterte ich gründlich und umfassend das deutsche Problem. Und ebenso wie mit Mitterrand und Bush verständigte ich mich mit ihr über viele aktuelle Fragen der europäischen Sicherheit. Dabei ging sie fest davon aus, daß Deutschland Mitglied der NATO sein sollte.

Beide konstatierten wir, daß der Einigungsprozeß ein hohes Tempo erreicht hatte und die Wiedervereinigung faktisch schon vollzogen wurde, da der zwischen der Bundesrepublik Deutschland und der DDR abgeschlossene Staatsvertrag über die Währungs-, Wirtschafts- und Sozialunion, der die Ostmark beseitigte und die Kompetenz der Finanzorgane der Bundesrepublik auf das ganze Gebiet des künftigen Deutschland ausdehnte, am 1. Juli in Kraft trat.

Im Zusammenhang mit diesem Prozeß komme ich nicht umhin, an die Tagung des NATO-Rates Anfang Juli in London zu erinnern. Dort wurde die »Erklärung über die Erneuerung des Nordatlantischen Bündnisses« beschlossen, die einige neue, positive Elemente enthielt. Festgestellt wurde darin die Absicht, die politische Komponente der Tätigkeit der NATO zu verstärken und eine neue Partnerschaft mit allen Ländern Europas zu entwickeln. Erklärt wurde auch, das Bündnis werde Streitfälle friedlich lösen und niemals zuerst Gewalt anwenden. Es wurde versprochen, die Militärdoktrin zu überprüfen. Die Erklärung enthielt eine Einladung zum Besuch des Stabsquartiers der NATO in Brüssel. Sie war an mich als Präsident der UdSSR und an die Führer der anderen Staaten des Warschauer Paktes gerichtet. (Bald danach kam der Generalsekretär der NATO, Manfred Wörner, nach Moskau. Mit ihm führten wir ein ausführliches Gespräch.)

Die NATO berücksichtigte also die neuen Realitäten und unsere Besorgnis über die möglichen Folgen der Wiedervereinigung Deutschlands. Auf jeden Fall setzte die Londoner Erklärung in der neuen Lage, die durch die Beendigung des Kalten Krieges entstanden war, ein deutliches Zeichen. »In London wurde ein großer Schritt getan, um die Fesseln der

Vergangenheit abzustreifen«, sagte ich kurze Zeit später bei einem Treffen mit Kohl. »Die Tatsache, daß die Sowjetunion nicht mehr als Gegner betrachtet wird, hat große Bedeutung für die Zukunftspläne.«

Ich kann nicht umhin, an diese neuen, überaus wichtigen Prozesse zu erinnern, die damals, in den Momenten der Wiedervereinigung Deutschlands, begannen und heute leider durch geopolitische Spiele und die Wiederbelebung alter Vorgehensweisen in der internationalen Politik einer Reihe von Staaten zurückgeworfen wurden.

## Der Juli-Besuch

Es näherte sich der *entscheidende* Augenblick im Prozeß der Wiedervereinigung Deutschlands. Am 15. Juli 1990 reiste der Bundeskanzler Helmut Kohl an der Spitze einer großen Delegation in Moskau an. Es begannen Verhandlungen auf höchster Ebene, die im Prinzip diesen Prozeß vollenden und alles übrige dem »diplomatischen Apparat« überlassen sollte.

Unser erstes Vier-Augen-Gespräch fand in einer Villa des sowjetischen Außenministeriums in der Spiridonowka-Straße, die damals noch Alexej-Tolstoi-Straße hieß, statt. Es war ein schönes Haus, das von unserem berühmten Architekten Schechtel im Stil der russischen Moderne zu Beginn des zwanzigsten Jahrhunderts erbaut worden war. Übrigens hatte es vielleicht eine symbolische Bedeutung, daß dieser Bau viele neugotische Elemente enthält.

Unser Gespräch trug sowohl philosophischen als auch praktisch-politischen Charakter. Der Kanzler begann mit einem Bismarck-Zitat, das ihm, wie er sagte, gut gefiel: »Man kann nicht selber etwas schaffen, man kann nur abwarten, bis man den Schritt Gottes durch die Ereignisse hallen hört; dann den

Zipfel seines Mantels fassen – das ist alles.«[32] »Gerade diese Worte«, so fuhr er fort, »sind passend für unsere Zeit, besonders für die erste Hälfte des Jahres 1990. Eine besondere Verantwortung lastet auf unserer Generation, auf den Menschen unseres Alters. Wir haben nicht unmittelbar am Krieg teilgenommen, doch wir erinnern uns an den Krieg, haben seine Schrecken gesehen. Wir besitzen Erfahrungen, über die andere nicht verfügen. Und wir müssen sie in vollem Maße auf den Altar der Zivilisation legen.«

Ich pflichtete ihm bei. »Wir haben wirklich die Möglichkeit«, sagte ich, »Vergangenheit und Gegenwart miteinander zu vergleichen. Die heutige Generation mag vielleicht besser sein, aber wir, unsere Generation, verfügen über einzigartige Erfahrungen. Wir haben die von der Geschichte gebotene Chance gespürt. Und unsere Generation muß diese Chance nutzen, muß sich zu Wort melden.«

»Rußland und Deutschland müssen nun«, so fuhr ich fort, »erneut vieles tun, im Guten miteinander leben, einander bereichern, das gegenseitige Verständnis befördern und die beiderseitig vorteilhafte Zusammenarbeit verstärken. Als sie ihre gegenseitigen Beziehungen abbrachen, hatte das schwere Folgen für unsere Völker und für alle anderen. Sie und ich können dafür sorgen, daß die beiden Völker wieder beisammen sind. Ich stelle unsere Beziehungen zu Deutschland auf eine Stufe mit den sowjetisch-amerikanischen Beziehungen. Sie sind für die Geschichte nicht weniger wichtig als diese.

Unsere öffentliche Meinung ändert sich allmählich, Schritt für Schritt, zugunsten des Verständnisses der Wahl, die das deutsche Volk getroffen hat, als es den Weg der Wiedervereinigung einschlug. Wir können die Vergangenheit nicht vergessen. Jede Familie hat damals schweres Leid erfahren. Aber wir müssen unser Gesicht Europa zuwenden, den Weg der Zusammenarbeit mit der großen deutschen Nation einschlagen. Das ist unser Beitrag zur Festigung der Stabilität in Europa, in der Welt.«

Der Kanzler griff meinen Gedanken auf:

»In zehn Jahren geht das zwanzigste Jahrhundert zu Ende. Wir in Deutschland sind fest entschlossen, es zusammen mit der großen Sowjetunion zum Nutzen Europas und der ganzen Welt würdig abzuschließen. Auch die USA werden uns dabei unterstützen. Interessant ist, daß die Amerikaner Deutschland wieder für sich entdeckt haben. Heute behauptet jeder zweite Senator in Washington, daß seine Großmutter eine Deutsche war.

Deutschland will Frieden, neue Beziehungen zum großen Rußland. Seine Wiedervereinigung geht nicht in der Konfrontation mit anderen Ländern vor sich, sondern in Übereinstimmung mit den Nachbarn und allen, die von der deutschen Einheit betroffen werden. Der Frieden mit Rußland wird bei uns nicht unter dem Druck irgendwelcher Umstände, sondern zwischen zwei gleichberechtigten Partnern auf freier, souveräner Grundlage geschlossen. Ich möchte wiederholen: Die ganze Geschichte Rußlands und Deutschlands zeugt davon, daß zwischen Russen und Deutschen niemals eine angeborene Feindschaft bestanden hat. Die Kräfte des Bösen und nicht des Guten haben sie gegeneinander gehetzt, und das hatte tragische Folgen. Nicht zufällig kamen zwei Millionen Deutsche seinerzeit freiwillig nach Rußland. Sie schlugen tiefe Wurzeln, und diese muß man pflegen.

Der Fortschritt der sowjetisch-amerikanischen Beziehungen, die Wiedervereinigung Deutschlands, das neue Kapitel in den Beziehungen zur UdSSR – all das läßt uns auf eine friedliche Zukunft hoffen.«

Ich sprach mit dem Kanzler darüber, daß mit Papier allein all das, was wir vorgesehen hatten und was wir für die Zukunft wünschten, nicht gelöst werden könne. Nötig sei ein lebendiger Dialog, ein lebendiger Umgang miteinander. Wir stimmten jedoch darin überein, daß auch gute Papiere erforderlich seien. Der Kanzler hatte den Entwurf eines umfassenden »Großen Vertrages« zwischen dem vereinten Deutschland und der UdSSR mitgebracht. Er sagte: »Ich werde Ihnen diesen Entwurf jetzt übergeben.« Und er fügte hinzu: »Ich möchte besonders betonen, daß das meine eigenen Überlegungen sind. Sie sind in der Bundesregierung nicht zur Diskussion gestellt worden. Zu ihrer Ausarbeitung habe ich nicht einmal Minister hinzugezogen. Minister haben viele Mitarbeiter, einer erzählt dem anderen etwas, und dann steht plötzlich alles in den Zeitungen. Das Auswärtige Amt und das Finanzministerium habe ich auch beiseite gelassen. Es handelt sich vorläufig nur um einen aus Gedanken und Überlegungen bestehenden Entwurf.«

Ich wiederum teilte dem Kanzler meine Ideen mit. Im Laufe des Gesprächs erörterten wir die Grundpositionen und den Hauptinhalt künftiger Verträge. Wir gingen davon aus, daß diese Verträge, und vor allem der Hauptvertrag, alle Aspekte der politischen, wirtschaftlichen, kulturellen und humanitären Beziehungen umfassen und eine zuverlässige, in die Zukunft vorgreifende Grundlage für die Verständigung und Zusammenarbeit zwischen unseren Völkern schaffen sollte.

Wir gingen davon aus, daß in allen diesen Verträgen alles Anerkennenswerte, das in den existierenden Verträgen der UdSSR mit den beiden deutschen Staaten enthalten war, berücksichtigt werden sollte, natürlich entsprechend der neuen Situation und den neuen Perspektiven.

Wir verständigten uns über wichtige prinzipielle Dinge, die auch im Hauptvertrag und in anderen Abkommen berücksichtigt werden sollten, und zwar: Das vereinte Deutschland wird das Gebiet der Bundesrepublik Deutschland, der DDR und Berlins umfassen. Deutschland verzichtet darauf, Grenzkorrekturen zu verlangen. Hierzu existieren, wie Kohl bemerkte, bereits zwei gleichartige Beschlüsse der Volkskammer der DDR und des Bundestages. Deutschland verzichtet auf atomare, chemische und biologische Waffen. Während einer Übergangszeit wird es auf dem Gebiet der jetzigen DDR keine militärischen Strukturen der NATO geben. Die sowjetischen Streitkräfte bleiben während der ganzen Übergangszeit auf dem Gebiet der DDR dort, wo sie sich jetzt befinden. Wir einigten uns über die Dauer des Verbleibens der sowjetischen Streitkräfte in Deutschland: drei bis vier Jahre. Wir vereinbarten, daß der Aufenthalt unserer Streitkräfte in einem gesonderten Vertrag geregelt wird.

Der Kanzler erklärte sich damit einverstanden, daß für die Militärangehörigen Wohnungen in verschiedenen Gebieten der Sowjetunion auf Kosten der deutschen Seite gebaut werden. Er wandte ein, diese Wohnungen würden offiziell für sowjetische Bürger gebaut werden, es sei aber Sache der sowjetischen Regierung, ob dort Militärangehörige, die aus Deutschland zurückkehren, untergebracht werden oder nicht.

Die vierseitigen Rechte und Verantwortlichkeiten in bezug auf Berlin werden aufgehoben.

Natürlich stand auch die Frage der NATO-Mitgliedschaft des geeinten Deutschland zur Diskussion. Aber wir beide gingen davon aus, daß sie im Prinzip gelöst sei – im Kontext der Vereinbarungen über alle anderen Fragen, die auf die eine oder andere Weise mit ihr verknüpft waren.

Helmut Kohl teilte mir mit, er sei auf Grund der Notwendigkeit, die sowjetische Wirtschaft in die Weltwirtschaft einzubeziehen, auf der G7-Konferenz in Houston (USA) mit Entschiedenheit dafür eingetreten, daß die führenden, ökonomisch stärksten Staaten aktiver und konkreter die Politik der Wirtschaftsreformen in der Sowjetunion unterstützen. Er versicherte mir, die G7-Staaten und die EG würden bis zum Jahresende auf meinen an Präsident Bush gerichteten Aufruf zur ökonomischen und finanziellen Zusammenarbeit des Westens mit der Sowjetunion antworten. »Präsident Bush hat mir«, so Kohl, »in Houston direkt erklärt: Wir wollen, daß Gorbatschow Erfolg hat! Was die Bundesrepublik betrifft«, so fuhr der Kanzler fort, »beabsichtigen wir, schon bald praktisch zu helfen.«

Noch am selben Abend flogen wir gemeinsam in den Nordkaukasus, in meine Heimat. Der Kanzler hatte das schon lange gewünscht und mir versprochen, mich wiederum in seine Heimat einzuladen. So würden wir unsere politische Freundschaft durch die persönliche Verpflichtung festigen, Wort zu halten, und eine emotionale Komponente in die »Realpolitik« einbringen.

Ich schlug vor, die an sich offiziellen Verhandlungen in einer entspannten Atmosphäre an einem wunderschönen Ort in den Bergen fortzusetzen, in Archys.

An unseren Verhandlungen nahmen von unserer Seite Eduard Schewardnadse, sein Stellvertreter Juli Kwizinski, der stellvertretende Vorsitzende des Ministerrats der UdSSR, Stepan Sitarjan, und weitere Personen teil. Von deutscher Seite waren es Hans-Dietrich Genscher, Theo Waigel und weitere Personen.

Archys wurde zu einem einzigartigen Symbol der deutschen Wiedervereinigung auf sowjetischem Boden. Die prinzipiellen Hauptfragen waren, wie schon gesagt, in Moskau besprochen worden. In Archys wurde jede einzelne Frage detailliert erörtert und der Rahmen der Verträge festgelegt, die zu beschließen waren.

Hierbei einigte ich mich mit dem Kanzler, daß diese Fragen von der Regierung der Bundesrepublik Deutschland und von der Regierung der DDR geprüft werden und die entsprechende gesetzliche deutsch-deutsche Form erhalten sollten. Danach sollten an den Präsidenten der UdSSR gerichtete Briefe des Kanzlers der Bundesrepublik Deutschland und des Ministerpräsidenten der DDR, de Maizière, vorbereitet werden; diese

Schreiben sollten auch auf den Abschluß eines Vertrages zwischen der UdSSR und dem geeinten Deutschland eingehen.

Natürlich mußten alle Fragen, die wichtige Aspekte der deutschen Wiedervereinigung betrafen, im Rahmen der Zwei-plus-Vier-Verhandlungen besprochen und abgestimmt werden.

Nach einer langen Diskussion einigten wir uns über Charakter und Inhalt eines gesonderten zweiseitigen Vertrages über die Bedingungen des Aufenthalts unserer Streitkräfte auf dem Gebiet des vereinten Deutschland. Der Hauptstreit entbrannte jedoch wegen unserer Forderung, im Vertrag darauf hinzuweisen, daß nach dem Abzug der sowjetischen Streitkräfte die NATO mit ihren Kernwaffen und atomaren Munitionslagern nicht auf das Gebiet der ehemaligen DDR ausgedehnt werden dürfe.

Genscher versuchte, eine rein formale Haltung einzunehmen: »In einem Land darf es keine Zonen verminderter Sicherheit geben. Artikel 5 und 6 des NATO-Vertrages besagen unmißverständlich, daß die Verbündeten verpflichtet sind, einander im Falle eines Angriffs zu verteidigen. Dieser Grundsatz gilt für das ganze Gebiet aller NATO-Mitgliedstaaten. Er gilt natürlich auch für das Gebiet der DDR.«

Ich bestand auf völliger Klarheit: »Souveränes Recht Deutschlands wird die Lösung der Frage der NATO-Zugehörigkeit sein. Aber auch wir haben ein Recht auf volle und nicht eingeschränkte Sicherheit. Deshalb müssen wir die Gewißheit haben, daß nach unserem Abzug keine NATO-Staaten mit Kernwaffen auf das Gebiet der DDR vorrücken.«

Der Kanzler nahm meine Besorgnis zur Kenntnis und vertrat einen positiven Standpunkt: »Wir sind dafür, ehrlich zueinander zu sein. Wenn es Widersprüche gibt, muß man sie besprechen und nach Wegen zu ihrer Überwindung suchen. Eine neue Qualität der Beziehungen wird nicht entstehen, wenn wir uns nicht einigen.

Bis jetzt weiß ich nicht, wie man das besser formulieren

kann. Ich möchte noch einmal präzisieren: Sie gehen davon aus, daß sich nach dem Abzug der sowjetischen Streitkräfte z.B. weder amerikanische Soldaten noch Kernwaffen auf dem Gebiet der ehemaligen DDR befinden sollen. Oder meinen Sie nur Kernwaffen?«

Im folgenden zitiere ich das Stenogramm:

GORBATSCHOW: »Weder ausländische Streitkräfte noch Kernwaffen.«

KOHL: »Verbände der Landesverteidigung so lange nicht, wie sich sowjetische Streitkräfte auf dem Gebiet der ehemaligen DDR befinden. Aber deutsche Streitkräfte sind eine andere Sache. Das sind keine ausländischen Streitkräfte.«

GORBATSCHOW: »Solange sowjetische Streitkräfte anwesend sind, können sich neben ihnen auch Verbände der Landesverteidigung befinden. Später, nach Abzug unserer Streitkräfte, kann die Bundeswehr erscheinen, jene Einheiten, die in die NATO integriert sind, aber ohne Kernwaffen.«

KWIZINSKI: »Und ohne Kernwaffenträger.«

KOHL: »Sehr gut. Ich versuche noch einmal, alles klar und genau zu formulieren. Die volle Souveränität Deutschlands bedeutet, daß nach dem Abzug der sowjetischen Streitkräfte beliebige deutsche Streitkräfte auf dem Gebiet der ehemaligen DDR stationiert sein können, *aber zu ihrer Ausrüstung dürfen keine Kernwaffen gehören. Auf dem Gebiet der ehemaligen DDR werden keine ausländischen Streitkräfte stationiert.*«

Viel Aufmerksamkeit wurde den finanziellen Aspekten des Aufenthalts sowjetischer Streitkräfte auf dem Gebiet des bereits souveränen Deutschland geschenkt. Kohl, Genscher und Waigel waren beunruhigt über mögliche Reaktionen der deutschen Bevölkerung darauf, daß sie nun für den Unterhalt dieser Streitkräfte aufkommen mußte, während sie für den Aufenthalt amerikanischer, englischer und französischer Streitkräfte auf dem Gebiet der Bundesrepublik und Westberlins bisher keine Mark bezahlt hatte.

Nicht für alles wurden Lösungen gefunden. Festgelegt aber wurde, wie bei den entsprechenden Fragen zu verfahren sei. Sie sollten gelöst werden abhängig von der Größenordnung der Reduzierung und des Abzugs der Streitkräfte, von den Veränderungen des wirtschaftlichen Umfeldes im neuen Deutschland, von den neuen Preisen – nicht mehr in DDR-Mark –, vom geschätzten Wert unseres militärischen Besitzes, von der Entwicklung der Wirtschaftsbeziehungen zwischen der UdSSR und Deutschland unter den neuen Bedingungen – unter Berücksichtigung jenes Erbes in den Kooperationsbeziehungen UdSSR-DDR, das jetzt in neue Hände fiel, usw.

Waigel und Sitarjan fingen schon in Archys an, sich mit diesen schwierigen Dingen zu befassen.

Selbstverständlich wurde auch die Reduzierung der Personalstärke der Bundeswehr – im Zusammenhang mit der allgemeinen Reduzierung der Streitkräfte in Europa entsprechend den Ergebnissen der Wiener Verhandlungen, die gegen Ende 1990 abgeschlossen sein sollten – erörtert.

Am 16. Juli hielten der Kanzler und ich in Schelesnowodsk eine große Pressekonferenz ab. Genau und ausführlich informierten wir unsere Länder und die Weltöffentlichkeit über die Überlegungen beider Seiten hinsichtlich der Hauptprinzipien und der Grundorientierungen der vorgesehenen Verträge und Abkommen zwischen der UdSSR und dem völlig souveränen geeinten Deutschland und umrissen die Perspektiven ihrer neuen Beziehungen, die durch diese Verträge, wie ich sagte, »auf die Basis der Stabilität, Prognostizierbarkeit, des gegenseitigen Vertrauens und der engen Zusammenarbeit gestellt werden«.

Ich hielt es für angebracht, diesen »Arbeitsbesuch des Kanzlers« zu den bedeutendsten internationalen Ereignissen zu rechnen, die mit den grundlegenden Veränderungen in der europäischen und in der Weltpolitik verbunden waren. »Wir verlassen«, so betonte ich, »eine Epoche der Entwicklung der internationalen Beziehungen und treten in eine andere ein. Wie wir annehmen, wird das eine Epoche langen Friedens sein.«

Unsere Begegnungen mit einfachen Menschen – mit Bauern bei der Getreideernte, vor allem aber mit Kriegsveteranen bei der Kranzniederlegung am Ewigen Feuer in Stawropol – machten großen Eindruck auf den Kanzler. Von den Veteranen hörten wir: »Unsere gemeinsame Schlußfolgerung ist, alles zu tun, damit zwischen unseren Völkern freundschaftliche Beziehungen herrschen, daß wir Partner sind und daß sich etwas Ähnliches wie das, was zwischen 1941 bis 1945 geschah, nicht wiederholt.«

Auf der Pressekonferenz hielt ich es für notwendig, vor den Völkern der UdSSR darauf hinzuweisen, daß Kanzler Kohl in den letzten Jahren der Entwicklung guter Beziehungen zwischen unseren Völkern besondere Aufmerksamkeit geschenkt hat, nicht nur im Bereich der Wirtschaft und des Handels, sondern auch im Bereich der menschlichen Kontakte, des Jugendaustauschs, der Verbindungen zwischen Wissenschaftlern und Schriftstellern. »Ich betrachte dies als ein Zeichen der Verantwortung für die Zukunft unserer Beziehungen. Und das erzeugt bei uns, bei mir persönlich als Staatschef, ein Gefühl tiefer Befriedigung.«

Helmut Kohl griff dieses Thema auf und äußerte das Folgende:

»Ich möchte dem Gesagten beipflichten. Man kann Probleme nicht nur auf Grund persönlicher Beziehungen lösen. Aber etwas ganz anderes ist es, wenn man die Sprache des Partners versteht, wenn gegenseitiges Vertrauen vorhanden ist, wenn man von der einfachen Lebensregel ausgeht: Mißtraue niemand anderem, wenn er dir nicht mißtrauen soll. Wenn man sich das zum Prinzip des Handelns macht und auch noch Humor und ähnliche Interessen hat, finde ich das positiv. Ich finde es sehr erfreulich und möchte das hier betonen, daß wir in den letzten Jahren solche persönlichen Beziehungen hergestellt haben, die sogar bei Meinungsverschiedenheiten, welche übrigens unvermeidlich sind, nicht nur das Leben, sondern auch die Suche nach Lösungen erleichtern.«

Selbstverständlich wurde im Laufe des Besuchs im Juli 1990 das Thema der Sowjetdeutschen nicht umgangen. Ich sagte dem Bundeskanzler, daß die Sowjetdeutschen, ganz gleich, wo sie leben und arbeiten, im Lande geachtet würden. Es gebe jedoch Probleme, die von einer bestimmten Zeit herrühren. Ich versprach Helmut Kohl, der gegen eine Massenumsiedlung von Sowjetdeutschen nach Deutschland war und sich bereit erklärte, bei ihrer Ansiedlung in anderen Gebieten der UdSSR wirksam zu helfen, dieses Problem unter Berücksichtigung aller von dieser Sache betroffenen sowjetischen Bürger sowie im Interesse der Festigung der guten Beziehungen zwischen unseren Völkern zu lösen.

Ich muß jedoch zugeben, daß in der noch verbleibenden Zeit von etwas über einem Jahr weder die sowjetische Regierung noch danach die russischen Behörden alles taten, was getan werden konnte, um die massenhafte Auswanderung unserer deutschen Bürger in die Heimat ihrer Vorväter zu verhindern. Unsere Behörden bewältigten dieses Problem in ökonomisch-administrativer Hinsicht nicht und waren nicht in der Lage, die russische Bevölkerung davon zu überzeugen, daß die Rückkehr der Deutschen zu ihren früheren Wohnorten, von wo man sie zu Beginn des Krieges fortgebracht hatte, möglich und für beide Seiten von Nutzen wäre.

Wenn ich eine allgemeine Bilanz aus dem ziehe, was bei den Verhandlungen über die deutsche Frage in Washington, Moskau und Archys im Sommer 1990 erreicht wurde, möchte ich erklären, warum ich damals trotz der Kompliziertheit und Zuspitzung der Probleme, die gelöst werden mußten, so entschlossen gehandelt habe.

## Die Einheit wurde vollzogen.

Was haben wir erhofft?

Darüber unterhielt ich mich übrigens mit George Bush am 9. September in Helsinki. Wir trafen uns dort, um zu besprechen, was wir angesichts der Aggression von Saddam Hussein gegen Kuwait tun sollten. In unseren Gesprächen berührten wir auch andere Themen, darunter das deutsche. Zu Bush sagte ich: »Du solltest zugeben, daß die Ereignisse in Osteuropa und die deutschen Probleme für uns schwieriger waren als für die USA... Trotzdem versteht die übergroße Mehrheit unserer Bevölkerung die Haltung der sowjetischen Regierung.«

Meine Überzeugung und Entschlossenheit in bezug auf die deutsche Frage waren eben auf das Verständnis und die Unterstützung, die ich beim sowjetischen Volk fand, aber auch auf die günstige internationale Situation zurückzuführen.

Präsident Bush versicherte mir in einem unserer damaligen Gespräche, daß er alles, was auf internationaler Ebene von ihm abhänge, tun werde, damit die Perestroika erfolgreich verlaufe und damit wir in der Sowjetunion mit unseren wachsenden wirtschaftlichen Schwierigkeiten fertig werden. Er hatte schon in Houston, wo gerade eine G7-Konferenz stattgefunden hatte, mit aktiver Unterstützung von Kohl begonnen, die Mitglieder der G7 in diesem Sinne zu beeinflussen. Außerdem hatte er vorgeschlagen, *eine Nichtangriffserklärung der NATO und der Organisation des Warschauer Vertrages anzunehmen, diplomatische Beziehungen zwischen der UdSSR und der NATO herzustellen und den Abrüstungsprozeß in allen Bereichen zu intensivieren. Er war auch bereit, Maßnahmen zur möglichst baldigen Institutionalisierung der KSZE, d.h. zur Entwicklung und Festigung des gesamteuropäischen Prozesses im Vorfeld des KSZE-Treffens in Paris zu ergreifen...*\*

---

\* Von mir hervorgehoben. M. G.

Das waren nicht nur Worte. Wir verfügten schon über Beschlüsse, die vom Standpunkt unserer Interessen aus betrachtet sehr positiv waren. Sie waren auf der Konferenz der Staatsoberhäupter und Regierungschefs der EG-Staaten in Dublin sowie auf der Tagung des NATO-Rates in London angenommen worden. In einem Gespräch, das ich mit dem italienischen Premier Andreotti am 26. Juli in Moskau führte, sagte ich unter anderem: »Es wäre für uns schwierig gewesen, mit Kohl ein solches Paket von Abkommen zu treffen, wenn es nicht sehr wichtige Signale seitens der EG aus Dublin und danach seitens der NATO aus London gegeben hätte ... Ohne das wäre es für uns sehr schwierig gewesen, eine neue Position zu entwickeln. Ich behaupte nicht, daß wir mit allem, was dort gesagt wurde, einverstanden sind. Aber die Hauptsache ist, daß die Dinge in Gang gekommen sind.«

Auf alle diese Umstände weise ich nicht »nebenbei« oder »zufällig« hin. Sie stehen mit der Wiedervereinigung und mit den Perspektiven, die sich für die Lebensinteressen der Sowjetunion eröffneten, in direktem Zusammenhang. Denn die Zusagen machte man einer Großmacht, mit der man übrigens im eigenen Interesse rechnen mußte und die man bereits als Partner (und nicht als Gegner) in Weltangelegenheiten zu schätzen begann. Wir hofften – völlig zu recht – darauf, daß die Bewegung, die begonnen hatte, um eine Weltordnung im positiven Sinne zu schaffen, uns vielleicht entscheidend helfen konnte, mit den riesigen Aufgaben der grundlegenden Umgestaltung unserer Gesellschaft fertig zu werden – ohne die schrecklichen Verluste und Katastrophen, die dem Zerfall der UdSSR im ganzen Gebiet der ehemaligen Sowjetunion nachfolgten.

Sehen wir, wie der Einigungsprozeß nach Archys vollendet wurde.

Am 12. September gingen die Zwei-plus-Vier-Verhandlungen in Moskau zu Ende. Die Außenminister der USA, der UdSSR, Frankreichs, Großbritanniens, der Bundesrepublik Deutschland und der DDR unterzeichneten den »Vertrag über die abschließende Regelung in bezug auf Deutschland«. Von diesem Augenblick an waren die Deutschen von allen Verpflichtungen und Beschränkungen befreit, die ihm im Jahre 1945 von den Siegermächten auferlegt worden waren. Das geeinte Deutschland wurde zu einem völlig gleichberechtigten Mitglied der internationalen Gemeinschaft.

Nach der Unterzeichnung des Vertrages, die bei den Zwei-plus-Vier-Verhandlungen erfolgte, traf ich mich im Kreml mit Lothar de Maizière und danach mit Hans-Dietrich Genscher, einem Mann, von dem man sagen kann, daß er von Anfang an mit dabei war. Er war erregt: »Seit unserer ersten Begegnung vor vier Jahren, im Sommer 1986, ist viel Zeit vergangen ... Heute hat sich der Traum meines Lebens erfüllt ... Ohne jedes Pathos möchte ich sagen: Das deutsche Volk weiß und wird es niemals vergessen, daß es die Herstellung der deutschen Einheit vor allem Ihrem persönlichen Beitrag verdankt ... Ihre Kühnheit und Weitsicht spielten hierbei eine entscheidende Rolle. Allen ist klar, daß all das dank Ihrer Politik der letzten Jahre geschehen ist ...

Glauben Sie bitte nicht, daß wir nicht verstehen, wie schwer es Ihnen gefallen ist. Das Vertrauen, das Sie den Deutschen geschenkt haben, wird gerechtfertigt sein. Das sowjetische Volk wird nie enttäuscht werden. Die Zeiten haben sich geändert, wir haben Lehren aus der Geschichte gezogen und sehen die Zukunft nur in guter Nachbarschaft und Zusammenarbeit. Die Sowjetunion und das geeinte Deutschland sind eine viel aussichtsreichere Gleichung als die Sowjetunion und zwei verschiedene Deutschland.«

Ich kann übrigens nicht umhin, darauf hinzuweisen, welche große Rolle Hans-Dietrich Genscher dabei spielte, daß Deutschland auf friedliche Weise, in Übereinstimmung mit der europäischen Gemeinschaft, seine Einheit erlangte. Und mir scheint, daß dieses sein Verdienst von der Nation nicht voll gewürdigt wird.

Ich möchte mich überhaupt über die Verdienste in dieser Sache äußern. In der Presse und in der deutschen Öffentlichkeit ist bis heute die Frage aktuell, wer die Haupthelden der Wiedervereinigung sind.

In der Sowjetzeit gab es bei uns einen boshaften Witz. Bekanntlich stützte Lenin, der 1919 an einem Subbotnik, einem freiwilligen Aufbaueinsatz, teilnahm, mit seiner Schulter einen Balken, den vier Arbeiter trugen. Es vergingen Jahre und Jahrzehnte, und die Zahl derer, die behaupteten, sie hätten mit Lenin zusammen diesen Balken getragen, wurde immer größer. Zuletzt hätte dieser Balken, wenn alle Ansprüche anerkannt worden wären, mindestens eineinhalb Kilometer lang sein müssen.

Das gleiche ist nicht selten bei wirklich historischen Ereignissen der Fall. Am 3. Oktober 1997 wurde der Tag der deutschen Einheit in Stuttgart gefeiert. Der baden-württembergische Ministerpräsident Teufel würdigte George Bush als einen maßgeblichen Architekten der deutschen Einheit und fügte hinzu: »Wir verdanken den Vereinigten Staaten nicht viel, sondern alles.« Bush war anwesend und erhob keinen Einwand. In jenen Tagen war ich in Leipzig. Ich sprach vor einem großen Auditorium und sagte: »Die Haupthelden der Wiedervereinigung sind das deutsche und das sowjetische Volk!«

Das stimmt wirklich, wenn man der Sache auf den Grund geht und auf ruhmsüchtige Ambitionen, die eines solchen Ereignisses nicht würdig sind, verzichtet.

Am 13. September wurde der »Vertrag über gute Nachbarschaft, Partnerschaft und Zusammenarbeit« zwischen Deutschland und der Sowjetunion paraphiert.* Dieser »Große

---

* Der Vertragstext ist im Anhang des Buches enthalten.

Vertrag« hob unsere Beziehungen zum zweitgrößten und zweitwichtigsten europäischen Staat nach der UdSSR auf ein qualitativ neues Niveau.

Der Vertrag enthält neben den Festlegungen über regelmäßige politische Konsultationen und die vielseitige Zusammenarbeit im Bereich der Wirtschaft, der Wissenschaft, der Kultur, des Umweltschutzes, im humanitären Bereich usw. politisch-militärische Festlegungen von großer prinzipieller Bedeutung: über Nichtangriff, über den Verzicht auf den Ersteinsatz von Streitkräften gegeneinander und gegen dritte Staaten sowie über den Verzicht auf Unterstützung eines Aggressors. Diese Festlegungen wurden zu einer wichtigen Ergänzung der Vereinbarungen über den militärischen Status des vereinten Deutschland.

Es wäre falsch, anzunehmen, daß ich mich, nachdem das wichtigste Ziel erreicht war, nicht mehr dafür interessierte oder mir keine Sorgen mehr darüber machte, wie sich die innerdeutschen Angelegenheiten weiterentwickelten. Ich hatte durchaus Gründe, mich zu sorgen, ob in Deutschland nicht eine »Hexenjagd« begann – die Verfolgung ehemaliger Funktionäre der SED, eine Diskriminierung aus politischen Motiven usw. Hierüber sandte ich schon im September einen offiziellen Brief an Kanzler Kohl, und ich brachte es in einer Unterredung mit de Maizière und mit Genscher zur Sprache. Als ich mich am 21. September mit den führenden Funktionären der SPD Lafontaine, Bahr und Ehmke traf, machte ich sie darauf aufmerksam, daß sie eine moralische Mitverantwortung trügen, wenn eine Verfolgung ehemaliger Mitglieder der SED zugelassen würde. Ich wies darauf hin, daß solche Handlungen antisowjetische Stimmungen und Tendenzen in Deutschland anheizen würden. Das aber widerspräche all dem, was wir bei der Herstellung der deutschen Einheit erhofft und vereinbart hatten.

Wenn wir in die Zukunft blicken, sagte ich, dann dürfe das nicht sein. Solche Tatsachen könnten bei uns im Lande eine für die russisch-deutschen Beziehungen ungünstige Reaktion hervorrufen. »Ich glaube nicht«, sagte ich zu den Sozialdemokraten, »daß Honecker wegen Amtsmißbrauch abgesetzt wurde. Aus solchem Holz ist er nicht geschnitzt. Ich war Zeuge seiner Tragödie und der Tragödie der DDR. Politische Fehler sind eine Sache und Amtsmißbräuche eine andere.«

Übrigens äußerten sich meine Gesprächspartner damals besorgt über die ökonomischen Folgen der Wiedervereinigung. Lafontaine z.B. war der Ansicht, daß die Kosten im Vergleich zu den ursprünglichen Schätzungen zehnmal höher liegen könnten. Seiner Meinung nach habe Kohl mit der sofortigen Einführung der D-Mark auf dem Gebiet der DDR einen fundamentalen Fehler gemacht.

Meine Gesprächspartner äußerten auch Befürchtungen angesichts der anhaltenden Flucht von Ostdeutschen in den Westen. 1989 übersiedelte etwa eine Million Ostdeutsche in die Bundesrepublik, 1990 wurde mit weiteren 600 000 gerechnet. Es entstünden Probleme bei der Versorgung mit Wohnraum und Arbeitsplätzen, und das löse bei den Westdeutschen sehr negative Reaktionen aus.

Das war verständlich, aber das waren innere Probleme des souveränen Deutschland.

Am 3. Oktober 1990 trat der Einigungsvertrag zwischen der Bundesrepublik Deutschland und der Deutschen Demokratischen Republik in Kraft. Dieser Tag wurde in Deutschland zum Nationalfeiertag erklärt. Am darauffolgenden Tag wurde die gesamtdeutsche Regierung gebildet. In der darauffolgenden Woche stimmten der Bundestag und der Bundesrat dem »Vertrag über die abschließende Regelung in bezug auf Deutschland« zu.

Am 30. Oktober ratifizierte der Bundestag den »Vertrag über die Bedingungen des befristeten Aufenthalts und die Modalitäten des planmäßigen Abzugs der sowjetischen Streitkräfte aus dem Gebiet der Bundesrepublik Deutschland«.

In der Zeit von Oktober bis Dezember wurden die Dokumente, welche die äußeren Aspekte der Wiedervereinigung Deutschlands betreffen, von den entsprechenden Instanzen der USA, Frankreichs und Großbritanniens ratifiziert. Der Oberste Sowjet der UdSSR ratifizierte die mit der Wiedervereinigung Deutschlands zusammenhängenden Verträge im März und April 1991. Das geschah nach wiederholten und zeitweise ziemlich scharfen Auseinandersetzungen im Ausschuß für internationale Angelegenheiten des Obersten Sowjets. In dieser Polemik spiegelten sich Unwissenheit oder völlig einseitige, ideologisch geprägte Vorstellungen über Charakter und Verlauf der Weltereignisse sowie über die reale Situation und die Möglichkeiten der Sowjetunion, es gab aber auch einfach Vorurteile. Doch allein die Tatsache, daß bei der Ratifizierung Schwierigkeiten auftraten, zeugt davon, wie schmerzhaft die tragischen Folgen des Krieges in unserer Gesellschaft noch empfunden wurden.

Am 9./10. November 1990 kam ich nach Bonn, in die Hauptstadt des inzwischen vereinten Deutschland. Nach einem kurzen Treffen mit dem Bundespräsidenten, Richard von Weizsäcker, und mit dem Bundeskanzler, Helmut Kohl, fand im Palais Schaumburg die feierliche Unterzeichnung eines ganzen Pakets grundlegender sowjetisch-deutscher Abkommen statt.

Bei der Unterzeichnung hielten Kohl und ich eine Ansprache. Ich erachte es für nötig, den Deutschen und allen übrigen Lesern das, was damals Helmut Kohl und ich sagten, in Erinnerung zu rufen.

ERKLÄRUNG DES BUNDESKANZLERS HELMUT KOHL

»Herr Präsident,
meine Herren Minister, meine Damen und Herren!
Wir haben uns, Herr Präsident, hier im Palais Schaumburg zusammengefunden, um gemeinsam den Höhepunkt Ihres Besuchs zu erleben: Wir unterzeichnen den ersten politischen

Grundsatzvertrag, den das geeinte Deutschland schließt, den Vertrag über gute Nachbarschaft, Partnerschaft und Zusammenarbeit zwischen der Bundesrepublik Deutschland und der Union der Sozialistischen Sowjetrepubliken.

Wir haben dafür einen würdigen Rahmen gewählt, der die Kontinuität unserer Beziehungen widerspiegelt. Hier in diesem Raum stand bis Mitte der siebziger Jahre der Tisch des Bundeskabinetts. Hier wurde 1955 unter unserem ersten Bundeskanzler Konrad Adenauer die Aufnahme diplomatischer Beziehungen mit der Sowjetunion beschlossen und 1970 unter Bundeskanzler Brandt der Moskauer Vertrag verabschiedet.

Der umfassende Vertrag, den wir jetzt unterzeichnen, verkörpert in dreifacher Weise unseren gemeinsamen politischen Willen:

Erstens: Wir ziehen einen Schlußstrich unter die leidvollen Kapitel der Vergangenheit und machen den Weg frei für einen Neubeginn. Dabei knüpfen wir an die guten Traditionen in langen Jahrhunderten gemeinsamer Geschichte unserer Völker an.

Zweitens: Wir eröffnen den Weg für eine umfassende Zusammenarbeit unserer Staaten und verleihen dadurch ihrem Verhältnis eine neue Qualität – eine Qualität im Interesse unserer Völker und im Interesse des Friedens in Europa.

Drittens: Wir verständigen uns, gemeinsam den großen Herausforderungen, die sich heute und an der Schwelle zum dritten Jahrtausend stellen, gerecht zu werden:

– Wir wollen jeden Krieg, ob nuklear oder konventionell, vermeiden und den Frieden wahren und gestalten.
– Wir wollen den Vorrang des Völkerrechts in der inneren und internationalen Politik gewährleisten.
– Wir wollen das Unsere dazu beitragen, das Überleben der Menschheit zu sichern und für die Erhaltung der natürlichen Umwelt sorgen.
– Wir wollen nicht zuletzt den Menschen mit seiner Würde

und seinen Rechten in den Mittelpunkt unserer Politik stellen.

Unser Vertrag setzt diese hohen Ziele in ganz konkrete Verpflichtungen um:
- zur Achtung der territorialen Integrität aller Staaten in Europa,
zum Verzicht auf Androhung oder Anwendung von Gewalt,
zur friedlichen Konfliktlösung und zum Nichtangriff,
zu Abrüstung und Rüstungskontrolle und
zu intensiven, umfassenden Konsultationen.

Unsere wirtschaftliche und wissenschaftliche Zusammenarbeit hat angesichts der Reformprozesse in Ihrem Land herausragende Bedeutung. Dies wird unterstrichen durch den ebenfalls heute zu unterzeichnenden Vertrag über die Entwicklung einer umfassenden Zusammenarbeit auf dem Gebiet der Wirtschaft, Industrie, Wissenschaft und Technik.

Dieser Vertrag ist der völkerrechtliche Rahmen für die Tatsache, daß das vereinte Deutschland – als Mitglied der Europäischen Gemeinschaft – auch der größte Wirtschaftspartner der Sowjetunion sein wird. Auch für unsere Zusammenarbeit im Arbeits- und Sozialwesen wird heute eine neue vertragliche Grundlage gelegt.

Herr Präsident, mit besonderer Befriedigung erfüllt es mich, daß unser umfassender Vertrag auch die Menschen – jeden einzelnen unserer Bürger – anspricht:
- Dieser Vertrag eröffnet den Weg zu umfassender Begegnung, insbesondere der jungen Generation, und zu verstärktem kulturellen Austausch;
- er ermöglicht es den sowjetischen Bürgern deutscher Nationalität, ihre Sprache, Kultur und Tradition zu wahren, und gibt uns die Chance, ihnen dabei zu helfen,
- und nicht zuletzt erfüllt unser Vertrag das zutiefst menschliche Anliegen, Gräber der Toten, wo sie auch liegen mögen, zu besuchen und zu pflegen.

So ist dieser Vertrag nicht nur eine umfassende Verständigung unserer Staaten und Regierungen, sondern auch Appell an alle unsere Bürger, ihren Beitrag zur Aussöhnung zu leisten.

Doch dieser Vertrag geht nicht nur unsere Länder und Völker an. Nach der abschließenden Regelung in bezug auf Deutschland setzen wir damit einen weiteren Eckstein für die Friedensordnung in Europa.

Wir freuen uns über den gleichgerichteten Vertrag, den die Sowjetunion mit Frankreich soeben unterzeichnet hat, sowie über noch abzuschließende Verträge mit anderen westeuropäischen Partnern.

In zehn Tagen werden wir auf dem Pariser KSZE-Gipfel weitere historische Dokumente unterzeichnen, die die Abrüstung und Vertrauensbildung europaweit voranbringen und übergreifende Sicherheitsstrukturen schaffen. Kurzum: Herr Präsident, wir sind auf gutem Wege zu einem Europa des Friedens, der guten Nachbarschaft und der partnerschaftlichen Zusammenarbeit.

In diesem Geist, Herr Präsident, wollen wir diesen Vertrag unterzeichnen.«[33]

ANSPRACHE VON MICHAIL GORBATSCHOW

»Sehr geehrter Herr Bundeskanzler,
   meine Damen und Herren, Genossen!

Heute ist ein besonderer Tag in der jahrhundertelangen Geschichte unserer Länder – und, wie ich meine, auch in der europäischen Geschichte.

Mit der Unterzeichnung dieses Dokuments, das noch vor kurzem überhaupt schwer vorstellbar war, *haben wir offiziell einen Schlußstrich unter den ganzen geschichtlichen Prozeß gezogen und eine gemeinsame, tiefgreifende Perspektive aufgezeigt.*

Der Weg zu einem solchen Vertrag läßt sich nicht an den

Wochen messen, die für die Ausarbeitung des Wortlautes notwendig waren, sondern an den Jahren und Jahrzehnten *gemeinsamer Überwindung der Vergangenheit und der Suche nach einer neuen Qualität* der Beziehungen zwischen der Sowjetunion und Deutschland.

Mit tiefer Genugtuung möchte ich den großen Beitrag von Bundeskanzler Helmut Kohl zu dieser hervorragenden Sache hervorheben, mit dem wir gleich bei unseren ersten persönlichen Kontakten zu der Schlußfolgerung kamen, daß die Beziehungen zwischen unseren Völkern für tiefgreifende Veränderungen reif geworden sind.

In diesem Augenblick möchte ich auch die Urheber und Schöpfer der Ostpolitik – in erster Linie die Herren Willy Brandt und Hans-Dietrich Genscher – gebührend würdigen.

Wir haben die Herausforderung der Zeit angenommen und sie am Vorabend des neuen Jahrhunderts als Pflicht gegenüber den eigenen Nationen und gegenüber ganz Europa empfunden.

Wir hätten aber diese Sache nicht in Angriff nehmen können, wenn wir uns nicht davon überzeugt hätten, daß im zwanzigsten Jahrhundert *aus der tragischen Geschichte der Vergangenheit* Lehren gezogen worden sind, die bereits tiefe Wurzeln im Bewußtsein und im politischen Leben geschlagen haben.

Und ich muß sagen – wir hätten keinen Erfolg erzielen können, wenn in dieser Zeit nicht eine substantielle Verbesserung der sowjetisch-amerikanischen Beziehungen eingetreten wäre.

Wir möchten aber auch die Rolle Frankreichs und Großbritanniens, ihrer Völker und Regierungen, würdigen.

Die Entwicklung wurde durch den stürmischen Prozeß innenpolitischer Umwälzungen in Ostdeutschland beschleunigt, die die Mauer der Spaltung der deutschen Nation zum Einsturz gebracht haben. Zwischen der Realisierung des Willens der Deutschen zur Einigung und zum Übergang zu einem neuen Niveau der sowjetisch-deutschen Beziehungen durfte es keine Zeit der Unklarheit und Ungewißheit geben. Die verantwortungsbewußten Politiker aller drei Seiten, die diesen Prozeß von Anfang an gemäß den Grundsätzen des Friedens und des guten Einvernehmens zu regeln hatten, haben dies rechtzeitig erkannt.

Besonders wichtig ist es, daß der Vertrag über gute Nachbarschaft, Partnerschaft und Zusammenarbeit zwischen der Sowjetunion und der Bundesrepublik Deutschland zur gleichen Stunde geboren wurde wie der Vertrag über die abschließende Regelung in bezug auf Deutschland, der vor zwei Monaten in Moskau unterzeichnet werden konnte.

Ich bin überzeugt: Wir haben die einzig richtige Wahl getroffen. Wir haben eine langfristig angelegte, reiflich überlegte Entscheidung getroffen, die den lebenswichtigen Interessen und ureigenen Traditionen unserer beiden Völker und Staaten entspricht.

Ebenso bin ich davon überzeugt, daß der *Große* sowjetisch-deutsche Vertrag – wie man ihn bereits getauft hat – keine Episode, sondern eine *Konstante* der neuen Friedensordnung sein wird, die durch gemeinsame Anstrengungen aller Beteiligten des KSZE-Prozesses gestaltet wird.

Der sowjetisch-deutsche Vertrag ist gegen niemanden gerichtet. Unser Einvernehmen und unsere Zusammenarbeit sind ein Teil der tragenden Konstruktionen des gesamteuropäischen Hauses, in dem die Sicherheit jedes einzelnen der Sicherheit aller dienen wird, wo die allgemein menschlichen Werte, der Geist der Achtung, der Solidarität und der guten Nachbarschaft triumphieren werden.

Unser Vertrag ist kein Einzelfall. Die Sowjetunion hat vor kurzem den Vertrag über die Verständigung und Zusammenarbeit mit Frankreich sowie die Politische Deklaration über die Zusammenarbeit mit Spanien unterzeichnet – wie davor bereits mit Finnland sowie mit Italien; mit dem letztgenannten Land sind wir übereingekommen, auch einen Vertrag über Freundschaft und Zusammenarbeit abzuschließen. Auch von einer Verständigung über eine sowjetisch-britische Deklaration sind wir allem Anschein nach nicht mehr weit entfernt.

Alle diese Dokumente sowie weitere mögliche bilaterale Verträge, lassen sich in das Bauwerk gesamteuropäischer Strukturen, die auf dem in Kürze bevorstehenden Pariser Gipfeltreffen – diesem wahrhaft epochalen Ereignis – ihren Segen erhalten werden, auf natürliche Weise einfügen.

Wenn ich mich heute an die Bürger des vereinten Deutschland wende, möchte ich erneut hervorheben, welche Bedeutung das, was geschieht, für uns alle hat:

*Es triumphiert die neue Vision der Welt.*
*Die Epoche der Konfrontation ist abgeschlossen.*
*Das Antlitz Europas und der Welt verändert sich.*

Unser Vertrag ist ein kräftiges und gesundes Kind dieser Veränderungen. Je nachdem, wie es aufwächst und erstarkt, wird es eine immer wichtigere Rolle im Leben unserer Völker, in der ganzen europäischen Entwicklung im Zeichen der neuen Epoche spielen.

Der von Goethe prophetisch formulierte Satz ›Die Menschheit ist über jede Nation erhaben‹ wird in unseren Tagen mit greifbarem politischen Inhalt erfüllt.

Unseren Vertrag kennzeichnen die Klarheit der Positionen und Absichten, der zukunftsträchtige Charakter und die Öffnung gegenüber denjenigen, die sich am Aufbau Europas auf der neuen Grundlage beteiligen wollen.

Wir wollen, ohne zu zaudern und zu zweifeln, alles tun, damit gute Nachbarschaft, Partnerschaft und Zusammenarbeit zu alltäglichen und vertrauten Elementen im Verhältnis unserer beiden großen Völker werden.

Möge sich der *auf zwanzig Jahre* abgeschlossene sowjetisch-deutsche Vertrag in ein Traktat des ewigen Friedens verwandeln.«

Ich halte es nicht für erforderlich, meine Worte von damals zu kommentieren, und bin nach wie vor überzeugt: Wäre die Sowjetunion erhalten geblieben, so hätte all das, was damals fest vereinbart wurde und worüber der Kanzler und ich so aufrichtig vor der ganzen Welt gesprochen haben, dem Wohl unserer beiden Völker, Europas und der ganzen Welt gedient, und zwar in einem viel größeren Umfang, als es dann geschah.

Ich halte es für nützlich, als Bestätigung dieser Überzeugung das zu zitieren, was der Kanzler am Tage der Unterzeichnung der Dokumente in einem Gespräch zu mir sagte:

»Ich erkläre Ihnen ganz offiziell, daß ich als Bundeskanzler Deutschlands und einfach als Bürger Helmut Kohl mein Vertrauen in Sie setze, Herr Gorbatschow. Gerade in Sie und nicht in alle, die Sie umgeben.

Deshalb fühle ich mich berufen und verpflichtet, Sie bei der Vollendung jener guten Dinge, auf die Sie hingewiesen haben, zu unterstützen. Sie können sich darauf verlassen, daß ich auf dieser Wegstrecke an Ihrer Seite sein werde.

Heute morgen habe ich den ehemaligen Außenminister George Shultz empfangen. Wir waren uns einig, daß Gorbatschow geholfen werden muß, und zwar gerade jetzt, vor dem Winter, mit Lebensmitteln und Konsumgütern.

Lieber Freund, Sie können sich auf mich verlassen. Ich nenne Sie bewußt einen Freund, da wir vieles gemeinsam gemacht haben und noch vieles erledigen müssen.«

Im Anhang des Buches sind im vollen Wortlaut der »Vertrag über die abschließende Regelung in bezug auf Deutschland«, der »Große Vertrag« und der »Vertrag über die Entwicklung einer umfassenden Zusammenarbeit auf dem Gebiet der Wirtschaft, Industrie, Wissenschaft und Technik« abgedruckt.

Was den (für die Zeit von 1991 bis 1994 geltenden) »Vertrag über die Bedingungen des befristeten Aufenthalts und die Modalitäten des planmäßigen Abzugs der sowjetischen Streitkräfte vom Gebiet des geeinten Deutschland« betraf, so entsprach der Status der sowjetischen Streitkräfte faktisch dem der Streitkräfte der USA, Englands, Frankreichs, Kanadas, Belgiens und Hollands (ausgenommen natürlich die Verpflichtungen, die sich aus den Pflichten der NATO-Mitgliedschaft ergaben).

Entsprechend dem »Abkommen über einige überleitende Maßnahmen« stellte Deutschland für den Aufenthalt und den Abzug der sowjetischen Streitkräfte 15 Milliarden DM zur Verfügung: 12 Milliarden DM ohne Rückerstattungspflicht und 3 Milliarden DM als zinslosen Kredit mit einer Laufzeit von fünf Jahren.

Der größte Teil dieser Mittel (7,8 Milliarden DM) war für die Verwirklichung eines Wohnungsbauprogramms (geplant war, von 1991 bis 1994 Wohnungen im Gesamtumfang von 4 Millionen $m^2$ für Armeeangehörige, die mit ihren Familien aus Deutschland abgezogen wurden, zu schaffen) und für die Errichtung von vier Wohnungsbaukombinaten mit einer Jahreskapazität von je 100 000 $m^2$ vorgesehen. 200 Millionen DM wurden für ein Ausbildungs- und Umschulungsprogramm für Armeeangehörige, die in die Reserve versetzt wurden, sowie eine Million DM für Transportkosten der Westgruppe der sowjetischen Streitkräfte bereitgestellt.

Der »Vertrag über die Entwicklung einer umfassenden Zusammenarbeit auf dem Gebiet der Wirtschaft, Industrie, Wissenschaft und Technik« wurde nicht nur in bezug auf die einzelnen Richtungen, sondern auch in bezug auf einzelne Objekte sorgfältig ausgearbeitet und berücksichtigte weitgehend das, was in den Wirtschaftsbeziehungen zwischen der UdSSR und der DDR erreicht (und in Verträgen festgelegt) war. Eine umfangreiche Arbeit leisteten hierbei Stepan Sitarjan und Theo Waigel. Es handelt sich um einen detaillierten Vertrag, der 25 Punkte umfaßt.

Die in völkerrechtlichen Dokumenten geregelte Wiedervereinigung Deutschlands wurde von allen 34 Staaten, die an der Pariser Gipfelkonferenz (20.–21. November 1990) teilnahmen, einmütig begrüßt. Das geeinte Deutschland wurde somit als neuer und sehr wichtiger Faktor in der auf gegenseitigem Vertrauen und langfristiger Zusammenarbeit fußenden gesamteuropäischen Entwicklung anerkannt.

So wurde der Schlußpunkt unter die vierzigjährige Geschichte der Spaltung einer großen europäischen Nation in zwei Lager gesetzt.

Ich hoffe, daß es mir gelungen ist, zu erklären, wie und warum all das gerade damals – nicht früher und nicht später – so und nicht anders geschehen ist.

# Teil 3

# Gedanken zum Jubiläum

## Chancen für Deutschland und Europa

Da dieser Teil gleichzeitig auch ein Nachwort zum ganzen Buch ist, erlaube ich mir, die bereits in den vorangegangenen Kapiteln enthaltenen Gedanken zusammenzufassen.

Nach dem Zweiten Weltkrieg konzentrierte sich die sowjetische Außenpolitik auf die Erhaltung der Einheit Deutschlands. Wir waren gegen die Spaltung. Das stieß jedoch bei den westlichen Staatsmännern, die damals andere Vorstellungen von der Zukunft der deutschen Nation hatten, auf Unverständnis. Die Logik des Kalten Krieges führte dazu, daß die beiden Teile Deutschlands in die sich feindlich gegenüberstehenden politisch-militärischen Blöcke eingegliedert wurden, daß ihre sozioökonomische und politische Entwicklung in entgegengesetzten Richtungen verlief und sie sich immer weiter voneinander entfernten.

Eine solche Situation konnte indes nicht ewig andauern. Neue Generationen von Deutschen wuchsen heran, für die die nazistische Vergangenheit Geschichte war. Niemand hat das Recht, ganze Generationen dafür zu bestrafen, was ihre Väter und Großväter viele Jahre zuvor getan hatten. Außerdem war die übergroße Mehrheit des deutschen Volkes, einschließlich der neuen Generation, vom Gefühl der moralischen Verantwortung für die Vergangenheit durchdrungen, sie verurteilte den Nazismus und lehnte ihn ab. Die Deutschen der Bundesrepublik Deutschland machten sich die Prinzipien der Demokratie zu eigen. Unter dem Einfluß der Lehren der Geschichte überwanden die Westdeutschen das Großmacht-Syndrom. Sie bewahrten sich die Liebe zum gemeinsamen Vaterland, befreiten sich aber vom verknöcherten Nationalismus. In der DDR blieben die Bemühungen der Obrigkeit, den Bürgern der Republik das Gefühl der Zugehörigkeit zu einer Nation auszutreiben, erfolglos. Es gelang auch nicht, das Gebiet der DDR gegen äußere Einflüsse, in erster Linie gegen Informationen aus der Bundesrepublik, abzuschirmen. Wirtschaftliche Schwierigkeiten des ostdeutschen Regimes zwangen die Führung der DDR, besondere Beziehungen zur Bundesrepublik herzustellen. Die Verbindungen zwischen den beiden deutschen Staaten – wirtschaftliche und andere – weiteten sich aus. All das führte dazu, daß die Wiedervereinigung in dieser oder jener Form schließlich unvermeidlich wurde.

In der Hauptsache bestanden äußere Hindernisse: Die Zugehörigkeit der beiden Teile Deutschlands zu verschiedenen politisch-militärischen Blöcken, die sich im Zustand der Konfrontation befanden, übte einen hemmenden Einfluß aus. Solange der Kalte Krieg andauerte, war an eine Wiedervereinigung nicht zu denken. Das wurde von beiden Seiten so verstanden. Niemand, auch nicht die Führung der Bundesrepublik Deutschland, rechnete in naher Zukunft mit ihr. Die Wiedervereinigung wurde als ein fernes Ziel betrachtet, dem man sich nur allmählich, nur bei Veränderung des internationalen Klimas und der europäischen Beziehungen, nähern konnte.

Die Geschichte hat jedoch ihre eigene Logik. Ihr Rhythmus läßt sich schwer vorhersagen. Die Perestroika und die Politik des neuen Denkens in der Sowjetunion veränderten die ganze internationale Situation. Das gab bestimmten Prozessen in den Ländern Osteuropas Auftrieb und beschleunigte sie. Auf der Bühne des politischen Lebens erschienen neue gesellschaftliche Kräfte, neue Menschen, es änderten sich die Stimmungen und das Bewußtsein der Menschen, und es änderten sich die Bedingungen des historischen Handelns.

Die Befreiung der Länder Osteuropas von der sowjetischen Bevormundung führte auch dazu, daß die Bürger der DDR ihren nationalen Gefühlen Ausdruck verliehen. Dies fand in Westdeutschland einen Widerhall. Mit der Krise in der DDR konnten wir nicht umgehen wie bisher. In den Köpfen der Vertreter einer harten Linie spukte der Gedanke an die Anwendung von Gewalt, um das in der DDR existierende Regime zu erhalten und um dort »Ordnung zu schaffen«. Die Möglichkeit dazu war vorhanden: In der DDR war eine fast eine halbe Million starke Gruppierung der sowjetischen Streitkräfte stationiert. Aber den Weg der Gewaltanwendung einzuschlagen, wäre ein Verbrechen sowohl gegen die Deutschen als auch gegen das sowjetische Volk und gegen die ganze Welt gewesen. Der Drang der Deutschen zur Wiedervereinigung war auf beiden Seiten vorhanden. Es handelte sich wirklich um eine *demokratische Volksbewegung* und nicht um einen politischen Schachzug. Die Geschichte beschleunigte ihr Tempo, und ihre imperativen Forderungen mußten – *auf friedliche Weise* – in die Tat umgesetzt werden. Unsere damalige Politik in bezug auf die deutsche Frage ist ein Beispiel dafür, daß in einer nichttraditionellen, grundlegend veränderten Situation auf nichttraditionelle Weise gehandelt werden kann. Damals handelten sowohl wir als auch unsere Partner, vor allem der Bundeskanzler Kohl, in einer sich rasch ändernden Situation den Umständen angemessen. Ich glaube, nicht nur unsere Zeitgenossen werden unsere damals getroffene Entscheidung als die einzig mögliche und richtige einschätzen, sondern auch die Geschichte.

Die Wiedervereinigung Deutschlands war das natürliche Resultat der Politik, deren Ziel die Beendigung des Kalten Krieges war. Mit ihm konnte nicht Schluß gemacht werden, solange sein Hauptherd nicht beseitigt, d.h. solange die deutsche Frage nicht gelöst wurde. Mit der Spaltung Europas konnte nicht Schluß gemacht werden, solange die Hindernisse gegen die Wiedervereinigung Deutschlands nicht aus dem

Weg geräumt wurden. Wenn die deutsche Frage (die schon seit dem 17. Jahrhundert, seit der Zeit des Westfälischen Friedens, existierte und sich periodisch zuspitzte) zum ersten Mal in der Geschichte auf friedliche Weise, unter den Bedingungen der Freiheit und im guten Einvernehmen mit allen Nachbarn und Partnern Deutschlands gelöst wurde, so geschah das vor allem deswegen, weil dies im Kontext der sowjetisch-amerikanischen Annäherung, des beiderseitigen Strebens nach Überwindung der Konfrontation zweier politisch-militärischer Blöcke geschah. Die friedliche Wiedervereinigung Deutschlands war ein herausragendes Beispiel für ein neues Herangehen an die Lösung internationaler Probleme – unter Berücksichtigung der Kriterien einer kommenden Epoche.

Als die Sowjetunion und ihre ehemaligen Verbündeten der Antihitlerkoalition »grünes Licht« für die Wiedervereinigung Deutschlands gaben, ließen sie sich unter anderem von folgender Überlegung leiten: Ein demokratisches, politisch stabiles und ökonomisch gesundes Deutschland, das seine Grenzen anerkannt hat, wird zu einem sehr wichtigen Faktor der europäischen und internationalen Entwicklung.

Die Wiedervereinigung hatte vor allem für das Schicksal des deutschen Volkes riesige Bedeutung. Ihm eröffneten sich neue Perspektiven der wirtschaftlichen und sozialen Entwicklung. Es veränderte sich die internationale Situation Deutschlands, es nahm erneut seinen Platz in der Mitte Europas ein, den Platz eines Bindegliedes zwischen West- und Osteuropa. Sein ökonomisches und politisches Gewicht in Europa und in der Welt und damit auch seine Verantwortung für die Lösung europäischer und internationaler Probleme wuchsen bedeutend.

Natürlich konnte dies alles nicht von selbst kommen. Eine Hauptaufgabe des geeinten Deutschland besteht noch für lange Zeit darin, die Lebensbedingungen in seinem östlichen Teil denen in seinem westlichen Teil anzugleichen. Dies hat bereits enorme Anstrengungen, riesige Investitionen, eine wohldurchdachte und ausgewogene Sozialpolitik sowie die Berücksichtigung der Besonderheiten der »neuen Bundesländer« erforderlich gemacht. All das wird weiterhin erforderlich sein. Ein großes langfristiges Problem ist und bleibt natürlich die Überwindung der psychologischen Traumata, welche die Zeit der Spaltung hinterlassen hat.

Die Bedeutung der Wiedervereinigung Deutschlands läßt sich vom Standpunkt der Interessen der Sowjetunion kaum überschätzen. Sie hat uns vor allem von der Last befreit, die mit der Notwendigkeit verbunden war, eine riesige militärische Gruppierung in der DDR zu unterhalten, was hohe Kosten verursachte. Die sowjetisch-deutschen Beziehungen wurden auf eine qualitativ neue Grundlage gestellt. Das erschloß völlig neue Möglichkeiten für unsere Zusammenarbeit im ökonomischen, wissenschaftlich-technischen und kulturellen Bereich.

Eine solche Zusammenarbeit versprach der Sowjetunion große Vorteile. Die Wirtschaftsbeziehungen der beiden Staaten haben tiefe Wurzeln. Deutsches Kapital war an der industriellen Entwicklung des vorrevolutionären Rußland aktiv beteiligt. Auf der Basis der Traditionen der Vergangenheit erhielten wir die Chance, unsere eigenen Probleme besser zu lösen. Das geeinte Deutschland wurde für die Sowjetunion ein zuverlässiger und unersetzlicher Partner auf wirtschaftlichem Gebiet.

Durch die Zusammenarbeit entsprechend den Grundsätzen des neuen politischen Denkens hätten die beiden bedeutendsten und mächtigsten europäischen Staaten die Weltpolitik und die Weltwirtschaft günstig beeinflussen können. Bei manchen Leuten im Westen rief diese Perspektive Befürchtungen und Erinnerungen an Rapallo hervor. Nach dem Treffen in Archys setzte ein englischer Journalist den Begriff »Stawropallo« in Umlauf. Es war ein geistreicher, aber absolut falscher Vergleich. Als Kohl auf der Pressekonferenz über die Ergebnisse von Archys gefragt wurde, ob sich nicht »Rapallo« wiederhole, antwortete er: »Ich kann selbstverständlich niemanden daran hindern, dumme Kommentare zu verfassen. Aber wer eine Ahnung von Geschichte hat, der weiß, daß der Vergleich mit Rapallo völlig unangebracht ist.« Er hatte recht: Eine andere Zeit – eine andere Situation, welche die Wiederholung der Vergangenheit ausschloß. Die Wiedervereinigung Deutschlands verlieh der politischen Konfiguration Europas neue Züge. Vorher wurde Westdeutschland als ein wirtschaftlicher Gigant und als ein politischer Zwerg bezeichnet. Die Bundesrepublik war in den achtziger Jahren selbstverständlich kein politischer Zwerg mehr, konnte ihr politisches Potential aber nicht in dem Maße ausnutzen, wie es ihrem Wirtschaftspotential entsprochen hätte.

Damit ist wiederum die Möglichkeit der Überwindung des krassen Gegensatzes verbunden, der zwischen West- und Osteuropa in bezug auf Lebensniveau und Lebensqualität besteht. Deutschland (und der Westen insgesamt) kann sich der Aufgabe nicht entziehen, an der Lösung dieses Problems mitzuwirken. Alle politischen, wirtschaftlichen, sozialen und ökologischen Probleme in beiden Teilen Europas sind eng miteinander verknüpft. Jeder Versuch, diese Realität zu ignorieren, würde letzten Endes bedeuten, die eigenen Interessen zu gefährden.

Schließlich hat sich die Verantwortung Deutschlands für die Schaffung eines ganz Europa umfassenden neuen Sicherheitssystems objektiv erhöht. Das wurde in den Reden des Bundeskanzlers Kohl bei der Wiedervereinigung und bei der Unterzeichnung der entsprechenden Verträge stark betont. Sowohl wir als auch die westdeutschen Politiker sind davon ausgegangen, daß die partnerschaftlichen Beziehungen zwischen Deutschland und der Sowjetunion eines der entscheidenden Elemente jedes ernst zu nehmenden Projekts für die Gestaltung der gesamteuropäischen Beziehungen sind.

Unsere Position war auf lange Dauer angelegt. Es war eine strategische Position, welche die feste und unumkehrbare Zusammenarbeit der Sowjetunion und Deutschlands vorsah.

Der »Große Vertrag« bestimmte den Rahmen einer solchen Zusammenarbeit und schuf für Jahrzehnte voraus die dafür erforderlichen Grundlagen.

Aber die Ereignisse in der Sowjetunion entwickelten sich leider anders. Das Jahr 1990, in dem sich die beiden deutschen Staaten Schritt für Schritt dem Ziel der Wiedervereinigung näherten und ihr staats- und völkerrechtlicher Rahmen ausgearbeitet wurde, war für die Sowjetunion das Jahr der »Parade der Souveränitäten«.

Bald nachdem Kohl und ich uns in Archys über die Regelung der mit der Wiedervereinigung Deutschlands verbundenen Fragen geeinigt hatten, erklärte Jelzin der Zentralgewalt der Sowjetunion den Krieg und rief im Grunde genommen dazu auf, sie zu »zerstören«.

Am 19. November wurde in Paris der KSZE-Gipfel eröffnet. Am gleichen Tag wurde in Kiew der Vertrag zwischen der Ukraine und Rußland unterschrieben. Er hatte die gegenseitige Anerkennung der Souveränität beider Staaten zum Inhalt. Auf der Pressekonferenz, die Leonid Krawtschuk und Boris Jelzin gemeinsam abhielten, erklärte Jelzin, von einem neuen Unionsvertrag könne nicht die Rede sein, solange nicht die Souveränität der Republiken anerkannt würde.

Es gab also zwei sich parallel entwickelnde Prozesse, von denen jeder seine eigenen Ursachen, seine eigenen Triebkräfte hatte. Hierbei vollzog sich die deutsche Wiedervereinigung in einem rechtlichen, verfassungsmäßigen Rahmen, auf vertraglicher Grundlage, während die separatistischen Kräfte in der Sowjetunion zu verfassungsfeindlichen Mitteln griffen und die von den Machtorganen der Sowjetunion damals bereits unternommenen Bemühungen unterminierten, die Grundfragen eines sowjetischen Staatenbundes auf demokratischer Basis zu lösen.

Was ist der Hauptgrund für diese gegensätzliche Entwicklung der nationalen Prozesse in der UdSSR und in Deutschland? Die Perestroika, die Beendigung des Kalten Krieges, die neue Atmosphäre in der Welt hatten Bedingungen dafür geschaffen, daß die Völker wirklich frei entscheiden konnten, welchen Weg sie für ihr Leben wählten. Das deutsche Volk traf seine Wahl und bekundete seinen Willen, sein Ziel zu verwirklichen. Die herrschenden Kreise in Deutschland und die Eliten in beiden deutschen Staaten nutzten diesen nationalen Aufschwung aus und halfen, den Willen des Volkes in zivilisierten Formen zu realisieren.

In der Sowjetunion sprach sich das Volk beim Referendum im März 1991 für die Beibehaltung der Sowjetunion aus. Es unterliegt keinem Zweifel (jedenfalls gibt es keine gegenteiligen Beweise): Wäre in jeder Republik ein eigenes Referendum durchgeführt worden, so wäre das Resultat das gleiche gewesen. Sogar in der Ukraine, in der die Menschen am 1. Dezember für die Unabhängigkeit der Republik stimmten, wollte man nicht, daß der ganze multinationale Staat zerfiel. Heute wird immer wieder betont, daß man ihn damals unter der Bedingung beibehalten wollte, daß er reformiert würde.

Aber die an die Macht gekommenen Kräfte vernebelten den Menschen um der eigenen ehrgeizigen und selbstsüchtigen Ambitionen willen den Kopf, weckten bei ihnen die Illusion, sie könnten es besser und leichter haben, wenn sie getrennt lebten, und vergifteten sie mit ihrer nationalistischen Demagogie. Und schließlich betrogen sie sie, indem sie ihnen in Beloweschskaja Puschtscha* Versprechungen machten. Damals beschloß man, die UdSSR zu liquidieren, den

---

\* Im belorussischen Naturschutzgebiet Beloweschskaja Puschtscha trafen sich am 7. Dezember 1991 der russische Präsident Boris Jelzin, der Vorsitzende des Obersten Sowjets von Belorußland, Stanislaw Schuschkewitsch, und der gerade zum Präsidenten der Ukraine gewählte Leonid Krawtschuk, um sich darüber zu einigen, daß an die Stelle der UdSSR die Gemeinschaft Unabhängiger Staaten (GUS) treten solle. Dieser Schritt wurde durch die Beitrittserklärung weiterer bisheriger Unionsrepubliken am 21. Dezember 1991 in Alma-Ata endgültig vollzogen. (Anm. d. Ü.)

gemeinsamen Staat aber unter der Bezeichnung GUS, Gemeinschaft Unabhängiger Staaten, beizubehalten; sie diente nur als Deckmantel für die Zerstückelung des Landes.

Eine weitere Frage ist, woher die Kräfte kamen, die im Unterschied zu denen in Deutschland die Spaltung erstrebten. Das ist jedoch ein anderes Thema.

Hier möchte ich nur auf die Verantwortung der herrschenden Kreise und der Eliten der Gesellschaft gegenüber dem eigenen Volk hinweisen, auf die Pflicht der Staatsmänner, die diese Bezeichnung verdienen, den Willen ihres Volkes zu erkennen, ihn zu berücksichtigen und eine Politik entsprechend diesem Willen – und nicht gegen ihn, ganz gleich, ob mit Gewalt, Einschüchterung oder Betrug – zu betreiben.

Uns liegen also zwei ganz unterschiedliche Ergebnisse vor: einerseits die vertraglich vereinbarte Vereinigung der DDR und der Bundesrepublik Deutschland, andererseits das Komplott, das die Führer von drei Unionsrepubliken in Beloweschskaja Puschtscha schmiedeten und das die Beseitigung der Sowjetunion zum Ziel hatte.

Ereignisse dieser Größenordnung sind in der Geschichte nicht oft zu verzeichnen. Es verschwand die europäische politische Ordnung, die nach dem Zweiten Weltkrieg entstanden war und fast ein halbes Jahrhundert lang existiert hatte. Es entstand eine völlig neue Konstellation der internationalen Kräfte, eine neue geopolitische Realität.

## Wer hat gewonnen, wer verloren?

Die Wiedervereinigung Deutschlands wurde von den meisten Sowjetbürgern verständnisvoll und ruhig aufgenommen. Natürlich war bei einem Teil der Armeeangehörigen, der Diplomaten und der Ideologen im Parteiapparat eine gewisse Unzufriedenheit vorhanden. Aber kritische Meinungen und Spekulationen zu diesem Thema wurden in der Hauptsache erst später geäußert, als sich bei uns der innenpolitische Kampf verschärfte – vor allem nach dem Zerfall der Sowjetunion, als auf dem Gebiet der russisch-deutschen Beziehungen eine ganz andere Situation zu verzeichnen war, als man angenommen hatte.

Es wurden jene Voraussetzungen unterminiert, die in den Jahren der Perestroika für die künftigen Beziehungen zu Deutschland geschaffen worden waren. Vieles von dem, was wir geplant und erwartet hatten, erschien in einem anderen Licht. Es verschärfte sich die Polemik, bei der es darum ging, wer bei der Lösung der mit der deutschen Frage verbundenen Aufgaben gewonnen oder verloren, sich dabei Verdienste erworben oder Fehler begangen hatte. Diese Auseinandersetzung wurde auch durch das Bestreben bestimmter Kreise in den USA und in einigen Ländern des Westens angeheizt, die Beendigung des Kalten Krieges als Sieg des Westens hinzustellen. Dies führte dazu, daß in Rußland negative Urteile über die während der Perestroika betriebene Außenpolitik geäußert wurden.

Was die Wiedervereinigung Deutschlands betrifft, so ging die Polemik nicht über spekulative Erklärungen eines Teils der Wissenschaftler und Politiker hinaus. Gorbatschow habe sich, so hieß es, in der deutschen Frage übervorteilen lassen. Die Einstellung zu den Deutschen und überhaupt zu Deutschland hatte sich jedoch eindeutig zum Positiven hin verändert. Und das ist das Hauptergebnis, ein Kapital, das unschätzbaren Wert besitzt; es arbeitet bereits für uns und auch für die Deutschen und wirft Dividenden ab.

In vieler Hinsicht ist dies damit zu erklären, daß alle Fragen, welche die Interessen unserer Völker berühren, durch Verträge geregelt sind. Und obwohl sich die Ereignisse in der letzten Etappe geradezu überstürzten, wurden alle konkreten Fragen unter Teilnahme der entsprechenden Ministerien und Fachleute sorgfältig erörtert und überprüft. Die Verträge und Abkommen, die wir im November 1990 in Bonn unterzeichneten, hatten einen Umfang von 100 Druckseiten.

Diese Dokumente wurden im vorangehenden Teil des Buches zitiert, und einige davon sind im Anhang enthalten. Ich möchte hier aber noch einmal die Garantien für die Wahrung der sowjetischen Interessen sowie die von der deutschen Seite eingegangenen Verpflichtungen kurz resümieren. Das geeinte Deutschland

– verpflichtete sich, der Sache des Friedens zu dienen; es erklärte, daß von deutschem Boden künftig nur Frieden ausgehen werde, und bestätigte den endgültigen Charakter seiner Grenzen;
– verzichtete darauf, atomare, biologische und chemische Waffen herzustellen, zu besitzen oder über sie zu verfügen, erklärte seine Entschlossenheit, seine Rechte und Pflichten aus dem Vertrag über die Nichtweiterverbreitung von Kernwaffen wahrzunehmen, und verpflichtete sich, seine Streitkräfte auf eine Personalstärke von 370 000 Mann (etwa um 45 Prozent) zu reduzieren;
– brachte sein Bestreben und seine Bereitschaft zum Ausdruck, auf verschiedenen Gebieten eine langfristige Zusammenarbeit mit der Sowjetunion zu entwickeln. Im Vertrag über gute Nachbarschaft, Partnerschaft und Zusammenarbeit, im speziellen Vertrag über die Zusammenarbeit auf dem Gebiet der Wirtschaft, Industrie, Wissenschaft und Technik sowie in anderen Abkommen wurden die Verpflichtungen fixiert, welche die Entwicklung der bilateralen Zusammenarbeit betreffen.

Bei der Unterzeichnung der sowjetisch-deutschen Verträge in Bonn erklärte der Bundeskanzler Kohl: »Angesichts der schmerzhaften, aber unvermeidlichen Übergangszeit (in der

Sowjetunion) sind wir bereit, mit Wort und Tat zu helfen. Wir haben das in den vergangenen Monaten wiederholt bewiesen. Wir werden in diese Zusammenarbeit unseren guten Willen und unsere vierzigjährigen Erfahrungen einer erfolgreichen sozialen Marktwirtschaft einbringen.«\*

Was geschah wirklich und was nicht? Leider wurden die Möglichkeiten, die sich aus der Wiedervereinigung Deutschlands für die Zusammenarbeit der beiden Staaten ergaben, nicht in vollem Maße genutzt. Die Hauptschuld dafür tragen wir selbst: Die Sowjetunion zerfiel. Das mußte sich auf die russisch-deutschen Beziehungen insgesamt auswirken. Die veränderte Situation beeinflußte bis zu einem gewissen Grad auch die Außenpolitik der Bundesrepublik Deutschland. In den russisch-deutschen Beziehungen tauchten bestimmte Probleme auf, die sich meines Erachtens nicht ergeben hätten, wenn die Sowjetunion weiter bestanden hätte.

Ich muß indes betonen, daß Deutschland trotz der veränderten Lage weiterhin die auf wirtschaftlichem Gebiet eingegangenen Verpflichtungen einhielt. 1990/91 unterstützte Deutschland die UdSSR bei der Lösung von Problemen, die mit dem Übergang zu marktwirtschaftlichen Verhältnissen verbunden waren, in bedeutendem Umfang finanziell. In der deutschen Bevölkerung entwickelte sich eine Bewegung von Privatinitiativen, die der sowjetischen Bevölkerung humanitäre Hilfe leistete und sie mit Lebensmittellieferungen unterstützte. Daran beteiligten sich viele Unternehmen und Organisationen. Eine Gruppe von Vorsitzenden der größten deutschen Banken kam mit konkreten Plänen nach Moskau und wollte sie sofort in die Tat umsetzen. Bei vielen gemeinsamen Projekten wurde sogleich mit der Arbeit begonnen.

---

\* Im zweiten Teil des Buches habe ich seine Rede in vollem Wortlaut wiedergegeben, hier zitiere ich nur zwei Sätze, die sich auf die betreffende Frage beziehen.

Die Finanzhilfe, die Deutschland der Sowjetunion und danach Rußland leistete, betrug insgesamt fast 100 Milliarden DM. Das macht mehr als die Hälfte der ausländischen Hilfe aus. Berücksichtigt man, welche Probleme die Bundesrepublik Deutschland vor allem im Zusammenhang mit den Kosten des wirtschaftlichen Aufbaus in den östlichen Bundesländern hat, so haben wir wohl kaum einen Grund, den Deutschen im vereinten Deutschland irgend etwas vorzuwerfen. Es ist nicht ihre Schuld, daß wir mit den vielen Milliarden, die Rußland zur Verfügung gestellt wurden, so verschwenderisch umgegangen sind.

Einige russische Vertreter nationalistisch-patriotischer Kreise begannen *post festum* zu behaupten, die Wiedervereinigung Deutschlands hätte zu viel günstigeren Bedingungen verwirklicht werden können. Bei uns gibt es Leute, die der Meinung sind, man hätte den Deutschen das Fell über die Ohren ziehen müssen. Ich lehne ein solches Vorgehen ab. Es wäre unmoralisch und einfach dumm gewesen. Wir waren bestrebt, kooperative Beziehungen herzustellen, die auf gegenseitigem Vertrauen beruhen. Wie hätte von Vertrauen die Rede sein können, wenn wir von einem solchen Standpunkt aus an die Dinge herangegangen wären und versucht hätten, das Schicksal der großen Nation als Wechselgeld in einem Spiel der Diplomatie zu benutzen? Das wäre für die Deutschen erniedrigend und für unser großes Volk würdelos gewesen, zumal die Menschen im vereinten Deutschland tiefe Dankbarkeit gegen Rußland empfanden. Wir hätten einfach das politische Vertrauen verspielt, das sich durch die historische Aussöhnung der beiden großen Völker entwickelt hatte.

Das Wertvollste und Ermutigendste, was in jener Periode der internationalen Politik erreicht wurde, war Vertrauen. Dieses Kapital, das wir für die inneren Reformen benötigten, war im »Großen Vertrag« enthalten. Die auf ihm fußende Zusammenarbeit müßte im Endergebnis jene Hunderte von

Milliarden in Umlauf bringen, die wir so dringend brauchen. Das ist ein realistisches Herangehen, weil der »Große Vertrag« für Deutschland nicht weniger von Nutzen ist als für uns.

Die Bundesrepublik Deutschland hat ihre Verpflichtungen nicht nur eingehalten, sie hat auch als einflußreiches Mitglied der Europäischen Gemeinschaft und der Gruppe der G7-Staaten die Initiative ergriffen, um die Industriestaaten des Westens zu veranlassen, mit unserem Land wirtschaftlich zusammenzuarbeiten. Die Bundesregierung befürwortete den Abschluß eines Abkommens zwischen Rußland und der Europäischen Gemeinschaft über Partnerschaft und Zusammenarbeit (obwohl sich sein Inkrafttreten stark verzögert hat). Mit deutscher Unterstützung wurden Maßnahmen ergriffen, die Rußland durch Gewährung der Meistbegünstigten-Klausel den Zugang zu den Märkten der EG erleichterte.

Unsere Interessen blieben auch in bezug auf die wirtschaftlichen Verbindungen gewahrt, die zu Betrieben und Organisationen der ehemaligen DDR existierten. All das spiegelte sich im Vertrag über die Zusammenarbeit auf dem Gebiet der Wirtschaft, Industrie, Wissenschaft und Technik (Artikel 1). Dort ist die Verpflichtung beider Seiten fixiert, bereits geschlossenen Übereinkünfte über Warenlieferungen und die Erbringung von Dienstleistungen zwischen der DDR und der UdSSR einzuhalten, das beiderseitige Interesse an der Versorgung mit Ersatzteilen für früher gelieferte Maschinen, Ausrüstungen und Geräte zu berücksichtigen und die entstandene Unternehmenskooperation und die wissenschaftlich-technischen Beziehungen usw. aufrechtzuerhalten.

Außerdem hatte sich die deutsche Seite verpflichtet, die Leistungsfähigkeit der mit sowjetischen Partnern kooperierenden Unternehmen auf dem Gebiet der ehemaligen DDR zu unterstützen und für eine Übergangszeit erleichterte Voraussetzungen für den Marktzugang von sowjetischen Betrieben und Organisationen auf dem Gebiet der ehemaligen

DDR (einschließlich der Lösung der Zollprobleme, der Nichtanwendung mengenmäßiger Beschränkungen im Rahmen traditioneller Warenströme usw.) zu schaffen. Es wurde das beiderseitige Interesse an der weiteren Zusammenarbeit bei der Errichtung von industriellen und anderen Objekten auf dem Gebiet der UdSSR im Rahmen von früher mit der DDR abgeschlossenen Abkommen über wirtschaftliche und technische Zusammenarbeit bekräftigt.

Wenn sich diese Hoffnungen nicht ganz erfüllt haben, so war das nicht auf fehlende vertragliche Garantien zurückzuführen, sondern auf die Liquidierung der UdSSR als Subjekt und Teilhaber dieser Garantien.

In den neunziger Jahren weilte ich wiederholt in Deutschland, traf mich mit Politikern und Unternehmern und sprach vor ihnen insbesondere über Themen der russisch-deutschen wirtschaftlichen Zusammenarbeit. Ich konnte mich davon überzeugen, daß in deutschen Unternehmerkreisen weiterhin ein wohlwollendes Verhältnis zu Rußland bestand, daß der aufrichtige Wunsch vorhanden war, auf dem russischen Markt tätig zu sein und uns bei unseren Reformen zu helfen. Aber das, was in diesen Jahren in Rußland geschah – der Rückgang der Produktion, die ständige Änderung der Vorschriften, die Korruption, die zunehmende Kriminalität –, mußte sich zwangsläufig darauf auswirken, wie Rußland als Geschäftspartner wahrgenommen wurde.

Übrigens bemühten sich deutsche Unternehmer, auch unter solchen Bedingungen etwas zu tun: Sie vereinbarten Gemeinschaftsprojekte und die Gründung von Joint-ventures, halfen bei der Ausbildung russischer Manager usw. Aber die Möglichkeiten, die bei der Wiedervereinigung Deutschlands für unsere wirtschaftliche Zusammenarbeit vorgesehen waren, blieben weitgehend ungenutzt. Der Umfang des beiderseitigen Handels verringerte sich, obwohl die Regierung der Bundesrepublik Deutschland ihn förderte, indem sie deutschen

Firmen besonders auf dem Gebiet der ehemaligen DDR entsprechende staatliche Garantien gab. Allein 1992 stellte sie dafür 5 Milliarden DM in Form von Hermes-Krediten zur Verfügung, von denen 4 Milliarden DM für den Handel mit Rußland vorgesehen waren.

Die Überwindung der Spaltung Deutschlands mußte sich auf die Perspektiven der europäischen Entwicklung auswirken. Als wir die Wiedervereinigung unterstützten, gingen wir insbesondere von den daraus erwachsenden Möglichkeiten der gemeinsamen Teilnahme der beiden bedeutendsten europäischen Staaten am Aufbau eines neuen Europa aus. Die Situation änderte sich jedoch, und vieles verlief nicht so, wie es hätte sein können.

Abgesehen von objektiven Umständen kann ich nicht umhin, auf einige voreilige Schritte des Bundeskanzlers hinzuweisen, die seinen Versprechungen und seinen – öffentlichen oder unter vier Augen abgegebenen – pathetischen Erklärungen widersprachen.

Bald nach dem Putschversuch vom August 1991 brachte der Bundeskanzler Kohl in einer Rede, die er am 4. September 1991 im Bundestag hielt, klar und unmißverständlich die Solidarität mit der rechtmäßigen sowjetischen Regierung zum Ausdruck. Zugleich aber unterzeichneten die Vertreter der Bundesregierung und der Russischen Föderation während des Besuchs von Jelzin in Bonn eine gemeinsame Erklärung, welche die russisch-deutschen Beziehungen gleichsam auf eine Stufe mit den sowjetisch-deutschen Beziehungen stellte. Gleich nach dem Putschversuch vom August erkannte Deutschland nach Rußland die Unabhängigkeit der baltischen Staaten an, ohne die Entscheidungen der Unionsregierung abzuwarten.

Zu dieser Zeit kam der europäische Prozeß faktisch zum Stillstand. Die Westmächte begannen von den Prinzipien abzuweichen, die in der Pariser Charta für das neue Europa verkündet worden waren. Das galt auch für die deutsche Außenpolitik. Ich denke dabei vor allem an die überstürzte Anerkennung Kroatiens und Sloweniens durch Deutschland. Die beiden souveränen Teilstaaten Jugoslawiens hatten von sich aus ihre Unabhängigkeit erklärt. Deutschlands Schritt kam für viele unerwartet. Er gab dem ethnischen Separatismus in anderen Teilen Jugoslawiens Auftrieb und trug zu dessen Zerfall bei. Dies führte zum langen, blutigen Bürgerkrieg, der Tausende Menschenleben forderte. Hunderttausende mußten ihre Häuser verlassen und wurden zu Flüchtlingen. Angesichts dieser menschlichen Tragödie ist es absurd, zu behaupten, die diplomatische Einmischung zugunsten Kroatiens und Sloweniens sei vom Bestreben diktiert gewesen, die Bürgerrechte und Interessen nationaler Minderheiten zu schützen.

Diese Handlungen der deutschen Diplomatie sind um so mehr zu bedauern, als im sowjetisch-deutschen Vertrag über gute Nachbarschaft, Partnerschaft und Zusammenarbeit von der Verpflichtung die Rede ist, »den Vorrang der allgemeinen Regeln des Völkerrechts« zu gewährleisten und »die territoriale Integrität aller Staaten in Europa in ihren heutigen Grenzen uneingeschränkt zu achten« (Artikel 1 und 2). Das Völkerrecht sieht nicht das Recht auf eine Abtrennung vor. Der Vorrang des staatlichen Souveränitätsprinzips ist im Statut der Vereinten Nationen und in der Schlußakte von Helsinki verankert.

Daß die Bundesregierung in diesen Fragen von Geist und Buchstaben der von ihr unterzeichneten Dokumente, einschließlich der Charta von Paris, abwich, ist um so offensichtlicher, als sie in diesem Fall entgegen der Position der speziellen Kommission der EG handelte. Diese hatte empfohlen, die Souveränität Sloweniens und Kroatiens nicht anzuerkennen. Das Prinzip der Achtung der territorialen Integrität wurde damals auch vom Präsidenten der USA, George Bush, vom Sicherheitsrat der Vereinten Nationen, dem Sonderbeauftragten der Vereinten Nationen in Jugoslawien, Cyrus Vance, und vom Vorsitzenden der Jugoslawien-Konferenz, Lord Carrington, unterstützt. Trotzdem wurde das politische Gewicht Deutschlands dazu benutzt, die EG anzuspornen, dem deutschen Beispiel zu folgen. Der Wunsch, die Konjunktur für die eigenen Interessen zu nutzen, siegte über die höherrangigen Erwägungen, die in einer solchen Situation maximale Weitsicht und Zurückhaltung angeraten sein ließen.

Der unter aktiver Mitwirkung Deutschlands gefaßte Beschluß über die Erweiterung der NATO versetzte den Plänen zum Aufbau eines vereinten Europa einen schweren Schlag. 1990 war indes von der historischen Chance die Rede gewesen, »die ursprüngliche Einheit unseres Kontinents auf eine neue Grundlage zu stellen«, von der Absicht, »den erfolgreichen Kurs der KSZE weiter zu verfolgen«, die KSZE als »Motor der gesamteuropäischen Friedenspolitik« anzusehen usw. Entgegen diesen Erklärungen wurde die NATO zum Nachteil der KSZE an die erste Stelle gerückt.

Ich teile nicht die Ansichten derer, die vor der Erweiterung der NATO übertriebene Angst empfinden, und doch halte ich diese Entscheidung für falsch. Die Erhöhung des Gewichts des westlichen Militärbündnisses lenkt von den herangereiften Aufgaben des Aufbaus eines vereinten Europa ab. Seine Zukunft bleibt unklar. Die neuen Trennungslinien zwischen den verschiedenen Regionen Mittel- und Osteuropas verhindern diesen Aufbau. Der Westen besitzt kein einheitliches Konzept für eine Friedensordnung des gesamten Europa.

Die NATO hat faktisch begonnen, sich Funktionen anzueignen, welche vorsehen, bei Konfliktsituationen außerhalb ihres Verantwortungsbereichs für Ordnung zu sorgen. So handelte sie auf dem Balkan bei dem Konflikt in Bosnien und später im Kosovo. Die Führung der NATO war voreingenommen und maß die Dinge mit zweierlei Maß: Sie hielt es für möglich, Jugoslawien mit der Anwendung militärischer Gewalt zu drohen und diese ohne Sanktion des UN-Sicherheitsrates gegen das Land anzuwenden. Vom völkerrechtlichen Standpunkt aus war ihr Verhalten ein Aggressionsakt. Zu bedauern ist, daß der ehemalige Verteidigungsminister der Bundesrepublik, Volker Rühe, fast lauter als andere militärische Schläge gegen Jugoslawien forderte. Das paßt schlecht zu den Erklärungen, in denen es geheißen hatte, daß von deutschem Boden nur Frieden ausgehen werde.

Der europäische Prozeß wurde somit zunichte gemacht, er nahm einen deformierten, asymmetrischen Charakter an. Im Westen begann man ihn mit der Erweiterung des westlichen Bündnissystems – der Europäischen Union und der NATO – und mit seiner selektiven Ausdehnung auf andere europäische Staaten gleichzusetzen. Zugleich ist deutlich erkennbar, daß der Westen jeglichen Integrationsbestrebungen im postsowjetischen Raum entgegenwirkt. Sie werden willkürlich als Ausdruck imperialer Ansprüche Rußlands interpretiert. Dementsprechend unternimmt die Politik den neuen unabhängigen Staaten gegenüber Versuche, diese auf die Seite des Westens zu ziehen und Rußland entgegenzustellen. Diese Linie ist sowohl perspektivlos als auch gefährlich.

Solche Dinge wären bei einer Konstellation der europäischen Kräfte kaum möglich gewesen, in der die Sowjetunion als eine europäische Macht und als Weltmacht eine besondere Rolle spielte. Das Zusammenwirken einer auf demokratischer Grundlage erneuerten Sowjetunion mit dem starken, wiedervereinigten Deutschland wäre ein mächtiger Faktor in der Entwicklung des europäischen Prozesses im Geiste der Prinzipien der in Paris angenommenen Charta für ein neues Europa geworden.

Die Probleme der europäischen Sicherheit, Zusammenarbeit und Einheit bestehen weiter. Sie sind jetzt anders beschaffen als in der vorangegangenen Etappe. Die Aufgabe, vom großen Europa zum vereinten Europa überzugehen, hat nicht an Aktualität verloren. Sie stellt alle Europäer, darunter auch Rußland, vor ernste Fragen. Die russische Diplomatie sucht in ihrer Europapolitik nach neuen Wegen, obwohl ihre Möglichkeiten dafür, wie auch in anderen Richtungen, durch die anhaltende innere Krise, aber auch durch früher begangene Fehler stark eingeschränkt sind.

\* \* \*

All das kann die Bedeutung der russisch-deutschen Beziehungen nicht herabmindern. Hervorragende Repräsentanten Deutschlands und Rußlands haben über die kolossalen Möglichkeiten nachgedacht, die in der Verbindung der Potentiale beider sich in idealer Weise ergänzenden Länder schlummern. Die zivilisatorischen Voraussetzungen für unser Zusammenwirken und unsere Freundschaft im Prozeß des Zusammenschlusses Europas und der umfassenden Globalisierung sind vorhanden. Der russisch-deutsche Faktor könnte in der einen und der anderen Hinsicht eine bedeutende konstruktive Rolle spielen. Mein aufrichtiger Wunsch ist es, daß alles Positive, das in den gegenseitigen Beziehungen unserer Länder Anfang der neunziger Jahre erreicht wurde, in der heutigen schwierigen Zeit weder in Rußland noch in Deutschland verlorengeht.

Ich hoffe, daß nach all den Tragödien und Erschütterungen des zwanzigsten Jahrhunderts, nach den Lehren, die von den Deutschen aus der Vergangenheit gezogen wurden, und auch durch die grundlegenden Änderungen im Charakter der Weltentwicklung Deutschland nur positive Rollen spielen wird und daß es einen konstruktiven Beitrag zur Lösung der Probleme leisten wird, denen sich die internationale Gemeinschaft an der Jahrhundertwende gegenübersieht. So ist es immer: Mit der Bedeutung eines Landes wächst auch seine Verantwortung.

# Anhang

# Gemeinsame Erklärung des Bundeskanzlers Helmut Kohl und des Generalsekretärs des ZK der KPdSU, Vorsitzender des Obersten Sowjets der UdSSR, Michail Gorbatschow am 13. Juni 1989 in Bonn

Beide Seiten haben folgende Abkommen geschlossen:
- Vertrag der Union der Sozialistischen Sowjetrepubliken und der Bundesrepublik Deutschland über die Förderung und den gegenseitigen Schutz von Kapitalanlagen;
- Abkommen zwischen der Regierung der Union der Sozialistischen Sowjetrepubliken und der Regierung der Bundesrepublik Deutschland über die Einrichtung einer direkten Nachrichtenverbindung zwischen dem Bundeskanzleramt in Bonn und dem Kreml in Moskau;
- Abkommen zwischen der Regierung der Union der Sozialistischen Sowjetrepubliken und der Regierung der Bundesrepublik Deutschland über eine vertiefte Zusammenarbeit in der Aus- und Weiterbildung von Fach- und Führungskräften der Wirtschaft;
- Abkommen zwischen der Regierung der Union der Sozialistischen Sowjetrepubliken und der Regierung der Bundesrepublik Deutschland über die Erweiterung der Zusammenarbeit in den Bereichen von Wissenschaft und Hochschulen;
- Abkommen zwischen der Regierung der Union der Sozialistischen Sowjetrepubliken und der Regierung der Bundesrepublik Deutschland über die Errichtung und die Tätigkeit von Kulturzentren der Bundesrepublik Deutschland und der Union der Sozialistischen Sowjetrepubliken;
- Abkommen zwischen der Regierung der Union der Sozialistischen Sowjetrepubliken und der Regierung der Bundesrepublik Deutschland über einen Schüler- und Lehreraustausch;
- Abkommen zwischen der Regierung der Union der Sozialistischen Sowjetrepubliken und der Regierung der Bundesrepublik Deutschland über Jugendaustausch;
- Abkommen zwischen der Regierung der Union der Sozialistischen Sowjetrepubliken und der Regierung der Bundesrepublik Deutschland über die Förderung der Fortbildung von Fachleuten auf dem Gebiet des Arbeitsschutzes und der beruflichen Rehabilitierung Behinderter;
- Abkommen zwischen der Regierung der Union der Sozialistischen Sowjetrepubliken und der Regierung der Bundesrepublik Deutschland über die Zusammenarbeit im Kampf gegen den Mißbrauch von Suchtstoffen und psychotropen Stoffen und deren unerlaubten Verkehr;
- ergänzender Notenwechsel gemäß Abkommen vom 25. Oktober 1988 über die operative Benachrichtigung bei einer nuklearen Havarie und über den Austausch von Informationen über nukleare Anlagen.

Die Verhandlungen über die Übergabe des Stadtarchivs von Reval/Tallinn und der Archive der Hansestädte Bremen, Hamburg, Lübeck an die jeweiligen Ursprungsorte wurden erfolgreich abgeschlossen. Beide Seiten haben die erfolgreiche erste Veranstaltung des im Oktober 1988 vereinbarten Gesprächsforums in Bonn gewürdigt und stimmen darin überein, daß dieses wichtige Instrument zur Pflege der Beziehungen auch weiterhin von beiden Seiten gefördert werden soll. Die Bundesregierung wie auch die Wirtschaft der Bundesrepublik Deutschland sind weiterhin bereit, im Rahmen ihrer Möglichkeiten zum Erfolg der Wirtschaftsreformen in der Sowjetunion beizutragen.

Dies gilt insbesondere für die Beteiligung von Unternehmen aus der Bundesrepublik Deutschland an der Modernisierung der sowjetischen Leicht- und Nahrungsmittelindustrie durch Lieferungen und Joint Ventures. Der im Oktober 1988 von einem Bankenkonsortium der Bundesrepublik Deutschland bereitgestellte Rahmenkredit in Höhe von 3 Milliarden DM ist inzwischen zu mehr als der Hälfte mit entsprechenden Projekten ausgefüllt.

Beide Seiten sprachen sich für eine Entwicklung der Zusammenarbeit im Bereich der Erforschung und Nutzung des Weltraums zu friedlichen Zwecken zwischen beiden Ländern und für ein möglichst baldiges Inkrafttreten des entsprechenden Abkommens zwischen der Akademie der Wissenschaften der Union der Sozialistischen Sowjetrepubliken und dem Bundesminister für Forschung und Technologie der Bundesrepublik Deutschland vom 25. Oktober 1988 und des ersten Programms der Zusammenarbeit aus, einschließlich der Beteiligung eines Wissenschaftsastronauten an einem Flug in einem sowjetischen Raumschiff und auf der sowjetischen Weltraumstation. Die verantwortlichen Stellen beider Seiten sind beauftragt, in nächster Zukunft eine Vereinbarung über die Durchführung eines solchen Fluges vorzubereiten.

Das Büro des Ministerrats der Union der Sozialistischen Sowjetrepubliken für Maschinenbau und die Deutsche Bank AG haben ein Protokoll über die Einrichtung des Hauses der Wirtschaft und Industrie der Union der Sozialistischen Sowjetrepubliken in der Bundesrepublik Deutschland und des Hauses der Wirtschaft der Bundesrepublik Deutschland in der Union der Sozialistischen Sowjetrepubliken unterzeichnet.

Beide Seiten kamen überein, die Zusammenarbeit auf rechtlichem Gebiet zu vertiefen. Zu diesem Zweck wurde eine Arbeitsgruppe für rechtliche Fragen unter dem Vorsitz der Leiter der Rechtsabteilungen der Außenministerien beider Länder gebildet. Diese Arbeitsgruppe wird sich insbesondere mit Fragen der Zusammenarbeit auf den Gebieten der Bekämpfung des internationalen Terrorismus und der Rauschgiftsucht, mit Fragen des Seerechts, der Arktis und Antarktis sowie des allgemeinen Völkerrechts befassen und hierzu Untergruppen bilden.

Beide Seiten haben die Absicht erklärt, die Frage des Abschlusses eines Abkommens über gegenseitige Hilfeleistung in Katastrophenfällen zu prüfen.

Beide Seiten sind übereingekommen, die Verhandlungen über den Abschluß eines Abkommens über den grenzüberschreitenden Straßenverkehr fortzusetzen.

Die sowjetische Seite wird die Erhöhung der Zahl der Leitungen für den Telefonverkehr zwischen der Union der Sozialistischen Sowjetrepubliken und der Bundesrepublik Deutschland prüfen.

Die Vertragsparteien begrüßen die positiven Ergebnisse der letzten Sitzung der Arbeitsgruppe für die Zusammenarbeit in humanitären Fragen. Von beiden Seiten wurden Vorschläge unterbreitet, darunter hinsichtlich der Zusammenarbeit im Bereich von Sprache und Kultur, deren Prüfung fortgesetzt wird.

Beide Seiten haben sich für Zusammenarbeit und Kontakte im Bereich der Literatur zwischen entsprechenden Literaturarchiven, -organisationen und Fachleute auf diesem Gebiet ausgesprochen.

# Vertrag
über gute Nachbarschaft, Partnerschaft und Zusammenarbeit zwischen der Bundesrepublik Deutschland und der Union der Sozialistischen Sowjetrepubliken

Die Bundesrepublik Deutschland und die Union der Sozialistischen Sowjetrepubliken –

im Bewußtsein ihrer Verantwortung für die Erhaltung des Friedens in Europa und in der Welt,

in dem Wunsch, mit der Vergangenheit endgültig abzuschließen und durch Verständigung und Versöhnung einen gewichtigen Beitrag zur Überwindung der Trennung Europas zu leisten,

überzeugt von der Notwendigkeit, ein neues, durch gemeinsame Werte vereintes Europa aufzubauen und eine dauerhafte und gerechte europäische Friedensordnung einschließlich stabiler Strukturen der Sicherheit zu schaffen,

in der Überzeugung, daß den Menschenrechten und Grundfreiheiten als Teil des gesamteuropäischen Erbes hohe Bedeutung zukommt und daß ihre Achtung wesentliche Voraussetzung für einen Fortschritt beim Aufbau dieser Friedensordnung ist,

in Bekräftigung ihres Bekenntnisses zu den Zielen und Grundsätzen der Charta der Vereinten Nationen und zu den Bestimmungen der Schlußakte von Helsinki vom 1. August 1975 sowie der nachfolgenden Dokumente der Konferenz über Sicherheit und Zusammenarbeit in Europa,

entschlossen, an die guten Traditionen ihrer jahrhundertelangen Geschichte anzuknüpfen, gute Nachbarschaft, Partnerschaft und Zusammenarbeit zur Grundlage ihrer Beziehungen zu machen und den historischen Herausforderungen an der Schwelle zum dritten Jahrtausend gerecht zu werden,

gestützt auf die Grundlagen, die in den vergangenen Jahren durch die Entwicklung der Zusammenarbeit zwischen der Bundesrepublik Deutschland und der Deutschen Demokratischen Republik und der Union der Sozialistischen Sowjetrepubliken geschaffen wurden, erfüllt von dem Wunsch, die fruchtbare und gegenseitig vorteilhafte Zusammenarbeit zwischen den beiden Staaten auf allen Gebieten weiter zu entwickeln und zu vertiefen und ihrem Verhältnis zueinander im Interesse ihrer Völker und des Friedens in Europa eine neue Qualität zu verleihen,

unter Berücksichtigung der Unterzeichnung des Vertrages über die abschließende Regelung in bezug auf Deutschland vom 12. September 1990, mit dem die äußeren Aspekte der Herstellung der deutschen Einheit geregelt wurden – sind wie folgt übereingekommen:

## Artikel 1

Die Bundesrepublik Deutschland und die Union der Sozialistischen Sowjetrepubliken lassen sich bei der Gestaltung ihrer Beziehungen von folgenden Grundsätzen leiten:

Sie achten gegenseitig ihre souveräne Gleichheit und ihre territoriale Integrität und politische Unabhängigkeit.

Sie stellen den Menschen mit seiner Würde und mit seinen Rechten, die Sorge für das Überleben der Menschheit und die Erhaltung der natürlichen Umwelt in den Mittelpunkt ihrer Politik.

Sie bekräftigen das Recht aller Völker und Staaten, ihr Schicksal frei und ohne äußere Einmischung zu bestimmen und ihre politische, wirtschaftliche, soziale und kulturelle Entwicklung nach eigenen Wünschen zu gestalten.

Sie bekennen sich zu dem Grundsatz, daß jeder Krieg, ob nuklear oder konventionell, zuverlässig verhindert und der Frieden erhalten und gestaltet werden muß.

Sie gewährleisten den Vorrang der allgemeinen Regeln des Völkerrechts in der Innen- und internationalen Politik und bekräftigen ihre Entschlossenheit, ihre vertraglichen Verpflichtungen gewissenhaft zu erfüllen.

Sie bekennen sich dazu, das schöpferische Potential des Menschen und der modernen Gesellschaft für die Sicherung des Friedens und für die Mehrung des Wohlstands aller Völker zu nutzen.

## Artikel 2

Die Bundesrepublik Deutschland und die Union der Sozialistischen Sowjetrepubliken verpflichten sich, die territoriale Integrität aller Staaten in Europa in ihren heutigen Grenzen uneingeschränkt zu achten.

Sie erklären, daß sie keine Gebietsansprüche gegen irgend jemand haben und solche auch in Zukunft nicht erheben werden.

Sie betrachten heute und künftig die Grenzen aller Staaten in Europa als unverletzlich, wie sie am Tage der Unterzeichnung dieses Vertrags verlaufen.

*Artikel 3*

Die Bundesrepublik Deutschland und die Union der Sozialistischen Sowjetrepubliken bekräftigen, daß sie sich der Androhung oder Anwendung von Gewalt enthalten werden, die gegen die territoriale Integrität oder politische Unabhängigkeit der anderen Seite gerichtet oder auf irgendeine andere Art und Weise mit den Zielen und Grundsätzen der Charta der Vereinten Nationen oder mit der KSZE-Schlußakte unvereinbar ist.

Sie werden ihre Streitigkeiten ausschließlich mit friedlichen Mitteln lösen und keine ihrer Waffen jemals anwenden, es sei denn zur individuellen oder kollektiven Selbstverteidigung. Sie werden niemals und unter keinen Umständen als erste Streitkräfte gegeneinander oder gegen dritte Staaten einsetzen. Sie fordern alle anderen Staaten auf, sich dieser Verpflichtung zum Nichtangriff anzuschließen.

Sollte eine der beiden Seiten zum Gegenstand eines Angriff werden, so wird die andere Seite dem Angreifer keine militärische Hilfe oder sonstigen Beistand leisten und alle Maßnahmen ergreifen, um den Konflikt unter Anwendung der Grundsätze und Verfahren der Vereinten Nationen und anderer Strukturen kollektiver Sicherheit beizulegen.

*Artikel 4*

Die Bundesrepublik Deutschland und die Union der Sozialistischen Sowjetrepubliken werden darauf hinwirken, daß durch verbindliche, wirksam nachprüfbare Vereinbarungen Streitkräfte und Rüstungen wesentlich reduziert werden, so daß zusammen mit einseitigen Maßnahmen, ein stabiles Gleichgewicht auf niedrigerem Niveau insbesondere in Europa hergestellt wird, das zur Verteidigung aber nicht zum Angriff ausreicht.

Das gleiche gilt für einen multilateralen wie bilateralen Ausbau vertrauensbildender und stabilisierender Maßnahmen.

*Artikel 5*

Beide Seiten werden den Prozeß der Sicherheit und Zusammenarbeit in Europa auf der Grundlage der Schlußakte von Helsinki vom 1. August 1975 nach Kräften unterstützen und unter Mitwirkung aller Teilnehmerstaaten weiter stärken und entwickeln, namentlich durch Schaffung ständiger Einrichtungen und Organe. Ziel dieser Bemühungen ist die Festigung von Frieden, Stabilität und Sicherheit und das Zusammenwachsen Europas zu einem einheitlichen Raum des Rechts, der Demokratie und der Zusammenarbeit im Bereich der Wirtschaft, der Kultur und der Information.

## Artikel 6

Die Bundesrepublik Deutschland und die Union der Sozialistischen Sowjetrepubliken sind übereingekommen, regelmäßige Konsultationen abzuhalten, um eine Weiterentwicklung und Vertiefung der bilateralen Beziehungen sicherzustellen und ihre Haltung zu internationalen Fragen abzustimmen.

Konsultationen auf höchster politischer Ebene finden so oft wie erforderlich, mindestens jedoch einmal jährlich statt.

Die Außenminister treffen mindestens zweimal im Jahr zusammen.

Die Verteidigungsminister werden zu regelmäßigen Treffen zusammenkommen.

Zwischen den zuständigen Fachministern beider Staaten finden nach Bedarf Zusammenkünfte zu beiderseitig interessierenden Themen statt.

Die bereits existierenden gemeinsamen Kommissionen werden Möglichkeiten der Intensivierung ihrer Arbeit prüfen. Neue gemischte Kommissionen werden bei Bedarf nach gegenseitiger Absprache gegründet.

## Artikel 7

Falls eine Situation entsteht, die nach Meinung einer Seite eine Bedrohung für den Frieden oder eine Verletzung des Friedens darstellt oder gefährliche internationale Verwicklungen hervorrufen kann, so werden beide Seiten unverzüglich miteinander Verbindung aufnehmen und bemüht sein, ihre Positionen abzustimmen und Einverständnis über Maßnahmen zu erzielen, die geeignet sind, die Lage zu verbessern oder zu bewältigen.

## Artikel 8

Die Bundesrepublik Deutschland und die Union der Sozialistischen Sowjetrepubliken sind sich darüber einig, ihre zweiseitige Zusammenarbeit, insbesondere auf wirtschaftlichem, industriellem und wissenschaftlich-technischem Gebiet und auf dem Gebiet des Umweltschutzes wesentlich auszubauen und zu vertiefen, um die beiderseitigen Beziehungen auf einer stabilen und langfristigen Grundlage zu entwickeln und das Vertrauen zwischen beiden Staaten und Völkern zu stärken. Sie werden zu diesem Zweck einen umfassenden Vertrag über die Entwicklung der Zusammenarbeit auf dem Gebiet der Wirtschaft, Industrie, Wissenschaft und Technik und, soweit erforderlich, besondere Vereinbarungen für einzelne Sachgebiete schließen.

Beide Seiten messen der Zusammenarbeit in der Aus- und Weiterbildung von Fach- und Führungskräften der Wirtschaft eine wichtige Bedeutung für die Ausgestaltung der bilateralen Beziehungen bei und sind bereit, sie wesentlich auszubauen und zu vertiefen.

*Artikel 9*

Die Bundesrepublik Deutschland und die Union der Sozialistischen Sowjetrepubliken werden die wirtschaftliche Zusammenarbeit zum gegenseitigen Nutzen weiter ausbauen und vertiefen. Sie werden für Bürger, Unternehmen und staatliche sowie nichtstaatliche Einrichtungen der jeweils anderen Seite die günstigsten Rahmenbedingungen für unternehmerische und sonstige wirtschaftliche Tätigkeit schaffen, die nach ihrer innerstaatlichen Gesetzgebung und ihren Verpflichtungen aus internationalen Verträgen möglich sind. Das gilt insbesondere für die Behandlung von Kapitalanlagen und Investoren.

Beide Seiten werden die für die wirtschaftliche Zusammenarbeit notwendigen Initiativen der unmittelbar Interessierten fördern, insbesondere mit dem Ziel, die Möglichkeiten der geschlossenen Verträge und vereinbarten Programme voll auszuschöpfen.

*Artikel 10*

Beide Seiten werden auf der Grundlage des Abkommens vom 22. Juli 1986 über wissenschaftlich-technische Zusammenarbeit den Austausch auf diesem Gebiet weiter entwickeln und gemeinsame Vorhaben durchführen. Sie wollen die Leistungen moderner Wissenschaft und Technik im Interesse der Menschen, ihrer Gesundheit und ihres Wohlstands nutzen. Sie fördern und unterstützen gleichgerichtete Initiativen der Forscher und Forschungseinrichtungen in diesem Bereich.

*Artikel 11*

In der Überzeugung, daß die Erhaltung der natürlichen Lebensgrundlagen für eine gedeihliche wirtschaftliche und gesellschaftliche Entwicklung unverzichtbar ist, bekräftigen beide Seiten ihre Entschlossenheit, die Zusammenarbeit auf dem Gebiet des Umweltschutzes auf der Grundlage des Abkommens vom 25. Oktober 1988 fortzuführen und zu intensivieren.

Sie wollen wichtige Probleme des Umweltschutzes gemeinsam lösen, schädliche Einwirkungen auf die Umwelt untersuchen und Maßnahmen zu ihrer Verhütung entwickeln. Sie beteiligen sich an der Entwicklung abgestimmter Strategien und Konzepte einer Staatsgrenzen überschreitenden Umweltpolitik im internationalen, insbesondere europäischen Rahmen.

## Artikel 12

Beide Seiten streben eine Erweiterung der Transportverbindungen (Luft-, Eisenbahn-, See-, Binnenschiffahrts- und Straßenverkehr) zwischen der Bundesrepublik Deutschland und der Union der Sozialistischen Sowjetrepubliken unter Nutzung modernster Technologien an.

## Artikel 13

Beide Seiten werden sich bemühen, das Visumsverfahren für Reisen von Bürgern beider Länder, in erster Linie zu geschäftlichen, wirtschaftlichen und kulturellen Zwecken und zu Zwecken der wissenschaftlich-technischen Zusammenarbeit, auf der Grundlage der Gegenseitigkeit erheblich zu vereinfachen.

## Artikel 14

Beide Seiten unterstützen die umfassende Begegnung der Menschen aus beiden Ländern und den Ausbau der Zusammenarbeit von Parteien, Gewerkschaften, Stiftungen, Schulen, Hochschulen, Sportorganisationen, Kirchen und sozialen Einrichtungen, Frauen-, Umweltschutz- und sonstigen gesellschaftlichen Organisationen und Verbänden.

Besondere Aufmerksamkeit wird der Vertiefung der Kontakte zwischen den Parlamenten beider Staaten gewidmet.

Sie begrüßen die partnerschaftliche Zusammenarbeit zwischen Gemeinden, Regionen, Bundesländern und Unionsrepubliken.

Eine bedeutende Rolle kommt dem deutsch-sowjetischen Gesprächsforum sowie der Zusammenarbeit der Medien zu.

Beide Seiten werden es allen Jugendlichen und ihren Organisationen erleichtern, an Austausch, Begegnungen und gemeinsamen Vorhaben teilzunehmen.

## Artikel 15

Die Bundesrepublik Deutschland und die Union der Sozialistischen Sowjetrepubliken werden im Bewußtsein der jahrhundertelangen gegenseitigen Bereicherung der Kulturen ihrer Völker und deren unverwechselbaren Beitrag zum gemeinsamen kulturellen Erbe Europas sowie der Bedeutung des kulturellen Austausches für die gegenseitige Verständigung der Völker ihre kulturelle Zusammenarbeit wesentlich ausbauen.

Beide Seiten werden das Abkommen über die Errichtung und die Tätigkeit von Kulturzentren mit Leben erfüllen und voll ausschöpfen.

Beide Seiten bekräftigen ihre Bereitschaft, allen interessierten Personen umfassenden Zugang zu Sprachen und Kultur der anderen Seite zu ermöglichen und fördern staatliche und private Initiativen.

Beide setzen sich nachdrücklich dafür ein, die Möglichkeiten auszubauen, in Schulen, Hochschulen und anderen Bildungseinrichtungen die Sprache des anderen Landes zu erlernen und dazu der jeweils anderen Seite bei der Aus- und Fortbildung von Lehrkräften zu helfen sowie Lehrmittel, einschließlich des Einsatzes von Fernsehen, Hörfunk, Audio-, Video-, und Computertechnik zur Verfügung zu stellen. Sie werden Initiativen zur Errichtung zweisprachiger Schulen unterstützen.

Sowjetischen Bürgern deutscher Nationalität sowie aus der Union der Sozialistischen Sowjetrepubliken stammenden und ständig in der Bundesrepublik Deutschland wohnenden Bürgern, die ihre Sprache, Kultur oder Tradition bewahren wollen, wird es ermöglicht, ihre nationale, sprachliche und kulturelle Identität zu entfalten. Dementsprechend ermöglichen und erleichtern sie im Rahmen der geltenden Gesetze der anderen Seite Förderungsmaßnahmen zugunsten dieser Personen oder ihrer Organisationen.

## Artikel 16

Die Bundesrepublik Deutschland und die Union der Sozialistischen Sowjetrepubliken werden sich für die Erhaltung der in ihrem Gebiet befindlichen Kulturgüter der anderen Seite einsetzen.

Sie stimmen darin überein, daß verschollene oder unrechtmäßig verbrachte Kunstschätze, die sich auf ihrem Territorium befinden, an den Eigentümer oder seinen Rechtsnachfolger zurückgegeben werden.

## Artikel 17

Beide Seiten unterstreichen die besondere Bedeutung der humanitären Zusammenarbeit in ihren bilateralen Beziehungen. Sie werden diese Zusammenarbeit auch unter Einbeziehung der karitativen Organisationen beider Seiten verstärken.

## Artikel 18

Die Regierung der Bundesrepublik Deutschland erklärt, daß die auf deutschem Boden errichteten Denkmäler, die den sowjetischen Opfern des Krieges und der Gewaltherrschaft gewidmet sind, geachtet werden und unter dem Schutz deutscher Gesetze stehen. Das Gleiche gilt für die sowjetischen Kriegsgräber, sie werden erhalten und gepflegt.

Die Regierung der Union der Sozialistischen Sowjetrepubliken gewährleistet den Zugang zu Gräbern von Deutschen auf sowjetischem Gebiet, ihre Erhaltung und Pflege. Die zuständigen Organisationen beider Seiten werden ihre Zusammenarbeit in diesen Bereichen verstärken.

## Artikel 19

Die Bundesrepublik Deutschland und die Union der Sozialistischen Sowjetrepubliken werden den Rechtshilfeverkehr in Zivilrechts- und Familienrechtssachen auf der Grundlage des zwischen ihnen geltenden Haager Übereinkommens über den Zivilprozeß intensivieren. Beide Seiten werden unter Berücksichtigung ihrer Rechtsordnungen und im Einklang mit dem Völkerrecht den Rechtshilfeverkehr in Strafsachen zwischen beiden Staaten weiterentwickeln.

Die zuständigen Behörden der Bundesrepublik Deutschland und der Union der Sozialistischen Sowjetrepubliken werden zusammenwirken bei der Bekämpfung des organisierten Verbrechens, des Terrorismus, der Rauschgiftkriminalität, der rechtswidrigen Eingriffe in die Zivilluftfahrt und in die Seeschiffahrt, der Herstellung oder Verbreitung von Falschgeld, des Schmuggels, einschließlich der illegalen Verschiebung von Kunstgegenständen über die Grenzen. Verfahren und Bedingungen für das Zusammenwirken beider Seiten werden gesondert vereinbart.

## Artikel 20

Die beiden Regierungen werden unter Berücksichtigung der beiderseitigen Interessen und der beiderseits bestehenden Zusammenarbeit mit anderen Ländern ihre Zusammenarbeit im Rahmen der internationalen Organisationen verstärken. Sie werden einander behilflich sein, die Zusammenarbeit mit internationalen, insbesondere europäischen Organisationen und Institutionen zu entwickeln. denen eine Seite als Mitglied angehört, falls die andere Seite ein entsprechendes Interesse bekundet.

## Artikel 21

Dieser Vertrag berührt nicht die Rechte und Verpflichtungen aus geltenden zweiseitigen und mehrseitigen Übereinkünften, die von beiden Seiten mit anderen Staaten geschlossen wurden. Dieser Vertrag richtet sich gegen niemanden, beide Seiten betrachten ihre Zusammenarbeit als einen Bestandteil und ein dynamisches Element der Weiterentwicklung des KSZE-Prozesses.

## Artikel 22

Dieser Vertrag bedarf der Ratifikation; die Ratifikationsurkunden werden so bald wie möglich in Moskau ausgetauscht.

Dieser Vertrag tritt am Tage des Austauschs der Ratifikationsurkunden in Kraft.

Diese Vertrag gilt für die Dauer von zwanzig Jahren. Danach verlängert er sich stillschweigend um jeweils weitere fünf Jahre, sofern nicht einer der Vertragsstaaten den Vertrag unter Einhaltung einer Frist von einem Jahr vor Ablauf der jeweiligen Geltungsdauer schriftlich kündigt.

Geschehen zu Bonn am 9. November 1990

Für die Bundesrepublik Deutschland

Dr. Helmut Kohl

Für die Union der Sozialistischen Sowjetrepubliken

Michail S. Gorbatschow

# Vertrag über die abschließende Regelung in bezug auf Deutschland

Die Bundesrepublik Deutschland,
die Deutsche Demokratische Republik,
die Französische Republik,
die Union der Sozialistischen Sowjetrepubliken,
das Vereinigte Königreich Großbritannien und Nordirland
und die Vereinigten Staaten von Amerika –

in dem Bewußtsein, daß ihre Völker seit 1945 miteinander in Frieden leben,

eingedenk der jüngsten historischen Veränderungen in Europa, die es ermöglichen, die Spaltung des Kontinents zu überwinden,

unter Berücksichtigung der Rechte und Verantwortlichkeiten der Vier Mächte in bezug auf Berlin und Deutschland als Ganzes und der entsprechenden Vereinbarungen und Beschlüsse der Vier Mächte aus der Kriegs- und Nachkriegszeit,

entschlossen, in Übereinstimmung mit ihren Verpflichtungen aus der Charta der Vereinten Nationen freundschaftliche, auf der Achtung vor dem Grundsatz der Gleichberechtigung und Selbstbestimmung der Völker beruhende Beziehungen zwischen den Nationen zu entwickeln und andere geeignete Maßnahmen zur Festigung des Weltfriedens zu treffen,

eingedenk der Prinzipien der in Helsinki unterzeichneten Schlußakte der Konferenz über Sicherheit und Zusammenarbeit in Europa,

in Anerkennung, daß diese Prinzipien feste Grundlagen für den Aufbau einer gerechten und dauerhaften Friedensordnung in Europa geschaffen haben,

entschlossen, die Sicherheitsinteressen eines jeden zu berücksichtigen,

überzeugt von der Notwendigkeit, Gegensätze endgültig zu überwinden und die Zusammenarbeit in Europa fortzuentwickeln,

in Bekräftigung ihrer Bereitschaft, die Sicherheit zu stärken, insbesondere durch wirksame Maßnahmen zur Rüstungskontrolle, Abrüstung und Vertrauensbildung; ihrer Bereitschaft, sich gegenseitig nicht als Gegner zu betrachten, sondern auf ein Verhältnis des Vertrauens und der Zusammenarbeit hinzuarbeiten, sowie dementsprechend ihrer Bereitschaft, die Schaffung geeigneter institutioneller Vorkehrungen im Rahmen der Konferenz über Sicherheit und Zusammenarbeit in Europa positiv in Betracht zu ziehen, in Würdigung dessen, daß das deutsche Volk in freier Ausübung des Selbstbestimmungsrechts seinen Willen bekundet hat, die staatliche Einheit Deutschlands herzustellen, um als gleichberechtigtes und souveränes Glied in einem vereinten Europa dem Frieden der Welt zu dienen,

in der Überzeugung, daß die Vereinigung Deutschlands als Staat mit endgültigen Grenzen ein bedeutsamer Beitrag zu Frieden und Stabilität in Europa ist,

mit dem Ziel, die abschließende Regelung in bezug auf Deutschland zu vereinbaren,

in Anerkennung dessen, daß dadurch und mit der Vereinigung Deutschlands als einem demokratischen und friedlichen Staat die Rechte und Verantwortlichkeiten der Vier Mächte in bezug auf Berlin und Deutschland als Ganzes ihre Bedeutung verlieren,

vertreten durch ihre Außenminister die entsprechend der Erklärung von Ottawa vom 13. Februar 1990 am 5. Mai 1990 in Bonn, am 22. Juni 1990 in Berlin, am 17. Juli 1990 in Paris unter Beteiligung des Außenministers der Republik Polen und am 12. September 1990 in Moskau zusammengetroffen sind –

sind wie folgt übereingekommen:

### Artikel 1

(1) Das vereinte Deutschland wird die Gebiete der Bundesrepublik Deutschland, der Deutschen Demokratischen Republik und ganz Berlins umfassen. Seine Außengrenzen werden die Grenzen der Bundesrepublik Deutschland und der Deutschen Demokratischen Republik sein und werden am Tage des Inkrafttretens dieses Vertrags endgültig sein. Die Bestätigung des endgültigen Charakters der Grenzen des vereinten Deutschland ist ein wesentlicher Bestandteil der Friedensordnung in Europa.

(2) Das vereinte Deutschland und die Republik Polen bestätigen die zwischen ihnen bestehende Grenze in einem völkerrechtlich verbindlichen Vertrag.

(3) Das vereinte Deutschland hat keinerlei Gebietsansprüche gegen andere Staaten und wird solche auch nicht in Zukunft erheben.

(4) Die Regierungen der Bundesrepublik Deutschland und der Deutschen Demokratischen Republik werden sicherstellen, daß die Verfassung des vereinten Deutschland keinerlei Bestimmungen enthalten wird, die mit diesen Prinzipien unvereinbar sind. Dies gilt dementsprechend für die Bestimmungen, die in der Präambel und in den Artikeln 23 Satz 2 und 146 des Grundgesetzes für die Bundesrepublik Deutschland niedergelegt sind.

(5) Die Regierungen der Französischen Republik, der Union der Sozialistischen Sowjetrepubliken, des Vereinigten Königreichs Großbritannien und Nordirland und der Vereinigten Staaten von Amerika nehmen die entsprechenden Verpflichtungen und Erklärungen der Regierungen der Bundesrepublik Deutschland und der Deutschen Demokratischen Republik förmlich entgegen und erklären, daß mit deren Verwirklichung der endgültige Charakter der Grenzen des vereinten Deutschland bestätigt wird.

## Artikel 2

Die Regierungen der Bundesrepublik Deutschland und der Deutschen Demokratischen Republik bekräftigen ihre Erklärungen, daß von deutschem Boden nur Frieden ausgehen wird. Nach der Verfassung des vereinten Deutschland sind Handlungen, die geeignet sind und in der Absicht vorgenommen werden, das friedliche Zusammenleben der Völker zu stören, insbesondere die Führung eines Angriffskrieges vorzubereiten, verfassungswidrig und strafbar. Die Regierungen der Bundesrepublik Deutschland und der Deutschen Demokratischen Republik erklären, daß das vereinte Deutschland keine seiner Waffen jemals einsetzen wird, es sei denn in Übereinstimmung mit seiner Verfassung und der Charta der Vereinten Nationen.

## Artikel 3

(1) Die Regierungen der Bundesrepublik Deutschland und der Deutschen Demokratischen Republik bekräftigen ihren Verzicht auf Herstellung und Besitz von und auf Verfügungsgewalt über atomare, biologische und chemische Waffen. Sie erklären, daß auch das vereinte Deutschland sich an diese Verpflichtungen halten wird. Insbesondere gelten die Rechte und Verpflichtungen aus dem Vertrag über die Nichtverbreitung von Kernwaffen vom 1. Juli 1968 für das vereinte Deutschland fort.

(2) Die Regierung der Bundesrepublik Deutschland hat in vollem Einvernehmen mit der Regierung der Deutschen Demokratischen Republik am 30. August 1990 in Wien bei den Verhandlungen über konventionelle Streitkräfte in Europa folgende Erklärung abgegeben:

»Die Regierung der Bundesrepublik Deutschland verpflichtet sich, die Streitkräfte des vereinten Deutschland innerhalb von drei bis vier Jahren auf eine Personalstärke von 370 000 Mann (Land-, Luft- und Seestreitkräfte) zu reduzieren. Diese Reduzierung soll mit dem Inkrafttreten des ersten KSE-Vertrags beginnen. Im Rahmen dieser Gesamtobergrenze werden nicht mehr als 345 000 Mann den Land- und Luftstreitkräften angehören, die gemäß vereinbartem Mandat allein Gegenstand der Verhandlungen über konventionelle Streitkräfte in Europa sind. Die Bundesregierung sieht in ihrer Verpflichtung zur Reduzierung von Land- und Luftstreitkräften einen bedeutsamen deutschen Beitrag zur Reduzierung der konventionellen Streitkräfte in Europa. Sie geht davon aus, daß in Folgeverhandlungen auch die anderen Verhandlungsteilnehmer ihren Beitrag zur Festigung von Sicherheit und Stabilität in Europa, einschließlich Maßnahmen zur Begrenzung der Personalstärken, leisten werden.«

Die Regierung der Deutschen Demokratischen Republik hat sich dieser Erklärung ausdrücklich angeschlossen.

(3) Die Regierungen der Französischen Republik, der Union der Sozialistischen Sowjetrepubliken, des Vereinigten Königreichs Großbritannien und Nordirland und der Vereinigten Staaten von Amerika nehmen diese Erklärungen der Regierungen der Bundesrepublik Deutschland und der Deutschen Demokratischen Republik zur Kenntnis.

## Artikel 4

(1) Die Regierungen der Bundesrepublik Deutschland, der Deutschen Demokratischen Republik und der Union der Sozialistischen Sowjetrepubliken erklären, daß das vereinte Deutschland und die Union der Sozialistischen Sowjetrepubliken in vertraglicher Form die Bedingungen und die Dauer des Aufenthalts der sowjetischen Streitkräfte auf dem Gebiet der heutigen Deutschen Demokratischen Republik und Berlins sowie die Abwicklung des Abzugs dieser Streitkräfte regeln werden, der bis zum Ende des Jahres 1994 im Zusammenhang mit der Verwirklichung der Verpflichtungen der Regierungen der Bundesrepublik Deutschland und der Deutschen Demokratischen Republik, auf die sich Absatz 2 des Artikels 3 dieses Vertrages bezieht, vollzogen sein wird.

(2) Die Regierungen der Französischen Republik, des Vereinigten Königreichs Großbritannien und Nordirland und der Vereinigten Staaten von Amerika nehmen diese Erklärung zur Kenntnis.

## Artikel 5

(1) Bis zum Abschluß des Abzugs der sowjetischen Streitkräfte vom Gebiet der heutigen Deutschen Demokratischen Republik und Berlins in Übereinstimmung mit Artikel 4 dieses Vertrags werden auf diesem Gebiet als Streitkräfte des vereinten Deutschland ausschließlich deutsche Verbände der Territorialverteidigung stationiert sein, die nicht in die Bündnisstrukturen integriert sind, denen deutsche Streitkräfte auf dem übrigen deutschen Hoheitsgebiet zugeordnet sind. Unbeschadet der Regelung in Absatz 2 dieses Artikels werden während dieses Zeitraums Streitkräfte anderer Staaten auf diesem Gebiet nicht stationiert oder irgendwelche andere militärische Tätigkeiten dort ausüben.

(2) Für die Dauer des Aufenthalts sowjetischer Streitkräfte auf dem Gebiet

der heutigen Deutschen Demokratischen Republik und Berlins werden auf deutschen Wunsch Streitkräfte der Französischen Republik, des Vereinigten Königreichs Großbritannien und Nordirland und der Vereinigten Staaten von Amerika auf der Grundlage entsprechender vertraglicher Vereinbarung zwischen der Regierung des vereinten Deutschland und den Regierungen der betreffenden Staaten in Berlin stationiert bleiben. Die Zahl aller nichtdeutschen in Berlin stationierten Streitkräfte und deren Ausrüstungsumfang werden nicht stärker sein als zum Zeitpunkt der Unterzeichnung dieses Vertrags. Neue Waffenkategorien werden von nichtdeutschen Streitkräften dort nicht eingeführt. Die Regierung des vereinten Deutschland wird mit den Regierungen der Staaten, die Streitkräfte in Berlin stationiert haben, Verträge zu gerechten Bedingungen unter Berücksichtigung der zu den betreffenden Staaten bestehenden Beziehungen abschließen.

(3) Nach dem Abschluß des Abzugs der sowjetischen Streitkräfte vom Gebiet der heutigen Deutschen Demokratischen Republik und Berlins können in diesem Teil Deutschlands auch deutsche Streitkräfteverbände stationiert werden, die in gleicher Weise militärischen Bündnisstrukturen zugeordnet sind wie diejenigen auf dem übrigen deutschen Hoheitsgebiet, allerdings ohne Kernwaffenträger. Darunter fallen nicht konventionelle Waffensysteme, die neben konventioneller andere Einsatzfähigkeiten haben können, die jedoch in diesem Teil Deutschlands für eine konventionelle Rolle ausgerüstet und nur dafür vorgesehen sind. Ausländische Streitkräfte und Atomwaffen oder deren Träger werden in diesem Teil Deutschlands weder stationiert noch dorthin verlegt.

*Artikel 6*

Das Recht des vereinten Deutschland, Bündnissen mit allen sich daraus ergebenden Rechten und Pflichten anzugehören, wird von diesem Vertrag nicht berührt.

*Artikel 7*

(1) Die Französische Republik, die Union der Sozialistischen Sowjetrepubliken, das Vereinigte Königreich Großbritannien und Nordirland und die Vereinigten Staaten von Amerika beenden hiermit ihre Rechte und Verantwortlichkeiten in bezug auf Berlin und Deutschland als Ganzes. Als Ergebnis werden die entsprechenden, damit zusammenhängenden vierseitigen Vereinbarungen, Beschlüsse und Praktiken beendet und alle entsprechenden Einrichtungen der Vier Mächte aufgelöst.

(2) Das vereinte Deutschland hat demgemäß volle Souveränität über seine inneren und äußeren Angelegenheiten.

## Artikel 8

(1) Dieser Vertrag bedarf der Ratifikation oder Annahme, die so bald wie möglich herbeigeführt werden soll. Die Ratifikation erfolgt auf deutscher Seite durch das vereinte Deutschland. Dieser Vertrag gilt daher für das vereinte Deutschland.

(2) Die Ratifikations- oder Annahmeurkunden werden bei der Regierung des vereinten Deutschland hinterlegt. Diese unterrichtet die Regierungen der anderen Vertragschließenden Seiten von der Hinterlegung jeder Ratifikations- oder Annahmeurkunde.

## Artikel 9

Dieser Vertrag tritt für das vereinte Deutschland, die Union der Sozialistischen Sowjetrepubliken, die Französische Republik, das Vereinigte Königreich Großbritannien und Nordirland und die Vereinigten Staaten von Amerika am Tag der Hinterlegung der letzten Ratifikations- oder Annahmeurkunde durch diese Staaten in Kraft.

## Artikel 10

Die Urschrift dieses Vertrags, dessen deutscher, englischer, französischer und russischer Wortlaut gleichermaßen verbindlich ist, wird bei der Regierung der Bundesrepublik Deutschland hinterlegt, die den Regierungen der anderen Vertragschließenden Seiten beglaubigte Ausfertigungen übermittelt.

Geschehen zu Moskau am 12. September 1990

Für die Bundesrepublik Deutschland
Hans-Dietrich Genscher
Für die Deutsche Demokratische Republik
Lothar de Maizière

Für die Französische Republik
Roland Dumas

Für die Union der Sozialistischen Sowjetrepubliken
E. Schewardnadse

Für das Vereinigte Königreich Großbritannien und Nordirland
Douglas Hurd

Für die Vereinigten Staaten von Amerika
James Baker

# Vertrag
über die Entwicklung einer umfassenden Zusammenarbeit auf dem Gebiet der Wirtschaft, Industrie, Wissenschaft und Technik zwischen der Bundesrepublik Deutschland und der Union der Sozialistischen Sowjetrepubliken

Die Bundesrepublik Deutschland und die Union der Sozialistischen Sowjetrepubliken –

IN DEM WUNSCH, in Übereinstimmung mit dem Vertrag vom 9. November 1990 über gute Nachbarschaft, Partnerschaft und Zusammenarbeit zwischen der Bundesrepublik Deutschland und der Union der Sozialistischen Sowjetrepubliken, die beiderseitige wirtschaftliche, industrielle und wissenschaftlich-technische Zusammenarbeit im Interesse ihrer Völker erheblich zu entwickeln und zu vertiefen,

IN DER ERKENNTNIS, daß eine umfassende wirtschaftliche, industrielle und wissenschaftlich-technische Zusammenarbeit ein wichtiges und notwendiges Element ist, um die beiderseitigen Beziehungen auf einer stabilen und langfristigen Grundlage zu entwickeln und festes Vertrauen zwischen beiden Staaten und ihren Völkern zu begründen,

IN DER ÜBERZEUGUNG, daß demokratische und wirtschaftliche Freiheit die Basis dauerhaften wirtschaftlichen und sozialen Fortschritts sind,

IN DER ERKENNTNIS, daß stabile und beiderseitig vorteilhafte Beziehungen auf diesen Gebieten als materielle Grundlage für den Aufbau von Beziehungen einer echten Partnerschaft und einer konstruktiven Zusammenarbeit zwischen ihnen dienen,

IN DER ÜBERZEUGUNG, daß ein auf den Kräften des Marktes basierender wirtschaftlicher Reformprozeß die wirtschaftliche Leistungsfähigkeit stärkt, den Bedürfnissen und Wünschen der Menschen besser Rechnung tragen kann, die Bedingungen einer engeren Zusammenarbeit verbessert und zu einem offeneren Welthandel beitragen wird, gestützt auf den erreichten Stand des wirtschaftlichen Zusammenwirkens zwischen beiden Ländern,

IN WÜRDIGUNG der Bedeutung, die der vollinhaltlichen Erfüllung der Schlußakte der Konferenz über Sicherheit und Zusammenarbeit in Europa vom 1. August 1975 und den abschließenden Dokumenten der KSZE-Nachfolgetreffen, insbesondere der Konferenz für wirtschaftliche Zusammenarbeit in Europa in Bonn zukommt,

IN BEKRÄFTIGUNG ihres Bestrebens, einen realen Beitrag zur Gestaltung eines einheitlichen Wirtschaftsraums auf dem europäischen Kontinent zu leisten,

IM HINBLICK auf die Mitwirkung der Bundesrepublik Deutschland und der Union der Sozialistischen Sowjetrepubliken in internationalen Wirtschaftsorganisationen sowie auf die zwischen den Europäischen Gemeinschaften und der Union der Sozialistischen Sowjetrepubliken bestehenden Abkommen und Vereinbarungen,

UNTER BEZUGNAHME auf Artikel 21 des Abkommens vom 18. Dezember 1989 zwischen der Europäischen Wirtschaftsgemeinschaft und der Europäischen Atomgemeinschaft und der Union der Sozialistischen Sowjetrepubliken über den Handel und die handelspolitische und wirtschaftliche Zusammenarbeit,

GELEITET VON DEM ZIEL, ein stetiges wirtschaftliches Wachstum zu gewährleisten, die Lebensqualität ihrer Bürger zu verbessern, die Beschäftigung zu erhöhen, die materiellen und personellen Ressourcen effektiv zu nutzen und die Umwelt zu schützen,

IN DER ERKENNTNIS, daß die Zusammenarbeit in den Bereichen der Wirtschaft, der Industrie, der Wissenschaft und der Technik unter Beachtung der ökologischen Aspekte ein wesentlicher Bestandteil ihrer Beziehungen insgesamt darstellt und in Zukunft einen noch breiteren Raum einnehmen sollte,

IN DER ÜBERZEUGUNG, daß die wirtschaftlichen Reformen in der Union der Sozialistischen Sowjetrepubliken und die Herstellung der staatlichen Einheit Deutschlands zusätzliche Möglichkeiten für die Entwicklung der beiderseitigen Zusammenarbeit sowohl auf staatlicher Ebene als auch auf der Ebene direkter Beziehungen zwischen daran interessierten Partnern eröffnen –

HABEN folgendes VEREINBART:

*Artikel 1*

Die Vertragsparteien, geleitet von den Prinzipien der Gleichheit, der Nichtdiskriminierung und des beiderseitigen Vorteils, werden sich um eine stetige Intensivierung und Diversifizierung der beiderseitigen wirtschaftlichen, industriellen und wissenschaftlich-technischen Beziehungen bemühen.

Die Vertragsparteien erkennen die Notwendigkeit an, Übergangsprobleme, die sich für ihre wirtschaftliche Zusammenarbeit ergeben können, sachgerecht zu behandeln.

Zu diesem Zweck ist vorgesehen:

1. Die Vertragsparteien unterstützen durch geeignete Maßnahmen die Kontinuität und die weitere Entwicklung der Handels- und Wirtschaftsbeziehungen zwischen der Bundesrepublik Deutschland und der Union der Sozialistischen Sowjetrepubliken. Das betrifft insbesondere bereits geschlossene Übereinkünfte über Warenlieferungen und die Erbringung von Dienstleistungen zwischen der Deutschen Demokratischen Republik und der Union der Sozialistischen Sowjetrepubliken.

Die Unternehmen und Organisationen beider Länder gestalten die Wirtschaftsbeziehungen in eigener Verantwortung.

Die Vertragsparteien schaffen die organisatorischen Voraussetzungen für erweiterte Informations- und Kontaktmöglichkeiten, die die Unternehmen und Organisationen beider Länder bei der Aufrechterhaltung von gewachsenen Liefer-, Bezugs- und anderen wirtschaftlichen Beziehungen unterstützen. Dabei ist besonders zu berücksichtigen das beiderseitige Interesse an der Versorgung mit Ersatzteilen für die früher aus der Deutschen Demokratischen Republik in die Union der Sozialistischen Sowjetrepubliken und aus der Union der Sozialistischen Sowjetrepubliken in die Deutsche Demokratische Republik gelieferten Maschinen, Ausrüstungen und Geräte, um deren normalen Betrieb sicherzustellen.

Die Vertragsparteien unterstützen die Aufrechterhaltung traditioneller Lieferbeziehungen unter Anpassung an marktwirtschaftliche Bedingungen. Die Ausgestaltung der Vertragsbeziehungen im einzelnen liegt in der Verantwortung der Unternehmen und Organisationen.

Die Vertragsparteien werden den betroffenen Betrieben und Organisationen zur Beibehaltung und Weiterentwicklung der entstandenen Unternehmenskooperationen und wissenschaftlich-technischen Beziehungen, insbesondere hinsichtlich der gegenseitigen Lieferungen von Zubehörteilen und Materialien und der Nutzung von Ergebnissen gemeinsamer Forschungen und Ausarbeitungen, Unterstützung leisten.

Die deutsche Seite unterstützt die Leistungsfähigkeit der Unternehmen auf dem Gebiet der ehemaligen Deutschen Demokratischen Republik durch Maßnahmen zur Strukturverbesserung. Diese Maßnahmen werden auch mit sowjetischen Partnern kooperierende Unternehmen zwecks Aufrechterhaltung der bestehenden wirtschaftlichen Beziehungen erfassen.

Entsprechende Maßnahmen werden im Rahmen der Bestimmungen des

Vertrags über die Gründung der Europäischen Wirtschaftsgemeinschaft getroffen.
2. Die deutsche Seite wird weiterhin Anstrengungen unternehmen, daß für die im Zuständigkeitsbereich der Europäischen Gemeinschaften liegenden Bedingungen des Handels- und Wirtschaftsverkehrs für eine Übergangszeit besondere Maßnahmen getroffen werden, die erleichterte Voraussetzungen für einen Marktzugang von sowjetischen Betrieben und Organisationen auf dem Gebiet der ehemaligen Deutschen Demokratischen Republik im Rahmen der traditionellen Warenströme schaffen.

Die deutsche Seite weist darauf hin, daß diese Maßnahmen insbesondere die zeitlich begrenzte Aussetzung der Zölle des Gemeinsamen Zolltarifs der Europäischen Wirtschaftsgemeinschaft und Abgaben gleicher Wirkung im Rahmen bestimmter Mengen- und Wertgrenzen für Waren aus der Union der Sozialistischen Sowjetrepubliken betreffen, die im Gebiet der ehemaligen Deutschen Demokratischen Republik in den zollrechtlich freien Verkehr überführt und dort verbraucht werden, oder eine Be- oder Verarbeitung erfahren, durch die sie die Eigenschaft von Ursprungswaren der Europäischen Gemeinschaft erlangen. Die deutsche Seite wird sich in einer Übergangszeit für die Aussetzung der nichtspezifischen mengenmäßigen Beschränkungen von Waren, wie in der Verordnung (EWG) Nr. 288/82 definiert, die aus der Union der Sozialistischen Sowjetrepubliken in das Gebiet der ehemaligen Deutschen Demokratischen Republik im Rahmen traditioneller Warenströme geliefert werden, einsetzen. Ferner setzt sie sich dafür ein, für eine Übergangszeit Abweichungen von Normen und Qualitätsanforderungen für Waren sowjetischen Ursprungs im Rahmen traditioneller Warenströme zuzulassen, sofern diese nicht in anderen Gebieten der Europäischen Gemeinschaft als dem Gebiet der ehemaligen Deutschen Demokratischen Republik in den Verkehr gebracht werden.

Weiter wird die deutsche Seite die spezifischen mengenmäßigen Beschränkungen, wie in der Verordnung (EWG) Nr. 3420/83 definiert, in einer Übergangszeit nicht auf Waren anwenden, die aus der Union der Sozialistischen Sowjetrepubliken in das Gebiet der ehemaligen Deutschen Demokratischen Republik im Rahmen traditioneller Warenströme geliefert werden. Dies bezieht sich auch auf mengenmäßige Beschränkungen von Waren, die unter den Vertrag über die Gründung der Europäischen Gemeinschaft für Kohle und Stahl fallen.

Hinsichtlich der deutschen Normen und Standards, deren Anwendung im Zusammenhang mit der Aufrechterhaltung traditioneller Warenströme während einer Übergangszeit zu Schwierigkeiten führt, wird sich die deutsche Seite im Rahmen geltender Rechtsvorschriften um Lösungen bemühen, sofern diese Waren nicht in anderen Gebieten der Europäischen Gemeinschaft als in der ehemaligen Deutschen Demokratischen Republik in Verkehr gebracht werden.

3. Die Vertragsparteien bestätigen die Bedeutung der Zusammenarbeit bei der Erschließung der Gaslagerstätten von Jamburg und der Errichtung des Hüt-

ten- und Erzanreicherungskombinats von Kriwoi-Rog in der Sowjetunion. Die Vertragsparteien werden die Verbindlichkeiten der sowjetischen Seite zum 1. Januar 1991 für die durch Organisationen der ehemaligen Deutschen Demokratischen Republik errichteten Objekte, gelieferten Waren und erbrachten Leistungen sowie die damit verbundenen Lieferumfänge von Rohstoffen aus der Union der Sozialistischen Sowjetrepubliken zu den Bedingungen der bestehenden Abkommen präzisieren. Für die Zeit nach 1990 sind die Bedingungen für die weitere Zusammenarbeit neu zu vereinbaren. Zu diesem Zweck werden beide Vertragsparteien gemischte Arbeitsgruppen einsetzen, die ihre Vorschläge der Regierungen beider Länder zur Entscheidung vorlegen.
4. Die Vertragsparteien bekräftigen das beiderseitige Interesse an der weiteren Zusammenarbeit bei der Errichtung von Objekten im Gebiet der ehemaligen Deutschen Demokratischen Republik und im Hoheitsgebiet der Union der Sozialistischen Sowjetrepubliken im Rahmen geltender Abkommen über die wirtschaftliche und technische Zusammenarbeit und anderer vertraglicher Übereinkünfte mit Organisationen der Deutschen Demokratischen Republik. Perspektiven der Zusammenarbeit bzw. Abwicklungsfragen werden im einzelnen in gemischten Arbeitsgruppen behandelt. Dabei wird den besonderen wirtschaftlichen und finanziellen Fragen, einschließlich möglicher wechselseitiger Ansprüche, die sich aus einem kurzfristigen Abbruch einzelner Kooperationsprojekte ergeben, große Aufmerksamkeit gewidmet.
5. Die Unternehmen und Organisationen beider Länder wickeln die Verträge über Warenlieferungen nach Maßgabe der »Allgemeinen Bedingungen für die Warenlieferungen zwischen den Organisationen der Mitgliedsländer des RGW 1968/1988« in eigener Verantwortung ab.

## Artikel 2

Die Vertragsparteien werden im Rahmen der bestehenden Regelungen, Gesetze und Übereinkünfte alles tun, um die Weiterentwicklung der wirtschaftlichen, industriellen und wissenschaftlich-technischen Zusammenarbeit zu fördern und die Einbeziehung eines großen Kreises von Beteiligten zu gewährleisten. Dabei wird der Zusammenarbeit zwischen kleinen und mittleren Firmen und Betrieben besondere Aufmerksamkeit gelten.

## Artikel 3

Die Vertragsparteien lassen sich durch das Abschließende Dokument des Wiener Folgetreffens der Vertreter der Teilnehmerstaaten der KSZE und die Bestimmungen des Abkommens zwischen der Europäischen Wirtschaftsgemeinschaft und der Europäischen Atomgemeinschaft und der Union der Sozialistischen Sowjetrepubliken über den Handel und die handelspolitische und wirtschaftliche Zusammenarbeit vom 18. Dezember 1989 leiten. Sie werden sich dementsprechend weiterhin bemühen, Handelshemmnisse jeglicher Art weiter abzubauen oder schrittweise zu beseitigen und damit zur Ausweitung und Diversifizierung ihrer Handelsbeziehungen beitragen.

Die Vertragsparteien werden sich im Rahmen der bestehenden tatsächlichen und rechtlichen Möglichkeiten bemühen, Bedingungen zu schaffen, die einen weiteren Ausbau und Intensivierung der Handels- und Wirtschaftsbeziehungen gewährleisten.

## Artikel 4

Die Vertragsparteien erkennen die Bedeutung an, die die Finanzierung einschließlich der Gewährung von mittel- und langfristigen Krediten für eine stetige und effektive Entwicklung der wirtschaftlichen Zusammenarbeit hat.

Sie erklären sich daher bereit, Ausfuhrgewährleistungen für Kredite zu möglichst günstigen Bedingungen in Anwendung der jeweils geltenden nationalen und internationalen Rechtsvorschriften und Regeln verfügbar zu machen.

Die Vertragsparteien bestätigen ihre Bereitschaft, im Rahmen der Europäischen Bank für Wiederaufbau und Entwicklung und anderer multilateraler Finanzinstitutionen zusammenzuwirken.

## Artikel 5

Die Vertragsparteien bekräftigen ihre Auffassung, daß die Förderung und der gegenseitige Schutz von Kapitalanlagen in dem jeweiligen Hoheitsgebiet eine wichtige Voraussetzung für eine erfolgreiche wirtschaftliche Zusammenarbeit ist.

## Artikel 6

Unbeschadet der Verpflichtungen der Bundesrepublik Deutschland aus der Mitgliedschaft in den Europäischen Gemeinschaften und den Verpflichtungen der Union der Sozialistischen Sowjetrepubliken aus geschlossenen internationalen Übereinkünften werden die Vertragsparteien die Gründung von Vertretungen von Unternehmen und Organisationen des einen Landes auf dem Hoheitsgebiet des anderen Landes erlauben und diesen Vertretungen und deren Führungskräften und Fachkräften sowie ihrer wirtschaftlichen Tätigkeit die gleiche günstige Behandlung zukommen lassen, die sie auch anderen Staaten auf Grund ihres nationalen Rechts und der von ihnen geschlossenen zweiseitigen Übereinkünfte gewähren.

Dementsprechend werden sie Bürgern des jeweils anderen Landes, die sich vorübergehend zu Zwecken des Handels, als leitende Angestellte oder als Fachkräfte mit unternehmensbezogenen Spezialkenntnissen oder als Fachkräfte mit Hochschulausbildung oder vergleichbarer Ausbildung im jeweils anderen Land aufhalten, und deren nächsten Familienangehörigen in der Frage der Bewegungsfreiheit im jeweiligen Hoheitsgebiet sowie in Fragen der Erteilung von Aufenthaltsgenehmigungen und Arbeitserlaubnissen und der Erfüllung von sonstigen Formalitäten, die für die Durchführung einer geschäftlichen oder einer damit im Zusammenhang stehenden Tätigkeit erforderlich sind, nach Maßgabe des jeweils geltenden Rechts und zwischenstaatlicher Übereinkünfte bestmögliche Erleichterungen gewähren.

Die Vertragsparteien werden gleichfalls in Fragen der Gewährung von möglichst günstigen Bedingungen für den Aufenthalt und die Tätigkeit ihrer Bürger, die auf das Hoheitsgebiet der jeweils anderen Vertragspartei zwecks Erzielung von Arbeitseinkommen reisen, nach Maßgabe des jeweils geltenden Rechts und zwischenstaatlicher Übereinkünfte zusammenarbeiten.

## Artikel 7

Die Vertragsparteien erklären ihre Bereitschaft, notwendige Maßnahmen zur Handelsförderung mit dem Ziel der Diversifizierung und qualitativen Verbesserung des Warenaustausches zu unterstützen. Solche Maßnahmen umfassen insbesondere Werbung, Beratung, Factoring-Operationen und andere Geschäftsdienstleistungen sowie die Veranstaltung von Seminaren, Messen und Ausstellungen.

## Artikel 8

Die freie Wahl der wirtschaftlichen Zusammenarbeit einschließlich einer gemeinsamen und eigenständigen Produktion, einer Spezialisierung, von Unteraufträgen, von Lizenzverträgen, von Gemeinschaftsunternehmen und selbständigen Unternehmen und anderer Formen von Kapitalanlagen, die sich im Einklang mit den jeweils geltenden Gesetzen befinden, unterliegt keinen Beschränkungen.

## Artikel 9

Die Vertragsparteien intensivieren die Zusammenarbeit im Bereich der Produktion und rationellen, umweltverträglichen Nutzung von Rohstoffen und von Energie im Rahmen der bestehenden Einrichtungen.

Darüber hinaus erklären die Vertragsparteien ihre Bereitschaft, die industrielle und wissenschaftlich-technische Zusammenarbeit auf Gebiete, wie Umweltmonitoring, Vorbeugung gegen technologische Gefährdung und Störfälle, Behandlung und Endlagerung von toxischen und gefährlichen

Abfällen, Vermeidung und Verminderung der Luft- und Gewässerverschmutzung sowie der grenzüberschreitenden Verschmutzung, die aus der Umwandlung und dem Verbrauch von Energie herrühren, zu erstrecken.

Die Vertragsparteien werden ihre Zusammenarbeit auf der Grundlage des Abkommens zwischen den beiden Regierungen über die Zusammenarbeit auf dem Gebiet des Umweltschutzes ausbauen.

## Artikel 10

Die Vertragsparteien werden bestrebt sein, günstige Bedingungen für die Wirtschaftsbeziehungen zwischen beiden Ländern auf höchstmöglichem technologischem Niveau zu schaffen, die den Anforderungen der ökologischen Sicherheit sowie dem Ziel, die technischen, betrieblichen, natürlichen und personellen Möglichkeiten und Ressourcen beider Länder möglichst gut zu nutzen, gerecht werden.

Sie werden bei der Modernisierung und Schaffung neuer industrieller und landwirtschaftlicher Objekte in der Bundesrepublik Deutschland und in der Union der Sozialistischen Sowjetrepubliken, einschließlich der gemeinsamen Produktion oder Lieferung von Ausrüstungen, Lizenzen, Know-how, technischen Unterlagen dazu und des damit zusammenhängenden Austausches von Fachkräften, zusammenwirken.

## Artikel 11

Die Vertragsparteien werden Maßnahmen ergreifen, um die Zusammenarbeit auf dem Gebiet der Erschließung und kommerziellen Nutzung des Weltraums, der Ressourcen der Weltmeere, des Flugzeug-, Automobil- und Schiffbaus und der Konversion der Rüstungsproduktion, einschließlich einzelner Rüstungsbetriebe, zu organisieren.

## Artikel 12

Die Vertragsparteien sind sich darin einig, der Zusammenarbeit bei der Produktion landwirtschaftlicher Erzeugnisse, bei deren Verarbeitung, Transport und Lagerung sowie der Schaffung und Förderung moderner, hochleistungsfähiger landwirtschaftlicher Betriebe, die Kooperationsbeziehungen mit der Nahrungsmittel- und Verarbeitungsindustrie sowie dem Handel unterhalten, vorrangige Aufmerksamkeit zu schenken. Zu diesem Zweck ist die Durchführung von Pilotprojekten unter Beteiligung von staatlichen Organisationen, Berufsverbänden, Betrieben und Firmen beider Länder besonders geeignet.

Vergleichbare Pilotprojekte könnten auf regelmäßiger Basis ebenfalls im Bereich der Herstellung industrieller Konsumgüter verwirklicht werden.

## Artikel 13

Die Vertragsparteien vereinbaren, auch weiterhin in Fragen der Städteplanung und -entwicklung, der Schaffung und Modernisierung ihrer Infrastruktur, einschließlich ihres Verkehrsnetzes sowie des Wohnungs-, Industrie- und Straßenbaus, Schutzes der historischen und kulturellen Denkmäler und der Wiederherstellung des architektonischen Erbes eine enge Zusammenarbeit zu unterstützen und den Erfahrungsaustausch zu fördern.

Die Vertragsparteien fördern ebenfalls den Informationsaustausch zur Politik der Regionalentwicklung, zum Ausgleich des sozioökonomischen Regionalgefälles und zur Verbesserung der Beschäftigungslage.

## Artikel 14

Die Vertragsparteien fördern die Entwicklung der Infrastruktur einer gesamteuropäischen wirtschaftlichen Zusammenarbeit, einschließlich Transportwesen, Fernmeldewesen sowie die Verwirklichung von Großprojekten von gesamteuropäischem und internationalem Rang.

## Artikel 15

Die Vertragsparteien erweitern ihre Zusammenarbeit bei der Aus- und Weiterbildung von Fach- und Führungskräften der Wirtschaft, der Industrie, des Bank- und Versicherungswesens, des Buchprüfungs- und Steuerwesens, des Dienstleistungsbereichs und anderer Gebiete in der Bundesrepublik Deutschland und in der Union der Sozialistischer Sowjetrepubliken.

## Artikel 16

Die Vertragsparteien fördern den gemeinsamen Export von Industrieerzeugnissen, Technologie und Dienstleistungen auf Märkte dritter Länder, auch im Rahmen der rechtlichen Möglichkeiten durch Ausfuhrgewährleistungen für Kredite entsprechend dem Anteil am Exportgeschäft.

## Artikel 17

Die Vertragsparteien werden die Bildung und die Tätigkeit von gemischten Expertengruppen für Beratungen zu Fragen der makroökonomischen Entwicklung einschließlich des Erfahrungsaustauschs über das Funktionieren einer freien Preisbildung, des Ergreifens von Antiinflationsmaßnahmen und der Tätigkeit von Antimonopolorganen fördern.

## Artikel 18

Die Vertragsparteien werden der Entwicklung von Verbindungen und der Zusammenarbeit zwischen Wissenschaftlern, Fachkräften, wissenschaftlichen Körperschaften und Unternehmen, einschließlich der Bildung gemischter Wissenschaftlergruppen auf zeitweiliger oder ständiger Grundlage, für die Erarbeitung wissenschaftlich-technischer Problemstellungen und Durchführung von Forschungsvorhaben zum Zwecke der Sicherung des sozialen und wirtschaftlichen Fortschritts beider Länder erhöhte Aufmerksamkeit schenken.

Diese Zusammenarbeit erfolgt nach Maßgabe des Abkommens zwischen den beiden Regierungen über wissenschaftlich-technische Zusammenarbeit und der auf seiner Grundlage geschlossenen Fachvereinbarungen; im Einzelfall kann sich die Zusammenarbeit auch auf die Möglichkeit der Finanzierung von Einzelprojekten und wissenschaftlich-technischen Entwicklungen, die beide Vertragsparteien für nützlich halten, erstrecken.

## Artikel 19

Die Vertragsparteien werden im Rahmen der geltenden Rechtsvorschriften einen möglichst umfassenden und freien Austausch von Wirtschaftsinformationen für eine wirtschaftliche, geschäftliche und wissenschaftlich-technische Betätigung sicherstellen, einschließlich des Zugangs zu Informationsnetzen, Publikationen und Datenbanken.

Sie eröffnen die Zusammenarbeit zwischen ihren entsprechenden statistischen Diensten zum Zweck des Vergleichs und der Abstimmung der verwendeten Methoden, insbesondere im Bereich der volkswirtschaftlichen Gesamtrechnung.

Die Vertragsparteien stimmen hinsichtlich der großen Bedeutung der Normung/Standardisierung für die Vertiefung ihrer wirtschaftlichen, industriellen und wissenschaftlich-technischen Beziehungen überein. Die Zusammenarbeit auf diesem Gebiet wird auf der Grundlage von gesonderten Fachvereinbarungen erfolgen.

## Artikel 20

Die Erörterung aktueller und längerfristiger Fragen der wirtschaftlichen, industriellen und wissenschaftlich-technischen Zusammenarbeit und die Erarbeitung und Verwirklichung von Maßnahmen zur Ausweitung der Möglichkeiten und Verbesserung der Bedingungen für die Zusammenarbeit werden von der Kommission für wirtschaftliche und wissenschaftlich-technische Zusammenarbeit und der Kommission für wissenschaftlich-technische Zusammenarbeit wahrgenommen.

Die Tagungen der Kommissionen unter der Leitung von Vertretern beider Regierungen werden mindestens einmal im Jahr abwechselnd in einem der beiden Länder abgehalten.

## Artikel 21

Die Änderung, Kündigung oder jede sonstige Form der Beendigung von völkerrechtlichen Übereinkünften, die das unbewegliche Vermögen von Organisationen, Einrichtungen und Privatpersonen der einen Vertragspartei im Hoheitsgebiet der jeweils anderen betreffen, erfolgt nur auf der Grundlage der jeweiligen Übereinkünfte und des Völkerrechts.

Die Vertragsparteien werden darüber konsultieren, welche Rechtsverhältnisse und Liegenschaften unter Absatz 1 dieses Artikels fallen.

## Artikel 22

Die in diesem Vertrag aufgeführte Auflistung von Formen und Bereichen der Zusammenarbeit ist nicht erschöpfend. Die Zusammenarbeit zwischen den Vertragsparteien sowie den Betrieben, Firmen und Organisationen beider Länder wird sich in allen Formen und allen Bereichen vollziehen, die für die Beteiligten von Interesse sind.

## Artikel 23

Die zwischen der Deutschen Demokratischen Republik und der Union der Sozialistischen Sowjetrepubliken früher geschlossenen Übereinkünfte in den Bereichen Wirtschaft, Industrie, Wissenschaft und Technik werden im Einklang mit den beiderseits anerkannten Prinzipien des Vertrauensschutzes in den bereits vereinbarten Konsultationen einer Prüfung hinsichtlich ihrer weiteren Behandlung unterzogen.

## Artikel 24

Dieser Vertrag wird für die Dauer von zwanzig Jahren geschlossen. Spätestens zwölf Monate vor Ablauf der Geltungsdauer vereinbaren die Vertragsparteien die für eine Gewährleistung der Fortsetzung und künftigen Ausweitung der wirtschaftlichen, industriellen und wissenschaftlich-technischen Zusammenarbeit erforderlichen Maßnahmen.

Je nach deren Fortentwicklung und im Einklang mit den konkreten Bedürfnissen der Vertragsparteien kann dieser Vertrag in beiderseitigem Einvernehmen geändert oder ergänzt werden.

*Artikel 25*

Dieser Vertrag tritt an dem Tag in Kraft, an dem die Regierungen der Vertragsparteien einander mitgeteilt haben, daß die erforderlichen innerstaatlichen Voraussetzungen für das Inkrafttreten erfüllt sind.

GESCHEHEN zu Bonn am 9. November 1990

Für die Bundesrepublik Deutschland
Hans-Dietrich Genscher
Dr. Helmut Haussmann

Für die Union der Sozialistischen Sowjetrepubliken
Eduard Schewardnadse
Stepan A. Sitarjan

# Literaturangaben

1. Vansittart, R. G., Roots of the Trouble, London 1942.
2. Goldman, A., Germans and Nazis. The Controversy over »Vansittartism«.
   Britain during the Second World War, in: *Journal of Contemporary History,*
   London, 1970, Nr. 1, S. 160 f.
3. Mosely, L., Dulles. Biography of Eleanor, Allen and John Foster Dulles, New York 1977.
4. Pruessen, R., John Foster Dulles. The Road to Power, New York 1982.
5. Morgenthau, Henry, Germany is our Problem, New York 1945.
6. Sovetskij Sojuz na meždunarodnych konferencijach perioda Velikoj Otečestvennoj vojny 1941 1945 gg., Tegeranskaja konferencija rukovoditelej trěch sojuznych děržav SSSR, SŠA i Velikobritanii, 25 nojabrja 1 dekabrja 1943 g., Moskau 1984, S. 148 149.
7. Jonas, M., The United States and Germany. A. Diplomatic History, Ithaca 1984, S. 269.
8. Sovetskij Sojuz na meždunarodnych konferencijach perioda Velikoj Otečestvennoj vojny 1941–1945 gg., Krymskaja konferencija rukovoditelej trěch sojuznych děržav SSSR, SŠA i Velikobritanii, 4 11 fevralja 1945 g., Moskau 1984, S. 117, 196 ff.
9. Foreign Relations of the United States: Diplomatic Papers. 1945. The Conference of Berlin (The Potsdam Conference), Washington 1960, Bd. 1, S. 228 ff.
10. Sovetsko-francuzskie otnošenija vo vremja Velikoj Otečestvennoj vojny 1941 1945 gg., Moskau 1959, S. 344, 376.
11. Sovetsko-francuzskie otnošenija, a. a. O., S. 388.
12. Stalin, J., Über den großen Vaterländischen Krieg der Sowjetunion, Berlin 1952, S. 13.
13. Ebenda, S. 50.
14. Ebenda, S. 50.
15. Ebenda, S. 223.
16. Churchill, Winston S., Der Zweite Weltkrieg, Dritter Band/Zweites Buch, Stuttgart–Hamburg 1951, S. 294.
17. Foreign Relations of the United States: Diplomatic Papers. 1943. The Conference at Cairo and Teheran, S. 602, 879, 880.
18. Foreign Relations of the United States. Diplomatic Papers. 1945. The Conference of Berlin, a. a. O., Bd. 1, S. 453.
19. Siehe Tegeranskaja konferencija rukovoditelej trěch sojuznych děržav SSSR, SŠA i Velikobritanii, a. a. O., 149 f.

20. Sovetskij Sojuz na meždunarodnych konferencijach perioda Velikoj Otečestvennoj vojny 1941–1945 gg. Berlinskaja (Potsdamskaja) konferencija rukovoditelej trěch sojuznych deržav – SSSR, SŠA i Velikobritanii. 17 ijulja – 2 avgusta 1945 g., Moskau 1984.
21. Amtsblatt des Alliiierten Kontrollrates, Ergänzungsblatt Nr. 1, S. 13 ff.
22. Nettl, J., The Eastern Zone and Soviet Policy in Germany. 1945–1950, London 1951, S. 161.
23. Byrnes, J. F., Speaking Frankly, New York, 1947, S. 195.
24. Documents on Germany under Occupation. 1945–1954, London 1955, S. 153.
25. Spanier, J. W., American Foreign Policy Since World War II, New York 1951, S. 28.
26. Bullock, A., Ernest Bevin. Foreign Secretary 1945–1951, Oxford 1983, S. 329.
27. Vgl. Sovetskij Sojuz i Berlinskij vopros. Dokumenty, Teil 1, Moskau 1948, S. 24.
28. Vgl. z. B. Meißner, B., Rußland, die Westmächte und Deutschland. Die sowjetische Deutschlandpolitik 1943–1953, Hamburg 1954, S. 283, 292 f.
29. Vgl. Pravda o politike zapadnych deržav v germanskom voprose. Istoričeskaja spravka, Moskau 1959, S. 39.
30. Dokumentation zu den innerdeutschen Beziehungen, Abmachungen und Erklärungen, Bonn 1989, S. 417.
31. Ebenda.
32. Kohl, Helmut, Ich wollte Deutschlands Einheit, Dargestellt von Kai Dieckmann und Ralf Georg Reuth, Berlin 1996, S. 422.
33. Bulletin des Presse- und Informationsamtes der Bundesregierung, Bonn 1990, Nr. 133, S. 1373 f.

# Literaturangaben

1. Vansittart, R. G., Roots of the Trouble, London 1942.
2. Goldman, A., Germans and Nazis. The Controversy over »Vansittartism«. Britain during the Second World War, in: *Journal of Contemporary History*, London, 1970, Nr. 1, S. 160 f.
3. Mosely, L., Dulles. Biography of Eleanor, Allen and John Foster Dulles, New York 1977.
4. Pruessen, R., John Foster Dulles. The Road to Power, New York 1982.
5. Morgenthau, Henry, Germany is our Problem, New York 1945.
6. Sovetskij Sojuz na meždunarodnych konferencijach perioda Velikoj Otečestvennoj vojny 1941 1945 gg., Tegeranskaja konferencija rukovoditelej trěch sojuznych děržav SSSR, SŠA i Velikobritanii, 25 nojabrja 1 dekabrja 1943 g., Moskau 1984, S. 148 149.
7. Jonas, M., The United States and Germany. A. Diplomatic History, Ithaca 1984, S. 269.
8. Sovetskij Sojuz na meždunarodnych konferencijach perioda Velikoj Otečestvennoj vojny 1941–1945 gg., Krymskaja konferencija rukovoditelej trěch sojuznych děržav SSSR, SŠA i Velikobritanii, 4 11 fevralja 1945 g., Moskau 1984, S. 117, 196 ff.
9. Foreign Relations of the United States: Diplomatic Papers. 1945. The Conference of Berlin (The Potsdam Conference), Washington 1960, Bd. 1, S. 228 ff.
10. Sovetsko-francuzskie otnošenija vo vremja Velikoj Otečestvennoj vojny 1941 1945 gg., Moskau 1959, S. 344, 376.
11. Sovetsko-francuzskie otnošenija, a. a. O., S. 388.
12. Stalin, J., Über den großen Vaterländischen Krieg der Sowjetunion, Berlin 1952, S. 13.
13. Ebenda, S. 50.
14. Ebenda, S. 50.
15. Ebenda, S. 223.
16. Churchill, Winston S., Der Zweite Weltkrieg, Dritter Band/Zweites Buch, Stuttgart–Hamburg 1951, S. 294.
17. Foreign Relations of the United States: Diplomatic Papers. 1943. The Conference at Cairo and Teheran, S. 602, 879, 880.
18. Foreign Relations of the United States. Diplomatic Papers. 1945. The Conference of Berlin, a. a. O., Bd. 1, S. 453.
19. Siehe Tegeranskaja konferencija rukovoditelej trěch sojuznych děržav SSSR, SŠA i Velikobritanii, a. a. O., 149 f.

20. Sovetskij Sojuz na meždunarodnych konferencijach perioda Velikoj Otečestvennoj vojny 1941–1945 gg. Berlinskaja (Potsdamskaja) konferencija rukovoditelej trěch sojuznych deržav – SSSR, SŠA i Velikobritanii. 17 ijulja – 2 avgusta 1945 g., Moskau 1984.
21. Amtsblatt des Alliiierten Kontrollrates, Ergänzungsblatt Nr. 1, S. 13 ff.
22. Nettl, J., The Eastern Zone and Soviet Policy in Germany. 1945–1950, London 1951, S. 161.
23. Byrnes, J. F., Speaking Frankly, New York, 1947, S. 195.
24. Documents on Germany under Occupation. 1945–1954, London 1955, S. 153.
25. Spanier, J. W., American Foreign Policy Since World War II, New York 1951, S. 28.
26. Bullock, A., Ernest Bevin. Foreign Secretary 1945–1951, Oxford 1983, S. 329.
27. Vgl. Sovetskij Sojuz i Berlinskij vopros. Dokumenty, Teil 1, Moskau 1948, S. 24.
28. Vgl. z. B. Meißner, B., Rußland, die Westmächte und Deutschland. Die sowjetische Deutschlandpolitik 1943–1953, Hamburg 1954, S. 283, 292 f.
29. Vgl. Pravda o politike zapadnych deržav v germanskom voprose. Istoričeskaja spravka, Moskau 1959, S. 39.
30. Dokumentation zu den innerdeutschen Beziehungen, Abmachungen und Erklärungen, Bonn 1989, S. 417.
31. Ebenda.
32. Kohl, Helmut, Ich wollte Deutschlands Einheit, Dargestellt von Kai Dieckmann und Ralf Georg Reuth, Berlin 1996, S. 422.
33. Bulletin des Presse- und Informationsamtes der Bundesregierung, Bonn 1990, Nr. 133, S. 1373 f.